GOLDMANN

Buch

Sie hatten geschworen, sich nie zu trennen. Freundinnen fürs Leben wollten sie bleiben. Nichts einfacher als das, glaubten Meredith, Lisa und Ann damals, als sie noch gemeinsam die Schulbank drückten. Nun hat es die drei jungen Frauen ins hektische Manhattan verschlagen, und plötzlich sieht alles ganz anders aus. Denn im chaotischen Liebes- und Berufsleben der drei geht es drunter und drüber: Meredith macht Karriere im Fernsehgeschäft und ist unsterblich in einen älteren Kollegen verliebt. Ann rackert sich in einem Verlag ab. Und Lisa, die frischgebackene Ärztin, hat nur noch eines im Sinn: Sie will heiraten und so schnell wie möglich ein Baby bekommen. Keine Frage: Karriereträume, Liebe, Eifersucht und Neid stellen auf einmal eine Freundschaft auf die Probe, die früher so einfach und unverbrüchlich schien.

Unzertrennlich ist ein wunderbar erzählter, frecher Roman über die völlig unvorhersehbaren Katastrophen, Kapriolen und Kapricen im Leben dreier Frauen.

Autorin

Meg Wolitzer, 37, hat an der Brown University studiert. Sie ist Mutter eines fünfjährigen Sohnes und lebt als freie Autorin in New York City. *Unzertrennlich* ist ihr vierter Roman.

MEG WOLITZER
Unzertrennlich
Roman

Deutsch von Elke Link

GOLDMANN VERLAG

Die amerikanische Originalausgabe erschien
unter dem Titel »Friends for Life«
bei Crown Publishers, Inc., New York

Umwelthinweis:
Alle bedruckten Materialien dieses Taschenbuches
sind chlorfrei und umweltschonend.
Das Papier enthält Recycling-Anteile.

Der Goldmann Verlag
ist ein Unternehmen der Verlagsgruppe Bertelsmann

Deutsche Erstausgabe 9/96

Umschlaggestaltung: Design Team München
unter Verwendung einer Illustration
von Ingrid Rügemer/Agentur Jutta Fricke
Satz: deutsch-türkischer fotosatz, Berlin
Druck: Elsnerdruck, Berlin
Verlagsnummer: 42738
Lektorat: Martina Klüver
Herstellung: Heidrun Nawrot
Made in Germany
ISBN 3-442-42738-X

1 3 5 7 9 10 8 6 4 2

Für Martha Parker

Erster Teil

EINS

Drei Frauen in einem Restaurant: was für ein Klischee! Drei Frauen, die die Köpfe über dem Brotkorb zusammenstekken, als hockten sie am Lagerfeuer, in ihrem Essen herumstochern und große Flaschen Mineralwasser bestellen, als wären sie am Verdursten. Drei Frauen, die im Mathematikunterricht nie besondere Leuchten gewesen waren, Rechnungen inzwischen aber so präzise teilen können, daß nie eine zuwenig oder zuviel bezahlt und alle zufrieden sind. Das geht einem normalerweise durch den Kopf, wenn man drei Frauen im Restaurant sitzen sieht. Aber bei diesen drei Frauen lag der Fall anders, und darauf waren sie stolz. Zuerst einmal kannten sie sich schon eine Ewigkeit, wie sie gerne betonten. Sie hatten nicht erst kürzlich und oberflächlich Bekanntschaft geschlossen, waren keine Rechtsanwältinnen oder für irgendeine Firma im Einkauf tätig – Frauen, die einen ganz bestimmten abgehobenen Jargon sprachen, der nicht sonderlich verständlich war, wenn etwas davon nach außen drang. Sie erzählten allen, daß sie eine gemeinsame *Geschichte* hatten, auch wenn das Wort manchmal etwas bombastisch klang – als wären die drei Mitglieder der französischen Résistance gewesen oder stille, stoische Militärschwestern während der Tet-Offensive.

Jeden ersten Montag im Monat trafen sie sich in demselben Restaurant zum Essen, weil das schon seit Jahren so Brauch war; keine konnte sich mehr erinnern, wessen Idee es ursprünglich gewesen war. Zwei von ihnen mochten sich nicht, hatten sich noch nie gemocht, aber das machte offenbar nichts aus. Sie waren lebenslang aneinander gebunden, selbst wenn sie nicht mehr viel miteinander gemein hatten außer einer Geschichte, die sie in die kleine, trübe Vorstadt zurückführte, wo ihre Eltern noch lebten. Vom äußerlichen Erscheinungsbild her stellten die Frauen eine merkwürdige Mischung dar – eine Art Zusammenstellung der unterschiedlichsten Typen. Vielleicht lag es an dieser Verschiedenartigkeit, daß ihre Gespräche anderen immer so potentiell interessant vorkamen, wenn ihre Stimmen durch den unsichtbaren Kreis um ihren Tisch drangen – manchmal blieben die vorübergehenden Kellner stehen, taten so, als würden sie eine Rose in der Vase auf einem Nebentisch zurechtrücken, und hörten zu.

Heute abend kam Meredith als erste, wie immer. Als sie durch die Tür des Lucky Wok trat, waren außer ihr nur eine ältere Chinesin im Raum, die hinter der Kasse saß und das Kreuzworträtsel in der Zeitung löste, und der Restaurantbesitzer, ein schlanker Mann, der Meredith an einen Tisch ganz weit hinten führte. Schweigend und verführerisch half er ihr aus dem Mantel, hob ihn mit seinen schmalen, eleganten Händen hinten am Kragen hoch und blieb viel zu lange hinter ihr stehen, bevor er ihn verschwinden ließ.

Wo sie auch hinging, erregte sie ungewöhnliches Aufsehen bei Männern. Meredith Guzzi hatte einen fürchterlichen Namen, das war ihr klar, aber mit ihren achtundzwanzig Jahren war sie eine schöne Frau, und das wog den fürchterlichen Namen mehr als auf. Alle Männer machten Meredith Geständnisse, erzählten ihr Dinge über sich, die sie angeblich noch nie jemandem erzählt hatten. Sie hatte die Geschichte einer bestimmten Narbe gehört, ein anderer Mann hatte ihr berichtet, daß er als Kind einmal beobachtet hatte, wie seine Mutter zappelnd unter einem Zählerableser von den Stadtwerken lag. Meredith bekam auch Geschenke, gelegentlich sehr teure Unterwäsche, und die Männer überreichten ihr lächelnd die flachen Schachteln, die nichts als Luft zu enthalten schienen.

Jetzt nahm Meredith einen Roman aus ihrer Handtasche und versuchte zu lesen, während sie auf Lisa und Ann wartete. Es war *Middlemarch*, ihr Lieblingsbuch, wie sie seit Jahren allen erzählte. Sie schwor sich, es jetzt endlich zu lesen, es *wirklich* zu lesen, und nun konnte sie genausogut damit anfangen wie sonst irgendwann. »Miss Brooke besaß jene Art von Schönheit, die durch ärmliche Kleidung offenbar besonders zur Geltung kommt«, las sie. Dieser erste Satz schien ihr diesmal vielversprechend und brachte sie auf den Gedanken, sich später am Abend, nachdem sie und Alan miteinander geschlafen hatten und er sich anzog, um nach Hause zu gehen, noch einmal aufzusetzen und dieses Buch zu lesen, statt die ganze Nacht weinend im Bett zu liegen. All die beklagenswerten Einzelheiten ihres eigenen Lebens würden verschwinden: die Tatsache, daß sie einen Mann liebte, der nicht frei war und die ganze Nacht bei ihr verbringen konnte, einen Mann, der beinahe doppelt so alt war wie sie. Statt dessen würde sie sich dankbar in die archaischen Sitten und den Tonfall des neunzehnten Jahrhunderts versenken. Und es gäbe auch einen Bonus: Wenn sie das nächste Mal jemandem erzählte, *Middlemarch* sei ihr Lieblingsroman, würde das keine Lüge mehr sein.

Meredith knickte den Buchrücken, so daß die Seiten angenehm flach auflagen. Aber die Beleuchtung in diesem Restaurant war schwach, und aus den Lautsprechern tönte chinesische Musik: das nasale Blöken einer Frau, begleitet von einer Mandoline. »Miss Brooke besaß jene Art von Schönheit …«, las sie wieder, blickte angestrengt auf den Text und wußte, es war hoffnungslos. Plötzlich stand Lisa am Tisch. Sie tauschten auf ihre akademische, andeutungsweise europäische Art Küßchen auf die Wangen aus, dann schüttelte Lisa ihren Mantel ab, und ihr weißes Jackett kam zum Vorschein, an dessen Tasche immer noch der Piepser und der Krankenhausausweis geklipst waren. Das eingeschweißte Photo zeigte eine fröhliche Version von Lisa, die den Photographen anlächelte. Das Photo war am Anfang ihres praktischen Jahres aufgenommen worden, und sie hatte offenbar noch nicht gewußt, was ihr bevorstand. Jetzt wußte sie es. Lisa Vopilska war auf eine anämische, mittelmäßige Art hübsch, hatte glattes, blondes Haar, das sie immer mit einem Haarband zurückhielt, seit es in der ersten Woche ihres Studiums an einem Bunsenbrenner Feuer gefangen hatte. Sie zog sich gut an und war attraktiv, aber wenn man genau hinsah, merkte man, daß irgend etwas fehlte. Ihre Haut war zu blaß, kränklich, wie bei einer Nebenfigur aus dem *Zauberberg*, und in ihren Augen steckte Wahnsinn. Sie war eine Frau, die nicht schlief.

»Hör zu«, sagte Meredith sofort. »Ich muß mit dir reden. Bevor Ann kommt.« Lisa blickte sofort betroffen drein; sie schien drauf und dran, hinüberzulangen und die Drüsen an Merediths Hals abzutasten. »Ich bin verliebt«, sagte Meredith. »Aber seinen Namen kann ich dir nicht verraten.«

»Ein Kennedy«, sagte Lisa. »O Gott, du bist mit einem von diesen jungen Kennedys zusammen.«

»Ach Quatsch«, meinte Meredith. »Paß auf, ich sag's dir, aber du mußt mir schwören, daß du's für dich behältst. Du darfst es Ann nicht erzählen. Sie würde es in alle Welt hinausposaunen.«

»Ich schwöre«, sagte Lisa atemlos.

Meredith beugte sich zu ihr hinüber. Sie sahen aus wie zwei Frauen, die sich in einem abgelegenen Restaurant zu einem Stelldichein getroffen hatten. Interessiert beobachtete sie der Besitzer vom vorderen Teil des Raums aus.

Doch plötzlich öffnete sich die schwere Schwingtür, und kalte Luft drang herein. »Die Königin des perfekten Timings«, meinte Meredith und lehnte sich wütend in ihrem Stuhl zurück, als Ann Rogoff in einem aufgeblähten Daunenmantel hereinstapfte. Ihr Gesicht war gerötet, und Schnee sprenkelte ihre Haare. Mit den Zähnen zog sie sich die Pelzfäustlinge aus und winkte.

Ursprünglich waren sie zu viert gewesen. In der Grundschule hatten sie sich zusammengetan und eine Gruppenarbeit über die Kultur der Inkas geschrieben. Bald war jede eine feste Einrichtung im Leben der anderen, sie steckten sich lange, verschlüsselte Briefchen zu, verziert mit Reihen von Ausrufezeichen, gemalten Blumen, Pferden und Hunden mit traurigen Augen, und an Wochenenden übernachteten sie immer zusammen bei einer von ihnen. Das vierte Mädchen hieß Barbara Krell und hatte das dünne, freudlose Aussehen einer sowjetischen Turnerin. Eines Abends, sie waren in der sechsten Klasse, schlossen die vier einen Pakt: Wenn sie einmal dreißig waren und sie bis dahin noch niemand gewollt hatte dann würden sie zusammenziehen statt sich umzubringen. Meredith, Barbara, Lisa und Ann, alle in grüne Schlafsäcke gewickelt, kämpften sich die Arme frei, so daß sie sich auf ausgeklügelte Art die Hände reichen konnten, während sie das Erkennungslied sangen, das sie geschrieben hatten. Sie hatten viel Zeit damit verbracht, das Lied zu perfektionieren, versucht, Teile aller ihrer Namen unterzubringen, und jetzt erklangen ihre Stimmen im warmen Dunkel des Schlafzimmers:

Meredith, Barbara, Lisa und Ann
Es ist noch nicht lange her, daß alles begann.
Nichts steht unserer Freundschaft im Weg,

Wir wollen, daß es ewig so weitergeht.
Die Freundschaft fürs Leben, die wird es geben,
MerBaLisAn, MerBaLisAn
Freundschaft fürs Leben, MerBaLisAn …

Als sie das Lied gesungen hatten, richteten sie sich für die Nacht ein, irgendwie geschützt von diesen Worten, von der Vorstellung, in diesen Schlafsäcken für immer aufgehoben zu sein. Es war ein beruhigendes Gefühl, bis zum Alter von dreißig Jahren vorauszudenken und zu wissen, daß sie immer füreinander dasein würden, selbst wenn sie am Ende für jeden Mann unannehmbar wären, keiner sie lieben würde, selbst wenn es ihnen nie gelänge, den Darwinschen Klettermarsch aus der Jugendlichkeit heraus auf die sanften Felsen all dessen, was folgte, zu vollenden. Natürlich war ihnen allen klar, daß es soweit nicht kommen würde; zumindest nicht, was Meredith betraf. Schon mit zwölf war sie eine große Schönheit. Meredith hatte als einzige schon Brüste; sie drückten sich gegen ihre Blusen, sie kündigten sich der Welt an, und ihre Existenz besiegte die anderen drei Mädchen, die elend dasaßen und darauf warteten, endlich von ihren zukünftigen Körpern in Anspruch genommen zu werden. Meredith hatte auch bemerkenswerte Wangenknochen, und die Haare fielen ihr über ein Auge. Sie sah aus, als sollte sie ernsthaft in Erwägung ziehen, schon in jungen Jahren mit dem Rauchen anzufangen; ihre Finger schienen sich ganz natürlich zu spreizen, sie ließen einen ausgeprägten Zwischenraum an der Stelle, wo eine Zigarette hineinpassen würde. Als die vier Mädchen den schattenlosen Seitenstreifen der Autobahn entlangtrotteten, um beim Burger Man – dem Ursprung des dreieckigen Burgers – zu essen, hielten vorüberfahrende Teenager gelegentlich die breiten, bootsähnlichen amerikanischen Wagen, die ihren Vätern gehörten, an und fragten, ob die Mädchen Lust auf eine Spritztour hätten. Einmal zeigte ein Junge aus dem Fenster eines burgunderfarbenen Seville und sagte: »Nur du. Die Hübsche.« Als sie an diesem Tag beim Burger Man ankamen, aßen die vier Mädchen ihre Hackfleischdreiecke und wiederholten ihre Schwüre, sich nie zu trennen, diesmal inbrünstiger als vorher. »Die Hübsche« hatte unwissentlich ihr Debüt gegeben, war der Öffentlichkeit vorgestellt worden, und keine von ihnen hätte etwas dagegen tun können.

Zu allem Überfluß wurde Barbara Krells Vater auch noch in die Niederlassung seiner Firma in Cincinnati versetzt, und Barbara war ohne Vorwarnung für immer von ihnen weggerissen worden. Zuerst folgte ein hektischer, melodramatischer Briefwechsel – am unteren Rand des Briefpapiers war alles mit Herzchen vollgemalt –, aber nach einer gewissen Zeit schrieb Barbara begeistert von einem Mädchen namens Doreen, das sehr gelenkig war und die größte Sammlung von Puppen besaß, die Barbara je gesehen hatte. Nach einer Weile ebbte die Briefflut etwas ab, dann versiegte sie ganz.

»Was ist mit unserem Lied?« fragte Lisa eines Samstag abends schwermütig, als die drei verbliebenen Freundinnen traurig in Anns dunklem Schlafzimmer lagen. »Was ist mit MerBaLisAn? Was sollen wir machen, wenn wir bei ›Ba‹ sind?« Ann schlug vor, einfach zu summen, und Lisa probierte es aus. »MerhmmLisAn«, versuchte sie. »Freundschaft fürs Leben, MerhmmLisAn.« Diese neue Version hörte sich ziemlich merkwürdig an, aber sie hatten keine andere Wahl. Schließlich hörten sie auf zu reden und lagen nur schweigend da, aber ihre Gedanken kreisten unaufhörlich darum, daß eine aus der Gruppe von ihnen weggerissen worden war, und wenn das möglich war, dann war alles möglich. Das Leben konnte weiterhin eine nach der anderen abziehen, sie zu leidenschaftlicher Liebe rufen, oder in den Tod, oder nach Cincinnati. Gefangen in dem grünen Nylon der Schlafsäcke, die Anns Vater bei »Wilderness World« gekauft hatte und die noch keine Wildnis außer der von Anns Schlafzimmer gesehen hatten, sehnten sich die Mädchen danach, aus ihrem gewöhnlichen Leben herausgepickt zu werden. Sie wollten in die Welt eintreten, sie wollten verliebt sein.

Meredith hatte ihnen Liebe und Sex anschaulich und in unsentimentalen Details erklärt. Sie hatte Zeichnungen auf Karteikarten gemalt, die sie für ihre Arbeit über die Kultur der Inkas benutzen wollten. Eine der Karten zeigte das durchgestrichene Bild einer Inkafrau, die Maiskörner mahlte. Die Rückseite der Karte zeigte Merediths Darstellung eines Mannes, dessen Penis hervorstand wie ein Schlagstock, und dazu hatte sie eine Frau mit gespreizten Beinen gezeichnet – ein weiterer Bestandteil der Inkakultur. Es war ein Bestandteil der ganzen Welt, die sich in den Armen von Atlas, der aus irgendwelchen Gründen keine Kleider trug, um ihre eigene Achse drehte. Die Mädchen wurden älter und traten schließlich in diese Welt ein, eine nach der anderen wurde initiiert, ins Bett geführt, dafür ausgerüstet, manche mit Plastik, manche mit Metall, und jetzt, mit achtundzwanzig, gab es wenig, was sie noch überraschen konnte.

»Und, wie gefällt dir *Middlemarch?*« fragte Ann Meredith und nickte zu dem dicken Buch hin, das jetzt zugeklappt auf dem Tisch lag. »Bist du schon an der Stelle, wo sie Casaubon heiratet?«

»Nein«, sagte Meredith kalt. Sie nahm das Buch vom Tisch und legte es unter ihren Stuhl. Das war die Art von

Aggression, die typisch für Ann war: eine einfache Frage, die Lisa kaum auffallen würde, die Meredith aber ganz genau verstand. Ann erinnerte Meredith gerne daran, daß sie alles und Meredith gar nichts gelesen hatte. In Yale war Ann bis spät in die Nacht aufgeblieben, hatte unten im Lesesaal der Bibliothek gesessen, Diät-Cola getrunken und deutsche und französische Romane in ihren feinen gelb-roten Papierumschlägen gelesen, bis sie in einer Traube ebenso wortgewandter Frauen mit ihren dankbaren schwulen Freunden zurück auf ihr Zimmer gestolpert war.

Merediths eigene Collegezeit in Brandeis war von John Staley, ihrem Freund, dominiert gewesen, einem dicken, gutaussehenden Baum von einem Einundzwanzigjährigen, und mit ihm hatte sie vergessen, daß sie je lesen gelernt hatte. Wie andere Männer war John besessen von Meredith. Er hielt sie als willige Gefangene in seiner miefigen Bude, wo seine Sportpullis lässig über dem Stuhl hingen und seine übermäßig gebrauchte, verkrustete Wasserpfeife auf dem Bücherregal stand. Sie studierten beide im Hauptfach Politikwissenschaft, hatten sich aber in einem kleinen Seminar über Lukrez, Hobbes und Locke kennengelernt. Eines Tages gingen sie nach dem Unterricht auf dem Campus spazieren, und John zitierte mit seiner eindrücklichen, tiefen Stimme aus Lukrez. »›Also die ganze Natur, sie durch sich selber, bestehet/Aus zwei Dingen allein‹«, begann er, »›aus Körpern nämlich und Leerem: Jene liegen in diesem; dies macht die Bewegungen möglich.‹ Und hier«, fügte er hinzu, »spiele ich übrigens Lacrosse. Letztes Jahr hab ich mir dabei mein Knie ruiniert.« Seine Stimme veränderte sich kaum, als er vom Materialismus zu Lacrosse wechselte. Lacrosse hätte genauso gut der Name eines marginalen französischen Philosophen sein können, fand Meredith, und John und sie machten sich noch wochenlang einen Spaß daraus.

»Wie Lacrosse einmal in seinen ›Vorlesungen über Dialektik‹ behauptet hat …« sagte sie dann, aber nach einer gewissen Zeit verschwanden die Philosophie und alle Witze über das Thema ganz aus ihren Gesprächen und wurden ersetzt durch das weitaus wundersamere Thema Sex. Auf der Wiese vor Johns Fenster flogen Frisbees, Baracken wurden errichtet, um an die Situation in Südafrika zu erinnern, aber hier, in John Staleys Kämmerchen lagen Meredith und John eng umschlungen auf seinen Laken – zwei toll aussehende Studenten, die einander leicht gefunden hatten, wie es toll aussehende Leute immer tun.

Im Frühling ihres letzten Jahres an der Uni wurde Meredith schwanger. John wollte sie zur Abtreibung begleiten, aber sie war sich nicht ganz sicher, ob er die Wahrheit sagte; seine tiefe Stimme verlieh allem einen Anstrich von Ernsthaftigkeit, die häufig nicht der Wirklichkeit entsprach. Außerdem war ihr bei der Vorstellung von seinem großen, hundeähnlichen Gesicht, das er ihr entgegenstreckte, wenn sie auf einer Trage in der nahegelegenen Susan-B.-Anthony-Klinik aus der Narkose aufwachte, nicht ganz wohl. Also entschloß sie sich, statt dessen Lisa zu fragen, ob sie sie nicht begleiten wolle. Lisa war großartig, brachte ihr eine *Vogue* und Paprikasticks mit, saß einfach nur da und hielt Meredith danach die Hand. Das Aufwachzimmer war voll mit fünfzehnjährigen Mädchen, die alle aussahen, als hätten sie nicht die geringste Ahnung, wie sie da hingeraten waren.

»Geht es dir gut?« fragte Lisa mit sanfter Stimme.

»Einigermaßen«, sagte Meredith. »Die Susan-B.-Anthony-Klinik ist wirklich toll.«

»Aber im Krankenhaus zu liegen, ist wohl immer ein wenig beschissen«, meinte Lisa, und Meredith konnte sogar ein bißchen lachen, bevor sie wieder einschlief.

Am nächsten Tag machte Meredith Schluß mit John. Sie hatte sich zwar ein wenig vor der Begegnung gefürchtet, aber er wirkte gar nicht überrascht. Ihre starken, schönen Körper waren mittlerweile für sie zur Selbstverständlichkeit geworden. Sie waren gleichermaßen gelangweilt, so daß die Trennung ganz einfach war, beinahe peinlich einfach. Es wäre besser gewesen, wenn er ein bißchen mehr protestiert hätte, selbst wenn er sich mit seinem hundertneunzig-Pfund-schweren, lacrossespielenden Körper aufs Bett gesetzt und geheult hätte wie ein Baby. Aber er meinte nur, er würde schon verstehen, umarmte sie zärtlich, und dann schlüpfte sie aus seinem Zimmer. Meredith versuchte verzweifelt, im letzten Semester etwas zu lernen, damit das Ganze nicht die pure Verschwendung war; die Zehntausende von Dollar hatten ihre Eltern ja nicht dafür ausgegeben, daß jemand stundenlang ihrer äußerst hingebungsvollen Tochter mit Cunnilingus Genuß verschaffte.

Als Ann jetzt beiläufig fragte: »Und, wie gefällt dir *Middlemarch?*« war das besonders gemein. Meredith wußte das, und Ann ebenso; nur Lisa schien die Anspielung nicht zu verstehen. Sie wußte nichts über Literatur. An der University of Pennsylvania war sie in Labors eingeschlossen gewesen und hatte Hunde seziert. Als sie in ihrem ersten Semester notgedrungen für ihr Englischkolloquium Romane lesen mußte, rief sie verzweifelt Meredith und Ann an und fragte: »Glaubst du, daß mit Anna Karenina irgendwas nicht stimmte, ich meine in neurologischer Hinsicht? In manchen Fällen von sexuellen Zwangshandlungen stellt man im Gehirn einen Mangel an bestimmten Stoffen fest; ich glaube, es hat mit dem Serotoninpegel zu tun.«

»Liebe Lisa«, sagte Meredith geduldig, »ich liebe dich mehr als alles andere auf der Welt, aber eins muß ich dir sagen: Sie hat nicht wirklich gelebt.«

»Ja, das weiß ich doch«, sagte Lisa, aber sie wußte es nicht, nicht wirklich. Sie hatte so großes Mitleid mit Anna Karenina, daß sie sich vor den heranfahrenden Zug gestellt und die arme Frau, deren Chemie aus dem Gleichgewicht geraten war, von den Gleisen gezerrt hätte, wenn sie gekonnt hätte.

»Stellt euch vor«, sagte Ann während des Essens, »meine Mutter will mich zu ihrem Friseur schleppen, und ich soll mir einen Termin bei einem gewissen Mr. Leopold geben lassen. ›Gut‹, sage ich, ›und wenn er nichts mehr frei hat, soll ich dann nach Mr. Löw fragen?‹ Da hat sie sich fürchterlich aufgeregt und gemeint, wie ›süß‹ ich damals ausgesehen habe, als ich dieselbe Frisur hatte wie du, Meredith. Sie sagt, ich soll dich fragen, zu welchem Friseur du gehst, Meredith. Sie meint, mit deiner Frisur hätte ich immer genügend Verabredungen.«

»Wenn du wirklich viele Männer kennenlernen willst, dann solltest du Medizin studieren«, sagte Lisa.

»Müßte ich dann Mathe belegen?«

»Aber du mußt nicht glauben, daß du mit einem von ihnen wirklich schlafen möchtest«, sagte Lisa.

»Wie steht's mit dir, Meredith?« fragte Ann. »Hast du gerade einen Freund?«

»Ich kann nicht darüber sprechen«, sagte Meredith.

»Aha, wieder diese nervtötenden Pentagonregeln.«

»Wirklich, Ann, es ist keine große Sache«, sagte Meredith.

»Seit wann ist es keine große Sache, über Männer zu reden?« fragte Ann. »Wir haben doch immer über Männer geredet.«

»Abgesehen davon, daß es immer Jungs waren«, sagte Lisa. »Jetzt sind es plötzlich Männer.«

Ann fing an zu singen. »I don't remember growing older/When … did … they?« Während sie noch sang, stand plötzlich der Kellner mit einem brutzelnden Teller vor ihnen, den er Meredith vorsetzte.

»Für Sie, schöne Dame«, sagte er. »Knusprige Jumboshrimps, mit den besten Empfehlungen vom Chef.«

»Schon wieder«, murmelte Lisa.

Das war schon mehr als einmal vorgekommen: Ein Kellner brachte Meredith ein Amuse-gueule, ein Getränk oder einen im Flammen stehenden Teller, mit den besten Empfehlungen des Chefs oder von einem Tisch mit Geschäftsmännern auf der anderen Seite des Raums. Meredith befahl ihm, den Teller wegzunehmen, aber der Kellner meinte, der Chef bestehe darauf, weil Meredith ein so häufiger Gast sei und eine hübsche Frau. Dann zog er sich mit leeren Händen zurück, die Frauen saßen einen Moment lang schweigend da und der ungewollte Teller brutzelte noch immer vor sich hin.

»Weißt du, Lisa«, sagte Ann schließlich, »du und ich, wir könnten ein ganzes Jahr lang hier sitzen, und niemals würde uns jemand gratis etwas zu essen bringen lassen. Wir müßten auf die Knie gehen und betteln, daß uns jemand auch nur einen Knorpel zuwirft. Ich schwöre dir, wir könnten uns genausogut Tüten über den Kopf ziehen. Wir könnten genausogut Lepra haben …«

»Vielen Dank«, sagte Lisa.

»Es ist nicht leicht, wenn man immer von Männern angestarrt wird«, sagte Meredith. »Wenn sie immer einen Teil von dir wollen. Im Moment habe ich nun mal Probleme mit einem gewissen Mann in meinem Leben. Es ist eine ziemlich pikante Situation, weil er nicht nur verheiratet ist, sondern auch noch berühmt.«

Sie hielt inne, dann fügte sie hinzu: »Ich wollte eigentlich gar nichts sagen, weil es mich immer so mitnimmt, wenn ich von Alan spreche.«

»Alan«, murmelte Ann. »Alan. Alan Funt? Alan Ludden? Nein, der ist ja schon tot. Alan Ladd? Wer ist Alan Ladd noch mal?«

»Shane«, sagte Lisa.

Plötzlich wandte sich Ann wieder ihr zu. »O Gott, Meredith«, sagte sie. »Ist es *Alan Alda*?«

»Wenn ihr es unbedingt wissen müßt«, sagte Meredith mit müder und erhabener Stimme, »es ist Alan Seymour."

»Oh«, machte Ann.

»Oh«, machte Lisa.

Alan Seymour war Talkmaster einer Fernsehshow namens »Das letzte Wort«. Ann enttäuschte die Enthüllung sichtlich. »Ja, ich hab seine Sendung schon mal gesehen«, sagte sie mild. »Wenigstens sagt er nicht ›Indentität‹. Ich hasse es, wenn sie ›Indentität‹ sagen.«

»Ich bin furchtbar unglücklich«, sagte Meredith und fing an zu weinen. Zuerst leise, aber gleich darauf fing sie tief und durchdringend zu schluchzen an. Sie erzählte ihnen die ganze Geschichte: wie sie und Alan sich ineinander verliebt hatten, als sie beim Sender als Produktionsassistentin angefangen hatte. »Wir haben uns immer im Aufzug angelächelt«, sagte sie, »und in meiner zweiten Woche dort hat er mich zum Lunch eingeladen. Wir sitzen also in diesem Restaurant und sehen uns einfach nur an. Wir sitzen da, unterhalten uns über die Themen für seine nächste Sendung, das Elend der Boat people, und dann langt er herüber und nimmt meine Hand – seine Hand ist wirklich groß und weich, wie ein Baseballhandschuh. Dann sagt er zu mir: ›Meredith, ich bin ein verheirateter Mann und ein ehrenhafter Mann, aber ich fühle mich so hingezogen zu Ihnen – wenn ich Sie nicht innerhalb der nächsten fünf Minuten küsse, dann muß ich, glaube ich, sterben.« Als sie schwieg, saßen Lisa und Ann mit offenem Mund da. Zu keiner von beiden hatte je ein Mann so etwas gesagt, und alles deutete darauf hin, daß es auch nie einer tun würde. »Und jetzt sind wir also ein Paar«, fuhr Meredith fort. »Aber seine Frau wird er nie verlassen, wir stecken für alle Zeiten in diesem Zustand fest.«

»Und was willst du machen?«

»Keine Ahnung.«

»Meredith, zu welchem Friseur gehst du?« fragte Ann plötzlich.

»Was?« sagte Meredith. »Zu keinem. Ich mache mir die Haare selbst.«

»Gott ist dein Friseur, Meredith«, sagte Ann. »Mr. Gott.«

In einem Dunst von chinesischen Gewürzen verließen sie den Lucky Wok, und erst als sie draußen auf der Straße standen, in dem ersten Schock der kalten Nachtluft, verflog der Zauber des Essens und die greifbare Wolke von Merediths Unglück entschwand. Als Meredith vor dem rötlichbraunen Sandsteinhaus in der West 78th Street aus dem Taxi stieg, blickte sie nach oben und sah, daß in ihrem Studioapartment das Licht brannte, und das bedeutete, daß Alan wartete. Meredith hatte ihm diese Woche einen Schlüssel gegeben. Das war wahrscheinlich ein Fehler gewesen, aber der Moment war so voll unverfälschter Dramatik und ehrlichen Versprechungen gewesen, daß es die Sache wert gewesen war. Am Dienstag war sie zum Schlüsseldienst gegangen und hatte den mürrischen Teenager hinter der Theke gebeten, ihr einen Nachschlüssel zu machen. Dann hatte sie in dem winzigen Laden gewartet, mit seinen Gerüchen nach Metall und Maschinenöl, umgeben von Schlüssel- und Schloßmustern; als die kleine Schlüsselschleifmaschine lossurrte, dachte sie nur an Alan. Dann eilte sie nach Hause, um auf ihn zu warten. »Der ist für dich«, sagte sie, als er kam, und streckte ihm den noch warmen Schlüssel entgegen wie ein Juwel.

Jetzt eilte Meredith das enge Treppenhaus hoch und öffnete die Tür, und da war Alan, sein einsachtundachzig großer Körper, der längelang auf ihrem zu kurzen Ausziehsofa lag. Er sprang hoch, als sie hereinkam, als hätte er Angst, sie wäre von der Polizei, von der Zeitung oder – um Himmels willen! – seine Frau. Alan trug nur seine große, schwarze, wasserdichte Uhr und Boxershorts. Durch den Schlitz in seinen Shorts konnte sie die Andeutung seines Penis sehen und ein paar schwarze Haare, die sie plötzlich, auf deprimierende Weise, an ihren Vater denken ließen, wie er in ihrer Kindheit einmal früh an einem Sonntag morgen aufgestanden war, um zu pinkeln. Meredith küßte Alan, und der Kuß hätte noch weitergehen können, aber sie merkte, wie er den Arm ausstreckte und einen Blick auf seine Uhr warf.

»Gleich geht es los!« sagte er aufgeregt und schaltete den Fernseher ein; pflichtschuldig folgte sie ihm zum Bett. Die Erkennungsmelodie hatte schon angefangen. »Guten Abend, und herzlich willkommen bei ›Das letzte Wort‹«, erklang die Stimme. »Ich bin Ihr Talkmaster, Alan Seymour.« Alan drehte die Lautstärke auf, so daß seine voluminöse Stimme die winzige Wohnung ganz ausfüllte.

Als Liebespaar hatten Meredith und Alan schon eine feste Routine, wie jedes andere, mehr stumpfsinnige Paar auch. Er kam an drei Abenden in der Woche zu ihr, und je nachdem, wann er eintraf, schliefen sie entweder vor der Show oder nach der Show zusammen. Niemals, unter keinen Umständen währenddessen. Die Show mit Alan anzusehen war wie ein Auktionsbesuch; das leiseste Husten brachte einen schon in Schwierigkeiten. Das heutige Thema war der internationale Terrorismus. Die Gäste saßen um den polierten, ovalen Ahorntisch, nippten an ihrem Mineralwasser und stritten wie eine schlecht funktionierende Familie beim Essen. Warum gab es im öffentlich-rechtlichen Fernsehen keine Werbespots? Meredith mußte aufs Klo, aber sie bewegte sich nicht. In den letzten Augenblicken der Show dankte Alan seinen Gästen, dann drehte er sich charmant zur Kamera und sagte: »Ich bin Alan Seymour, und das war ... ›Das letzte Wort‹.« Die Erkennungsmelodie ertönte wieder, Meredith schaltete den Fernseher aus und schoß ins Badezimmer.

»Du warst gut«, rief sie durch die geschlossene Tür.

»Findest du nicht, daß ich alt aussehe? fragte er. »Ich bin vierundfünfzig.«

»Mein Vater ist auch vierundfünfzig«, sagte Meredith. Sie war fertig, kam aus dem Badezimmer und legte sich wieder ins Bett.

»O Gott«, sagte Alan. Er nahm einen Handspiegel vom Nachttisch und forschte nach Spuren des Alters in seinem Gesicht.

»Ich will sagen, daß mir vierundfünfzig noch jung vorkommt«, sagte Meredith. »Mein Vater ist sehr aktiv. Er geht mit meiner Mutter immer zum Volkstanz, und da solltest du sie mal sehen. Sie trägt ein Dirndl.«

»Findest du, ich sehe aus wie Adolphe Menjou?« fragte er.

»Wie *wer?*« sagte Meredith

»Ach, vergiß es«, sagte Alan.

Sie rutschte zu ihm hinüber, damit sie auch in den Spiegel blicken konnte. »Schau dir mal diese Linien um meine Augen an«, sagte sie. Es war ein alter Spiegel, das dicke, runde Glas war fast blind und gesprenkelt. Immer wenn sie in den runden Handspiegel blickte, den sie auf einem Flohmarkt in der Columbus Avenue erstanden hatte, fragte sich Meredith, wer wohl die ursprüngliche Besitzerin des Spiegels gewesen sein mochte: eine viktorianische Ehefrau mit hohem Kragen, die unglücklich die Linien um ihren Mund betrachtete, zu eitel, um sich über den Kern der Wahrheit Gedanken zu machen – daß irgendwann nämlich diese Schönheitsfehler gar nicht mehr existieren würden, daß ihre Knochen säuberlich ausgewaschen sein würden, und daß eine neue, eitle Frau sich über dieselben unwichtigen Probleme Gedanken machen würde.

Alan und Meredith betrachteten zusammen ihr Spiegelbild mit der gleichen gespannten Aufmerksamkeit, die sie dem »Letzten Wort« gewidmet hatten. Schließlich schaute Alan sie direkt an und meinte: »Was tun wir hier eigentlich? Ich muß in zwei Stunden zu Hause sein.« Er legte den Spiegel verkehrt herum auf den Nachttisch und zog sie so an sich, daß sie auf ihm lag. Die nächste eindreiviertel Stunde gehörte er ihr. Sie wollte weinen, weil alles so ungerecht war, aber er strich mit den Händen über ihren langen Rücken, und sie richtete sich langsam über ihm auf, beinahe gegen ihren Willen. Sex macht dumm, dachte sie. Du weißt genau, was passieren wird, du kannst die ganze tragische Geschichte von Anfang bis Ende sehen, und doch braucht es nur die übergroßen Hände von irgend jemandem, die auf deinen Brüsten landen und du wirst zu einer glücklichen Idiotin, einem drallen, lächelnden Milchmädchen in einer Operette, die singt, während sie ihre Arbeit macht. *Fa la la, ich liebe einen verheirateten Mann. Fa la la, ich werfe mein Leben weg. Fa la la …*

Erst eine Stunde später, nachdem sich Alan angezogen hatte und gegangen war, merkte Meredith, daß sie *Middle-*

march unter ihrem Stuhl im chinesischen Restaurant liegengelassen hatte.

»Sie könnte jeden Mann auf der ganzen Welt haben«, sagte Lisa, als Ann ans Telefon ging, »und ausgerechnet den sucht sie sich aus.«

»Er ist so alt«, sagte Ann. »Und er ist so ... trocken. Und langweilig. Hast du jemals diese Show gesehen? Die versetzt dich sofort in Tiefschlaf. Ein paar verbitterte Leute, die herumsitzen und über Finanzstrategien oder Euthanasie diskutieren. Meredith hatte schon eine Menge Freunde, aber eins sag ich dir, das mit dem begreife ich nicht.«

»Wir müssen wohl einfach die Tatsache akzeptieren, daß sie wirklich verliebt in ihn ist«, sagte Lisa.

»Meredith ist nicht fähig zu lieben. Bei ihr dreht sich alles nur um sie selbst, ja. Aber Liebe, nein.«

»Du bist zu hart mit ihr, Ann. Ich würde ja gerne mal hören, was ihr beide über mich sagt, wenn ich nicht dabei bin.«

»Du weißt, daß wir uns gar nicht unterhalten, wenn du nicht dabei bist. Wenn du morgen tot umfallen würdest, würden wir uns nie wieder sehen.«

»Du wirst es ja wohl noch erwarten können.«

»Außer bei deiner Beerdigung, wo sie natürlich im Rampenlicht stehen würde: ›Ode an Lisa‹, von Meredith Guzzi: ›Ich lege eine Rose auf dein Grab/Und bedenke, wie die Schönheit mit den Jahren schwindet/O Lisa, nicht dich beweine ich, sondern meine eigene Gestalt.‹«

»Du bist unmöglich, Ann.«

»Und du stehst drauf.«

Ein Piepsen war zu hören. »Ich krieg grad einen anderen Anruf rein«, sagte Lisa, drückte auf den Knopf und meldete sich.

»Ist sie das auf der anderen Leitung?« fragte Meredith.

»Sag nicht ›sie‹«, mahnte Lisa.

»Du klingst wie mein Vater«, sagte Meredith. »Nenn deine Mutter nicht ›sie‹. Warum darf man denn nicht ›sie‹ sagen? Das habe ich noch nie verstanden.«

»Kann ich dich zurückrufen?« fragte Lisa.

»Sprecht ihr über mich?« wollte Meredith noch wissen.

Lisa schwieg einen Moment und überlegte. »Nein«, sagte sie. Meredith verabschiedete sich. Lisa drückte auf einen Knopf und hatte Ann wieder an der Strippe.

»War das sie?« fragte Ann.

»Sie? Ja, sie war es. Sie hat gefragt, ob wir über sie sprechen, und ich habe nein gesagt. Gott, ich habe so ein schlechtes Gewissen.«

»Lisa, weißt du nicht, daß es völlig koscher ist, wenn wir übereinander reden? Keines unserer Worte wird jemals wiederholt werden. Das ist doch klar. Außerdem ist es gesund.«

»Hm?« machte Lisa skeptisch. »Was meinst du mit gesund?«

»Na ja, wenn sich zwei gute Freundinnen über die dritte Freundin unterhalten, dann ist das wie bei einem Therapeuten, den ich mir sonst nie leisten könnte – außer es wäre einer von diesen kostenlosen, die auf der letzten Seite der *Village Voice* inserieren und einen an Elektroden hängen ...«

»Aber sie ist unsere Freundin«, gab Lisa zu bedenken.

»Ach ja? Ich bin sicher, daß du mit Meredith auch über mich redest. Stimmt's?«

»Ja, manchmal«, sagte Lisa. »Macht es dir was aus?«

»Was ich nicht weiß, macht mich nicht heiß«, sagte Ann fromm.

»Das ist sehr vernünftig.«

»Sag mir nur, worüber ihr gewöhnlich redet«, bat Ann. »Ist es meine Frisur? Wie ich mich anziehe? Oder einfach, na ja, mein Charakter?«

»Ich lege jetzt auf, Ann«, sagte Lisa. »Gute Nacht.«

ZWEI

Als Lisa Vopilska zum ersten Mal in ihrem Leben eine Leiche sah, versuchte sie angestrengt, sich an die Zeit zu erinnern, als sie noch mit Puppen gespielt hatte. Wenn es ihr gelänge, sich diesen toten Menschen als überdimensionale Puppe vorzustellen, und wenn sie seine Arme und Beine bewegen könnte, wie sie es als Kind immer gemacht hatte, dann wäre es vielleicht gar nicht so schrecklich und sie würde vielleicht gar nicht ohnmächtig werden. Ihr Kommilitone im Anatomieseminar zuckte nicht einmal mit den Wimpern, als die Leiche hereingeschoben wurde, er nahm einfach die silbernen Instrumente zur Hand, wie ein Gast in einem teuren Restaurant, der gleich zu essen beginnt. Eine Puppe, dachte Lisa angestrengt, stell dir vor, das ist eine Puppe; aber sie hatte nie mit einer Puppe gespielt, die aussah wie ein fünfzigjähriger Mann, eine Puppe mit störrischen, grauen Haaren auf der Brust und Fingernägeln, die so blau waren wie der Himmel. Eine Puppe, die auf der Fifth Avenue beim Verschlingen eines Zwei-Dollar-Kebabs einen Herzanfall bekommen hatte und tot umgefallen war. Lisa tupfte sich den Schweiß von der Stirn. Am Rand ihres Gesichtskreises erschienen dunkle Ringe, und sie mußte sich setzen und den Kopf zwischen die Knie stecken.

»Alles in Ordnung?« fragte ihr Kommilitone, aber er konnte seinen Ärger nicht verbergen. Der würde mal einen feinen Arzt abgeben.

»Mir war nur ein bißchen komisch, das ist alles«, erklärte Lisa. »Weißt du, ich stelle mir gerade vor, die Leiche ist eine Puppe.«

Ihr Kommilitone hatte in seinem ganzen Leben noch nie mit Puppen gespielt, sondern wahrscheinlich mit Skalpellen, Klemmen und Autoklaven. »Los, fangen wir endlich an«, sagte er nur. Lisa holte tief Luft, und ihre Lungen füllten sich mit beißenden Dämpfen. Einen Augenblick lang stellte sie sich vor, hier mitten in dem stillen, hellerleuchteten Labor einen Nervenzusammenbruch zu bekommen. Im Medizinstudium bedeutete das etwa das gleiche, wie in der Carnegie Hall während einer ruhigen Passage eines Konzerts aufzustehen und laut »Scheiße!« zu brüllen. In der Carnegie Hall tat natürlich niemand so etwas. Das Publikum saß immer aufmerksam in den Stühlen, hörte zu oder döste vor sich hin. Und im Anatomiesaal brach auch nie jemand zusammen. Das war der Feuerring, durch den man springen mußte, wenn man Arzt werden wollte; einen anderen Weg zu diesem Ziel gab es nicht. Also stand Lisa wackelig auf, nahm sich ein großes Messer, und ihr Kommilitone hielt ihr die Hand, bis sie nicht mehr zitterte. Gemeinsam fingen sie an, ihre Leiche zu zersägen, wie ein frischverheiratetes Paar, das für die Photographen die Torte anschneidet.

Jetzt, Jahre später, war Lisa Vopilska eine angesehene Krankenhausärztin, die zu ihrem Leidwesen oft bei Visiten zu Rate gezogen wurde. In solchen Momenten versuchte sie immer, so unauffällig wie möglich zu erscheinen, hoffte, ihre blassen Haare und ihre blasse Haut würden ihr helfen, in der Phalanx weißer Kittel zu verschwinden. Aber der Chefarzt bewunderte sie aus irgendeinem ihr nicht bekannten Grund und pickte sie heraus. An diesem Morgen nickte er in ihre Richtung und sagte: »Dr. Vopilska, würden Sie die Patientin bitte untersuchen?«

Die fragliche Patientin war eine neunzigjährige Schwarze mit dem Namen Mrs. Blondine Dixon. Sie lag in ihrem Bett, angeschlossen an Tropf und Monitor, umgeben von den nichtssagenden, pubertären Gesichtern von Medizinstudenten oder frischgebackenen Doktoren. Mrs. Dixon war fröhlich und munter, als hätte sie eine Runde Sternsinger zu Besuch.

»Mrs. Dixon«, sagte Lisa, trat vor und nahm die Hand der Frau, »haben Sie Schmerzen in der Brust?«

»Was meinen Sie, Darling?«

»Schmerzen in der Brust? Im Brustkorb?« fragte Lisa sanft. Sie legte ihr die Hand auf das Herz. Sie haßte es, Fragen zu stellen; jede war in gewisser Weise eine Verletzung ihrer Intimsphäre, als würde sie diese Frau bitten, die privatesten, verwundbarsten Augenblicke ihres langen Lebens zu beschreiben. Lisa war klar, daß sie nie in der Psychiatrie hätte arbeiten können; in der Psycho-Abteilung hatte sie sich immer zwingen müssen, diesen armen, geplagten Menschen bei der Aufnahme Fragen über ihre Phantasien und sexuellen Vorlieben zu stellen. Selbst wenn ein Patient willig auf ihre Fragen antwortete, kam sich Lisa wie ein Polizist in einem *film noir* vor, der einen Verbrecher im kreisförmigen Schein einer Lampe verhört.

Sie wiederholte ihre Frage. »Schmerzen in der Brust?«

Mrs. Dixon lächelte sie an. »Ach, ja«, meinte sie.

Lisa warf hilfesuchend einen Blick auf das Diagramm. »Wie geht es Ihnen heute, Mrs. Dixon? fragte sie.

»Gut, gut«, sagte die Frau.

Lisa hob Mrs. Dixons Handgelenk; ihr Puls ging schnell und schwach, wie der Puls eines Haustiers. »Mrs. Dixon, haben Sie Schwierigkeiten beim Atmen?« fragte sie.

»Wie?«

»Tut es weh, wenn Sie atmen?« fragte Lisa.

Mrs. Dixon starrte Lisa an, als hätte sie sie eben erst bemerkt, und dann lächelte sie. »Wir hatten gerade geheiratet«, sagte sie, »und wir hatten eine Wohnung. Fünf Zimmer! Meine Schwiegermutter ist gekommen und einen Monat geblieben, als das erste Kind geboren wurde. Sie war mir eine große Hilfe, eine große Hilfe.«

Und Lisa konnte nur hilflos zurücklächeln, während sie sich die ganze Geschichte anhörte.

Später gesellte sich einer der anderen Krankenhausärzte zu ihr. Sie hatte sich Eric Zinn immer als den Typ Mann vorgestellt, der als Junge hyperaktiv war und mit einem Sturzhelm im Wohnzimmer wütete, bis die Energie schließlich in Leistung und Erfolg umschlug: Endausscheidung des Westinghouse Wissenschaftswettbewerbs, National Merit Stipendiat, M.I.T., Albert Einstein Medical College. Eric sah gut aus, auf diese bärtige Art, die Lisa immer wie Betrug vorkam. Wer weiß, wie gut er wirklich aussah, ohne dieses Gesichtshaar, das stets sorgfältig in Form geschnitten wurde wie eine Hecke.

»Lisa?« meinte er. »Du warst wirklich gut da drin. Die Patienten lieben dich. Du bist wie eine Enkelin für sie.«

»Danke«, sagte Lisa erfreut.

»Ich sehe dir gerne zu«, fuhr er fort. »Weißt du, ich komme aus einer Dermatologenfamilie. Sie können es kaum erwarten, daß ich einsteige, aber das kann ich mir nicht vorstellen. Ich wollte mit meinem Leben immer etwas Großes anfangen. Hast du schon mal *Die Phantastische Reise* gesehen?« Lisa antwortete, sie sei sich nicht ganz sicher. »Raquel Welch spielt eine Chirurgin«, fuhr Eric fort. »Sie schrumpft so zusammen, daß sie mit einem Chirurgenteam in den Körper eines Sterbenden eindringen und ihn operieren kann. Sie schwimmen durch die Adern, diese langen, dunklen Tunnel, und kommen schließlich zum Herz, das so stark schlägt, daß es ihnen wie ein Erdbeben vorkommt. Als ich neun war, war das mein Lieblingsfilm. So habe ich mir die Medizin immer vorgestellt: aufregend. Wie eine Reise.«

»Na ja, das kann sie schon sein«, sagte Lisa.

»Nicht für meine Verwandten«, sagte Eric. »Sie leben alle in Wilmington, Delaware, und sie sind spezialisiert auf Haut. In unserer Familie gibt es ein kleines Sprichwort: ›Hast du ein Melanom, geh zu Onkel Tom, hast du einen Leberfleck, schick ich dich zu Onkel Beck.‹«

»Und was ist bei Psoriasis?« fragte Lisa, und sie mußten beide lachen. Sie fühlte, wie die Hitze langsam zu ihrem Haaransatz hochstieg, und ganz plötzlich und unsinnigerweise stellte sie sich vor, wie er sie küßte. Ihr wurde bewußt, daß sie sich kaum an ihren letzten Kuß erinnern konnte. Es war während des Medizinstudiums gewesen, fiel ihr gerade noch ein, mit einem anderen Studenten. Sie waren in seine Wohnung gegangen und hatten ein bißchen rumgemacht, aber sie hatten beide so streng nach Formaldehyd gerochen, daß sie beschlossen hatten, das Ganze sein zu lassen und eine Pizza essen zu gehen. Nach dieser gescheiterten Geschichte hatte Lisa kaum mehr an Sex gedacht und sich statt dessen in Grays Anatomielehre vertieft. Für sie wurde der Körper zu einer Ansammlung von Teilen, in denen es vor Krankheiten nur so wimmelte. Wer würde denn irgendeines dieser Dinge küssen wollen, oder gar lecken? Ihr Beruf schien sie daran zu hindern, Sex wirklich zu genießen, und sie verglich Sex zwischen zwei Ärzten im Geiste mit einer übergründlichen Untersuchung.

Im Laufe der nächsten drei Wochen flirteten Lisa und Eric mit Inbrunst in dem heruntergekommenen Aufenthaltsraum der Fakultät und der Ärztecafeteria, und sogar vor Tagesanbruch in der Hölle des Knife-and-Gun-Clubs. Eines Nachts, als sie beide Bereitschaftsdienst hatten, kam Eric unangekündigt in das kleine Zimmer, in dem Lisa schlief. »Ich bin's«, flüsterte er durch die Tür, und sie ließ ihn müde ein. Niemand hatte ihn gesehen; er hatte sich an den Schwestern vorbeigeschlichen, an drei Medizinalassistenten, die Poker spielten, und jetzt stand er da, direkt vor ihr. Lisa trug ihre grüne Krankenhaustracht, die vom Schlafen ganz zerknittert war. Ihr schoß durch den Kopf, wie scheußlich sie jetzt wohl aussah, und wie wenig sexy. Ihrer Meinung nach bevorzugten Männer Frauen, auf deren Kleidung nicht quer EIGENTUM DES N.Y. HOSPITAL gestempelt war. Aber Eric kam trotzdem näher und küßte sie auf den Mund, und es war keine Minute vergangen, da lag er schon auf ihr, und sie atmeten beide heftig.

Obwohl sie so lange mit niemandem mehr geschlafen hatte, war bei ihren Fummeleien sofort alles wieder da, so als würde sie von einem nostalgischen Gericht aus ihrer Kindheit kosten: Ovomaltine, Honigpops. O ja, dachte sie. Jetzt weiß ich es wieder. Eric war ein ungewöhnlich ordentlicher Liebhaber; er hatte seine Kleider zusammengelegt über einen Stuhl gehängt, bevor er zu ihr in das Feldbett gestiegen war, und er schien nicht einmal zu schwitzen, so wie David Casselman, mit dem Lisa im College einmal ins Bett gegangen war und der ihre Lagerstatt in einen tropischen Sumpf verwandelt hatte. Eric schob seinen Penis in sie hinein, und dann hielt er inne, so daß sie sich auf die verlegene, erfreute Weise anblicken konnten, wie es Leute tun, wenn sie zum ersten Mal miteinander schlafen.

»Hey, du«, sagte er.

»Hey, du«, antwortete sie.

»Alles okay?« fragte er sie. Sie wußte nicht, was diese Frage bedeuten sollte. Hatte er Angst, ihr irgendwie weh zu tun? Es war eine Höflichkeitsfrage, befand sie, und sie rührte wohl daher, daß Eric oft Sonden in Nase und Hals einführen mußte.

»Alles in Ordnung«, flüsterte sie. Er fing an, sie auf den Hals zu küssen, und Lisa fand Gefallen daran. Dann ging sein Piepser los.

Innerhalb eines Monats war Dr. Eric Zinn ein fester Bestandteil von Lisas Leben, seine Rudermaschine inbegriffen. Weil er die meisten Nächte in ihrer Wohnung verbrachte, hatte er das Ding mit zu ihr geschleppt, es die drei Blocks zwischen ihren Gebäuden entlanggezerrt, und jetzt nam es ungeheuer viel Platz in ihrem Wohnzimmer ein. Vor Eric war Lisa stolz darauf gewesen, was sie aus ihrer Wohnung gemacht hatte; sie dachte, sie hätte ihrem Klinikhochhaus-Apartment auf kluge Weise einen Vermont-Farmhaus-Touch verliehen. Auf dem Bett lag ein alter Freundschaftsquilt, der in den achtziger Jahren des letzten Jahrhunderts von einem Nähkränzchen gefertigt worden war, und alle Frauen hatten ihre Namen aufgestickt. Das waren Frauen, die jede Woche geduldig vor Dutzenden von Stoffrechtecken gesessen hatten. Bereits vor langer Zeit waren sie in der Erde eines Friedhofs in Vermont begraben worden. An der Wand hatte Lisa eine Reihe von gerahmten Museumspostern hängen. »Sammlung Vopilska« nannte es Ann. Es gab einen Manet, eine Georgia O'Keeffe und den obligatorischen Swimming-pool von David Hockney. Aber jetzt war Erics Rudermaschine vor die andere Wand im Wohnzimmer gestellt worden, gleich links von einem Diane Arbus-Poster mit einem Zwerg. Jeden Morgen um sechs Uhr fing Eric zu rudern an und hörte dabei Bruce Springsteen, den er fröhlich »Bruce!« nannte, als wären sie beide innig verbrüderte Saufkumpane in Jersey gewesen.

Meredith und Ann hatten Eric noch nicht kennengelernt. Bald, bald, versprach ihnen Lisa, aber bei dem Gedanken an ein Kennenlerndinner wurde ihr ganz schlecht vor

Angst. Eric war ganz anders als sie alle. Er saß nicht gerne da, aß M&M-Erdnüsse und unterhielt sich stundenlang; er analysierte nicht gerne das Erkennungslied der »Patty Duke Show«. (Ann beharrte darauf, daß der Text »Aber Patty tanzt gern Rock and Roll / und Hot Dogs, auf die steht sie voll« ganz offen mit einem phallischen Symbol operierte, um die Ur-»Patty« als erwachende sexuelle Größe darzustellen.) Eric war ungeduldig und übereifrig; durch sein nervöses Gezappel mit den Beinen wirkte er manchmal wie eine Einmannband. Lisa fühlte sich bei ihm nicht so wohl wie bei Meredith und Ann, aber sie sagte sich, das liege an der sexuellen Spannung. Wenn es diese sexuelle Spannung gab, zwang man sich, sich die Beine zu rasieren, selbst im Winter. Man warf endlich die Unterwäsche mit dem sich auflösenden Gummiband in der Taille weg. Man hörte auf, sich vor dem Zubettgehen das Gesicht mit Clearasil zu betupfen. Man ersetzte das dünne Seifenscheibchen durch ein Körbchen mit Duftseife in der Form von Früchten. Wenn es diese sexuelle Spannung gab, dann hatte man das Gefühl, man sei in einer Mission unterwegs. Man gestaltete seinen Körper, seine Wohnung und sein ganzes Leben einladend.

Als Lisa händchenhaltend mit Eric die York Avenue entlangging, genoß sie das selbstgefällige und beruhigende Gefühl, jung zu sein, vergeben und verliebt. Wegen dieses Status konnte sie in Restaurants Eric einfach die Haare aus den Augen streichen. Sie konnte offen und ehrlich zu ihm sein, was sein scheußliches braunes Collegesweatshirt betraf. Und, was am besten war, sie vögelten die ganze Zeit. Dieses Wort benutzte sie gerne, wenn sie an Sex mit Eric dachte; sie fühlte sich dann erwachsen und ohne jegliche Scham. Sie fühlte sich dann fähig, insbesondere, weil die Buchstaben »Dr.« ihrem Namen vorangestellt waren.

Nachts wartete Eric im Bett auf sie, glücklich wie ein Pascha, mit der Fernbedienung in der Hand, zappte durch alle Programme, während Lisa in dem unerbittlichen Licht der Badezimmerlampe mit ihrem Diaphragma kämpfte. Eines Abends rutschte ihr im Badezimmer das Diaphragma aus der Hand und hüpfte auf den Kacheln, drehte sich langsam im Kreis wie eine Münze, bevor es sich hinter der Toilette niederließ. Sie mußte es mit dem Stiel des Toilettensaugpfropfens hervorschubsen, als würde sie Miniaturhockey spielen. Sie nahm sich vor, Meredith und Ann am nächsten Tag davon zu erzählen; sie würden es in die Hitliste ihrer Anekdoten aufnehmen. »Lisa und das entsprungene Diaphragma« – das hört sich an wie der Titel eines Kinderbuchs, dachte sie und lachte, während sie das Ding im Waschbecken abspülte.

»Alles in Ordnung da drin?« rief Eric.

»Ja, ja«, sagte Lisa, als sie aus dem Badezimmer kam und ohne ein Wort darüber zu verlieren wieder ins Bett kletterte.

»Jetzt müssen wir diesen mysteriösen Eric aber endlich mal kennenlernen«, sagte Ann eines Abends am Telefon. Das hatte sie schon öfter gesagt.

»Werdet ihr auch«, versprach Lisa ein weiteres Mal.

»Was ist denn los mit ihm, ist er irgendwie häßlich?« fragte Ann. »Hat er einen schiefen Zahn?«

»Nein, er ist nicht häßlich«, sagte Lisa. »Er sieht sehr gut aus.« Eine lange Pause folgte, und sie merkte, daß es ziemlich albern wirkte, wenn sie nicht nachgab. Warum sollte sie eigentlich nicht alle zum Essen einladen? Also willigte Lisa ein. Ann hatte vor, jemanden aus dem Verlag, in dem sie arbeitete, mitzubringen, einen Mann, mit dem sie letzte Woche geschlafen hatte. Meredith konnte Alan natürlich nicht mitbringen, weil er sich in der Öffentlichkeit nicht mit ihr zeigen würde, schon gar nicht würde er auf eine kleine Party gehen, wo sein Name mit ihrem in Verbindung gebracht werden konnte. Statt dessen kündigte Meredith an, sie würde die Guacamole mitbringen. Am Samstag abend würden ihre besten Freundinnen den Mann kennenlernen, den Lisa liebte, und alle würden in ihrem Wohnzimmer unter dem Zwerg zusammensitzen.

Eric war ihre Angst völlig unverständlich. Am Samstag hängte sie den Teppich auf die winzige Terrasse und scheuerte die Innenseite des Toasters mit einer Zahnbürste. »Wollen die in deinen Toaster gucken?« fragte er.

»Nein«, sagte sie. »Ich weiß gar nicht, was ich da mache. Ich bin völlig von der Rolle.«

»Entspann dich. Es war doch auch kein Problem, als du Mitchell und Kevin kennengelernt hast, oder?« fragte er sie.

Mitchell und Kevin waren während des Studiums Erics beste Freunde gewesen. Sie führten anscheinend eine völlig wortlose Freundschaft, als hätten sie sich auf der Taubstummenschule kennengelernt und nicht auf dem M.I.T. Wenn sich die drei Männer trafen, schienen sie nichts anderes zu tun zu haben als Hühnerflügel zu essen, Bier zu trinken und sich Sportsendungen anzusehen. Lisa hatte nicht einmal gewußt, daß Eric sich für Sport interessierte. Mit ihr hatte er nicht ein einziges Mal über dieses Thema gesprochen. Sie kannte ihn nur im Kontext des Krankenhauses, eines Restaurants oder des Schlafzimmers; er war ein guter Arzt, ein guter Unterhalter, ein guter Liebhaber. Für sie hatte er kein Leben außerhalb dieser eingeschränkten Sphären.

Sein Freund Mitchell lebte in Philadelphia und Kevin in Chicago, aber an einem Wochenende im November trafen sich die Männer in New York und schliefen auf dem Boden von Lisas Wohnung. An diesem Abend saßen die drei Collegefreunde, die seit über einem Jahr nicht mehr zusammen in einem Raum gewesen waren, begeistert im Schein des Fernsehapparats, sahen sich ein Spiel der Rangers an und hoben hin und wieder ein Molson-Ale an die Lippen. Wollten die sich denn nicht unterhalten? fragte sie sich. Sie hatten sich so lange nicht gesehen, und doch schauten sie alle in dieselbe Richtung, schweigend, außer um den Tormann der Rangers zu drängen, gefälligst aufzupassen. Als das Wochenende vorbei war, umarmten sich Eric, Mitchell und Kevin fest, als hätten sie es in ihrer Wortlosigkeit geschafft, sich viele tiefgründige und bewegende Geheimnisse mitzuteilen. Vielleicht glaubte Eric, daß Lisas Dinner eine Wiederholung des Wochenendes mit Mitchell und Kevin wäre, nur daß diesmal die Frauen vor dem Fernseher sitzen, Weißweinschorle trinken und Eiskunstlauf ansehen würden.

Lisa wollte nicht nur, daß Eric alles über Ann und Meredith wußte, sie wollte auch, daß er sie bedingungslos liebte. Sie wollte, daß der Abend in einem Festival der Liebe endete, daß alle am Ende ihre Mäntel anzögen und sich dabei ausgiebig zunickten und zustimmend zwinkerten. Um sieben Uhr stand Lisa ängstlich am Herd, stocherte in einer Pfanne mit Hühnchen *marbella* herum und trank Wein aus einem alten Familie-Feuerstein-Marmeladenglas. Sie wünschte, sie könnte den ganzen Abend so dastehen, sich langsam vollaufen lassen und das Hühnchen so lange braten, bis es zu Kohle geworden war.

»Soll ich?« fragte Eric, als es klingelte, und sie nickte dankbar.

Er ging zur Tür und führte Meredith herein. Sie sah natürlich wunderbar aus, einen waldgrünen Schal auf ausgeklügelte Art um den Hals geschlungen, das Haar voll und duftend. Als sie durch die Schwingtüren der Küche trat, um Lisa zu begrüßen, ging Eric direkt hinter ihr, so daß es keine Zeit gab, mit einem von beiden schnell den ersten Eindruck zu besprechen. Es klingelte wieder, und Ann und David standen vor der Tür. David Marcus sah ganz gut aus, auch wenn er, wie Ann, einen merkwürdigen Haarschnitt hatte. Er und Ann waren ungefähr gleich groß; sie trugen beide formlose schwarze Kleidung, die offenbar aus Fallschirmseide war. Ein kleiner Zigeunerreif schmückte Davids linkes Ohrläppchen und verlieh ihm das androgyne Aussehen, das bereits viele Männer in der Stadt angenommen hatten. Ann wirkte glücklich, berührte David sanft und tuschelte vertraulich mit ihm, als seien sie schon seit Jahren verheiratet. Eric lief hin und her, um alle Mäntel zur Garderobe zu bringen, und die Dinnerparty begann.

Die erste halbe Stunde saßen sie alle um den Couchtisch, sprachen über die erschreckend hohe Zahl von Waffen in den Schulen und spuckten dezent Olivenkerne in Servietten. Dann ging Lisa in die Küche, um das Essen zu holen. Sie beugte sich hinunter zum Ofen, um die Kartoffeln herauszunehmen, und die Hitze schlug ihr ins Gesicht. Sie dachte: Ich will da nicht wieder reingehen. Laß mich hier sterben wie Sylvia Plath. Dann fiel ihr auf, daß der Ofen geputzt werden mußte, und sie notierte sich in Gedanken, morgen *Easy-Off* zu kaufen. Als sie ins Wohnzimmer zurückkehrte, wurde das Essen ausgeteilt, und das lange, knubbelige Baguette wie eine Friedenspfeife weitergereicht. Billie Holiday sang »Strange Fruit« auf der CD, und irgendwann während des Essens schienen alle schweigend zu kauen, ohne sich richtig zu unterhalten. Die traurige, matte Stimme drang aus den Lautsprechern, sang ihr Lied über die Lynchjustiz, während die fünf Weißen dasaßen, Hühnchen *marbella* aßen und zuhörten.

»Ich liebe diese Platte«, sagte Ann. »Billie Holiday war eine so tragische Figur.«

»Was meinst du damit?« fragte Eric.

Ann musterte ihn einen Augenblick. »Na ja, sie hatte ein schreckliches Leben«, sagte sie. »Und sie ist an einer Überdosis gestorben. Man hat sie so gefunden.« Ann ließ sich schwer in die Couch sinken, einen blassen, nackten Arm ausgestreckt, die Augen in Todesstarre geöffnet. Gleich darauf tippte ihr David auf die Schulter.

»Du kannst jetzt aufwachen, Lady Day«, sagte er. »Wir haben dich in die Betty Ford-Klinik gebracht; es geht dir bald wieder gut.«

Ann setzte sich auf und aß weiter. Eric blickte so verwundert drein, daß Meredith ihn fragte: »Hast du denn *Lady Sings the Blues* nicht gesehen?«

»Nein«, antwortete Eric.

Ann und Meredith starrten ihn einfach nur an.

»Du hast *Lady Sings the Blues* nicht gesehen?« sagte Ann. »Wie ist denn so was möglich?« Sie blickte David an, der unschuldig weiteraß. »Du hast ihn doch gesehen, oder?« fragte sie. Er nickte und versuchte »Klar« zu sagen, aber er hatte den Mund voll Brot.

»Was ist das, ein Film?« fragte Eric, und Ann und Meredith schienen drauf und dran, sich ungläubig die Haare zu raufen. Wie kann er diesen Film nicht gesehen haben? dachten sie. Das ist doch nicht menschenmöglich? Lisa merkte, daß es Zeit wurde einzuschreiten.

»Eric liebt Filme«, begann sie nervös. »Sein Lieblingsfilm ist der, in dem Raquel Welsh ganz klitzeklein wird ...«

»Lisa«, unterbrach Eric, »da war ich neun.«

»*Lady Sings the Blues*«, sagte Meredith mit stolzer Stimme, »ist ein erstklassiger, extrem tragischer Film.«

»Na ja, also, glaubt mir, als Arzt habe ich echte Tragödien

gesehen«, sagte Eric. »Neugeborene, deren Herz außerhalb ihres Körpers hängt, einfach dahängt ...«

Die übrige Zeit des Abends verbrachte Eric damit, Dramen aus der Medizin zu erzählen. Während sie den Salat aßen, gab er eine Geschichte aus seiner Zeit in der Gastroenterologie zum besten: »Als wir ihn endlich im OP hatten«, sagte er, »ist sein Magen regelrecht explodiert.« Während der Nachspeise hatte Eric immer noch nicht aufgehört: »... und ihr Gehirn«, erzählte er, »war so voll mit Flüssigkeit, daß ihr Kopf aussah wie eine Wassermelone.«

Lisas Gäste saßen stumm da, eine fleischgewordene Allegorie des Ekels. Später, als sie die Teller abräumte, ging sie durch die Schwingtüren in die Küche, wo Ann und Meredith standen und sich auf eine Art und Weise unterhielten, die ziemlich vertraut wirkte.

»Und?« fragte sie, als sie den Stapel Geschirr in ihre kleine Spüle stellte.

»Er ist toll«, sagte Ann.

»Ja, echt.« Meredith stimmte ihr zu.

Sie sagten, Eric sehe gut aus, was natürlich unbestreitbar war, und sie meinten, seine Arztgeschichten seien sehr bewegend. Lisa umarmte sie fest, und in diesem Augenblick hatte sie das Gefühl, sie müsse in Tränen ausbrechen, denn jetzt endlich kam es ihr so vor, als könne sie alles haben, als müsse sie sich nicht entscheiden, und als hätten die Frauenratgeber von forschen Autorinnen mit Doktortitel und schicken Frisuren doch recht damit, daß sie alle, die sie liebte, einfach zusammen um sich haben könnte.

Der Rest des Abends war nicht weiter erwähnenswert, aber Lisa genoß es außerordentlich, daß nichts Schreckliches passierte. Keiner beleidigte den anderen. Es gab keine fürchterlichen, peinlichen Momente, keine großen schwarzen Löcher der Verlegenheit, in die Lisa springen wollte.

Der Abend verlief in einem gleichmäßigen, erträglichen Rhythmus, auch wenn es keiner dieser wundervollen Abende war, in denen Meredith, Lisa und Ann unaufhaltsam weiterredeten, ihre Worte sich überschnitten und die ganze Unterhaltung durch den ausgelassenen Code alter Freundinnen geprägt war.

Aber den ganzen Abend über ließ die überwältigende Kraft, die MerLisAn bildete, Eric wie einen Zwerg erscheinen. David konnte für sich selbst sorgen, Eric nicht. Wie sollte Eric es je mit dieser massiven Frauenpower aufnehmen können? Schließlich war das Essen vorbei, Billie Holiday hatte zu singen aufgehört, und bald würde jemand Anstalten machen, aufzubrechen. Lisa blickte sich im Zimmer um, registrierte die letzten Atemzüge dieser Dinnerparty und bemerkte, daß Eric leicht in die Couch gesunken war, die Arme vor der Brust verschränkt, als müsse er sich gegen zu erwartende Schläge schützen; Meredith und Ann ragten zu seinen Seiten so triumphierend auf wie Furien. Armer Eric, war alles, was Lisa denken konnte. Armer, armer Eric. Wie war er da nur hineingeraten?

Als sie später neben ihm in der Dunkelheit lag, das Gesicht wie immer ihm zugewandt, so daß sie zu dem sanften Metronom seines Atems einschlief, fragte sie ihn: »Glaubst du, es ist gut gelaufen?«

»Ich hab's dir doch gesagt, Schatz, ja«, antwortete er.

»Haben sie dir wirklich gefallen? Würden sie den Eisenbahntest bestehen?«

»Den was, bitte?« fragte Eric.

»Angenommen, du sitzt im Zug, und sie kämen den Gang entlang: Würdest du wünschen, daß sie sich neben dich setzen oder wäre es dir lieber, sie würden sich einen anderen Platz suchen?« Das war ein Test, den Meredith,

Lisa und Ann sich vor Jahren ausgedacht hatten, um neue Leute einzuschätzen, sei es als potentielle Freunde, sei es als Liebhaber.

Eric zwinkerte ihr zu. »Ist es eine sehr lange Fahrt?« fragte er »Normalerweise lese ich gern.«

»Du bist vielleicht prosaisch!« sagte Lisa.

»Also, ich glaube, sie würden nicht gerne neben mir sitzen«, meinte er, und Lisa bestand darauf, daß das nicht stimme.

»Nein«, sagte sie, »sie haben sogar gesagt, sie finden dich sehr bewegend.«

»Bewegend? Wirklich?« sagte Eric. »Obwohl ich *Lady Sings the Blues* nie gesehen habe? Man hätte denken können, ich hätte erzählt, daß ich das Lindbergh-Baby gekidnappt habe.«

»Ach was«, sagte Lisa, »du warst ihnen wirklich sympathisch, und sie dir.«

»Und das beste daran ist, es ist vorbei«, sagte Eric.

»Und warum hast du *Lady Sings the Blues* nicht gesehen?« fragte sie, und Eric kitzelte sie unter der Decke, bis sie vor Vergnügen kreischte.

Am Ende des Essens hatten Meredith und Ann in der winzigen Küche aufgeregt miteinander geflüstert: »Was hat sie vor?« zischte Ann. »Gib mal einen Tip ab.«

»Das hält nicht«, sagte Meredith. »Es ist ganz offensichtlich was Sexuelles. Lisa hatte so was noch nie. Sie hat ihr ganzes Leben in Labors verbracht und irgendwas mit Petri-Schalen angestellt. Sie war völlig unauffällig, und jetzt ist da jemand, der sie ausgewählt hat, und das gibt ihr das Gefühl, etwas Besonderes zu sein.«

»Sie kann jeden Moment durch diese Schwingtüren kommen«, sagte Ann, »und dann sieht sie uns mit diesen

Bambiaugen an und wird wissen wollen, was wir denken. Du bist diejenige, die sagt, wir sollen nett sein. Also denk dir ein Adjektiv aus. Irgendwas.«

»Was soll das werden, ein Ratespiel?« fragte Meredith.

»Ich mein es ernst!« sagte Ann. »Los!«

»Bewegend«, sagte Meredith. »Wir können ihr sagen, daß wir ihn bewegend finden.«

»Wer soll uns das denn abnehmen?« fragte Ann. »Ach, komm schon, Meredith, uns fällt noch was Besseres ein. Denk nach!«

Plötzlich gingen die Schwingtüren auf, und Lisa kam mit den restlichen Tellern herein. »Ann«, sagte sie, »ich finde David wirklich toll.«

»Oh, danke«, sagte Ann. »Ich meine, ich kann zwar nichts dafür, daß er so toll ist, aber trotzdem danke.«

Eine endlose Pause folgte. Ann fügte beinahe kläglich hinzu: »Ich finde Eric auch toll.«

»Ja, wirklich, Lisa«, sagte Meredith.

»Wirklich?« fragte Lisa.

»O ja«, sagte Ann. »Er sieht so gut aus. Und wie er von der Medizin erzählt hat, das war unheimlich ... bewegend.«

»Ihr seid einfach großartig«, sagte Lisa. »Ich hab schon angefangen, mir Sorgen zu machen, daß es nicht so läuft, aber das liegt wohl nur an mir – Lisa, die Paranoikerin.«

»Ganz bestimmt«, sagte Meredith.

Lisa umarmte beide fest und kurz, dann ging sie wieder ins Wohnzimmer. Die Türen schwangen auf und zu und gaben ein paarmal den Blick auf Eric frei, der unwissend dasaß und auf seinen Kaffee wartete. Meredith und Ann sahen sich mit dem müden, vernichtenden Blick von Verschwörern an, die gerade ein langfristiges Abkommen geschlossen hatten.

DREI

In dem Jahr, in dem Ann *Meine Lieder, meine Träume* gesehen hatte, hatte sie unbedingt Nonne werden wollen. Ihre Mutter mußte sie stets aufs neue darauf hinweisen, daß das gar nicht ging, weil sie doch Jüdin war. »Ach ja«, meinte Ann dann immer. »Hab ich ganz vergessen.« Die Kraft ihrer Sehnsucht war stärker als jede Logik, und außerdem begriff sie nicht ganz, weshalb Judentum und Nonnendasein einander ausschlossen, auch wenn sie so tat, als ob. Ann Rogoff wußte nur, daß man als Nonne auf einem Berg mit vielen anderen Nonnen wohnen konnte, um sich auf diesem Olymp von Umweltverschmutzung, Verkehr und den alltäglichen Problemen gewöhnlicher Menschen zurückzuziehen. Sie und ihre »Schwestern« würden alle schlichtes Schwarz und Weiß tragen – angenehm fürs Auge –, und sie würden im Kreis sitzen, leise beten oder eine komplizierte mehrstimmige Version von »Amazing Grace« singen. Bei schönem Wetter konnte man über das Klostergrundstück laufen, Beeren sammeln und für die Mutter Oberin Wiesenblumen pflücken. Man konnte das gleiche Leben führen wie Julie Andrews zu Beginn von *Meine Lieder, meine Träume*, bevor sie es aus unerfindlichen Gründen aufgab, um für die ganze Trapp-Sippe den Babysitter zu spielen. Ann wollte mit Julie Andrews – die unheimlich schön war, beinahe edel, und mit kristallklarer Stimme sang – wieder auf diesem Berg sein. Die Harmonien von »Amazing Grace« würden Julie niemals aus der Fassung bringen; sie war diejenige, die ihre Stimme über alle anderen erheben konnte, wo sie für Gott leicht vernehmbar war.

Als kleines Mädchen schwelgte Ann häufig in dieser Phantasie, stellte ihre Puppen in einer Reihe auf, und wenn es bewegliche Puppen waren, knickte sie ihre Beine so ab, daß es aussah, als knieten sie auf Gebetsbänken. Einmal rasierte sie sogar Chatty Cathy mit dem Lady-Rasierer ihrer Mutter den Kopf, weil die Puppe einem besonders strengen Orden angehörte.

Es war zwar nicht gerade verwunderlich, daß aus Ann nie eine Nonne geworden war, aber sie war auch keine besonders gute Jüdin. In den Jahren seit ihrer Bat Mizwa war sie zu einer abgeschwächten, ziemlich idiotischen Form des Judentums übergegangen, zu der es gehörte, an hohen Feiertagen ans Fasten zu denken, sich dann in letzter Minute anders zu entschließen und einen tiefgefrorenen Burrito in die Mikrowelle zu schieben. Aber sie war die einzige Jüdin von MerLisAn, und sie hielt es für wichtig, wenigstens so zu tun, als wäre sie ihrem Glauben mehr verbunden, um ein gutes Beispiel abzugeben.

Ann verbrachte derzeit ihre Tage bei Eberhardt Publishers, wo sie auf der einen Seite eines Raumteilers saß, Manuskripte las und Briefe für Harry Corning schrieb, den jungen, pingeligen Lektor, für den sie arbeitete, und der trotz seines britischen Akzents und seines mutmaßlichen Wissens über die Werke von Laurence Sterne und George Eliot einen grauenhaften Geschmack hatte, was moderne Literatur betraf. Oft ließ er Ann Manuskripte auf den Schreibtisch flattern und murmelte: »Sagen Sie mir, was Sie davon halten.« Die Romane waren meistens seicht und gruselig. *»Ich bin die ganze Nacht wach und fühle mich wie unter Strom. Also esse ich eine Packung Schokokekse und trinke eine Dose Cola mit Schuß. Mir gefällt das Wort Schuß. Es erinnert mich an den Abend an der Bushaltestelle in Oakland, als Cody und ich versucht haben, Kleingeld aufzutreiben, und wir zwei*

Girls vom Mitternachtsbus aus Seattle aufgerissen haben. Sie waren müde, aber wir sind mit ihnen ins Männerklo und haben sie im Stehen gevögelt. Schuß. Ich war völlig verschossen in eine von ihnen, aber danach hätte ich der anderen am liebsten einen Kopfschuß verpaßt, so einen Schuß hatte die.« (Aus: *Deadwood*, von Seth Kaplan, S. 118.)

Die Autoren dieser Bücher hatten meistens gerade ihren Abschluß in *creative writing* gemacht. Eigenartigerweise waren ihre Manuskripte niemals länger als sechsundneunzig Seiten. Ann nannte die Bücher Harrys Frühchen, denn sie schienen immer viel zu früh aus dem Computer gekommen zu sein, seltsame kleine Wesen, an denen nicht viel dran war, kaum überlebensfähig, hätte Harry sie nicht so fürsorglich gepflegt. Er steckte diese Manuskripte zwischen elegante Buchdeckel, oftmals mit einem eindringlichen Gemälde von Francis Bacon auf dem Umschlag und einem eindringlichen Photo des Autors auf der Rückseite, und dann verkaufte er das Ganze für $ 22,95. Harrys männliche Autoren waren für gewöhnlich groß und struppig und trugen Fliegerjacken, der Typ Mann, der für Frauen wie Ann so unerreichbar war, daß sie es nicht einmal in Erwägung zog, mit ihnen zu flirten. Sie ließ sie einfach in dem Glauben, sie sei Harrys geschlechtsloser Arbeitsroboter, und brachte ihnen schweigend Kaffee, wenn sie auf ihren Lektor warteten, der sie zu einem phantastischen Lunch einladen würde. Harrys Autorinnen waren bestürzend schöne kleine Waldtiere, die aussahen, als würde man ihnen die Finger brechen, wenn man ihnen bei der Begrüßung die Hand schüttelte. Gelegentlich trat einer der schönen Männer genau in dem Moment aus Harrys Büro, wenn eine der schönen Frauen gerade hineingehen wollte, und Ann stellte sich vor, daß die beiden irgendwie stillschweigend vereinbarten, sich später in der Toilette unten im

Foyer auf eine schnelle Nummer zu treffen. Es machte sie wütend, daß diese Schriftsteller so bequem lebten, Stipendien bekamen, Lesungen veranstalteten und spät ins Bett gingen, während Ann, die ihren Abschluß in Englischer Literaturwissenschaft in Yale gemacht hatte – und zwar mit Auszeichnung! – fünzehntausend pro Jahr verdiente, und das in einem Beruf, wo niemand sie bemerkte oder lobte und wo die Wände ihres Büros nicht einmal bis zur Decke reichten.

Als sie jetzt so beim Lesen saß, merkte sie, daß etwas in ihrem Haar gelandet war. Sie blickte auf und sah, daß von der anderen Seite des Raumteilers aus, wo David Marcus saß, Papierschnipsel zu ihr herübergeworfen wurden. Er war ihr kleiner Lichtblick bei Eberhardt. David war Lektoratsassistent von Helen Warren, einer mütterlichen Lektorin, die sich auf Gartenbücher und Inneneinrichtung spezialisiert hatte. In diesem riesigen Verlagshaus mit dem ständigen Klappern von Computertastaturen und dem Summen der unfruchtbar machenden Neonlichter war David ihr einziger Freund und, seit kurzem, ihr Liebhaber. In seiner Freizeit schrieb er einen Roman; er handelte vom Erwachsenwerden eines einsamen jungen Mannes, der in einem Verlag arbeitet. In den ersten Monaten, als sie sich eine Trennwand geteilt hatten, war sie der Meinung gewesen, er sei schwul, hauptsächlich wegen seines Ohrrings und der Tatsache, daß er wirklich nett zu sein schien.

Aber während einer denkwürdigen Mittagspause hatte er ihr dann seine intimen Empfindungen gestanden. Sie waren auf einem Straßenfest gewesen, einem Straßenfest, genau wie jedes andere in New York, mit Teigkringeln, die in Bottichen voll ranzigem Öl frittiert wurden, Kindern, die an Eis lutschten, das ihnen den Mund blau färbte, erwachsenen Männern mit ärmellosen, gerippten Unterhemden und haarigen Armen, die in den Sucher von Luftgewehren blinzelten und Blechenten den Kopf abschossen, um für ihre Auserwählten pinkfarbene Acrylaffen zu gewinnen. Ann und David schlenderten durch die Menge, murmelten sich die typischen sarkastischen, elitären Kommentare zu und blieben dann stehen, um sich am Roten-Kreuz-Stand den Blutdruck messen zu lassen. David hatte einen überraschend hohen Blutdruck, und als der freiwillige Helfer ihn fragte, ob ihn Arztbesuche nervös machten, verneinte er, das sei es nicht, und dann blickte er Ann bedeutungsvoll an. »Ich?« fragte sie ihn. »Ich? *Ich* mache dich nervös?« Er nickte zustimmend, und dann versuchte er, ihre Hand zu nehmen, aber ihre Arme wurden durch die Manschetten auf Abstand gehalten, wie bei Sträflingen in einer Kolonne.

Sie blickte über den Tisch des Rot-Kreuz-Standes und überlegte, ob auch sie sich zu ihm hingezogen fühlte. In ihrem ganzen Leben hatte sie fast nie diese einzigartige, unerträgliche Erregung erlebt, die Meredith öfter beschrieb, wenn sie über Männer redete. Aber an Meredith kam kaum jemand heran. Ihr Wissen über Sex schien so umfassend zu sein, daß sie in der Sexkategorie von »Riskant« gegen Masters und Johnson spielen und gewinnen könnte. Meredith hatte einen Satz Ben-wa-Kugeln, die ihr ein Mann namens Philip geschenkt hatte. Er war mit einem Luce-Forschungsstipendium im Orient gewesen und hatte sie en gros gekauft. Meredith hatte das zarte Vergnügen des tantrischen Sex erlebt. Sie wußte, daß das kleine Loch an der Spitze eines Penis Meatus hieß. Meredith wußte alles, und als David sich Ann erklärte, wünschte sie, Meredith wäre hier, würde in ihrem Körper wohnen, um ihr zu sagen, ob das, was Ann fühlte, wirklich sexuelle Begierde war. Ist das alles? wollte sie wissen. Sie mochte David bestimmt gerne, aber es gab keinen Grund, diese Freundschaft zu erotisieren. Bis zu diesem Moment waren David und sie gute Freunde gewesen. Kleine Briefchen wurden durch den Spalt ihres Raumteilers geschoben, und Papierschnipsel regneten ihr auf den Kopf. Zuerst befürchtete sie, all das würde aufhören, wenn sie ein Liebespaar wären, würde durch neue, verträumte Blicke ersetzt, wenn David auf die hinabspähte, und durch Freesiensträuße, die ihr ab und zu auf den Schreibtisch gestellt wurden. Irgend etwas fing schon an, kaputtzugehen; sie spürte es kommen, der leise Ruin einer guten Freundschaft. Das erinnerte sie an ihre Mutter. Wenn bei Familiengrillfesten eine Schüssel Mayonnaise draußen auf einem Tisch stand, fixierte sie sie immer so starr, als wüßte sie genau, wann sie umkippte.

Sein Kopf tauchte jetzt auf, das reizlose, aber ernste Gesicht, die alte Brille und das feine Haar – ein junger Mann, der immer noch von Jimi Hendrix träumte, von Weather Underground und vom People's Park, obwohl das Ganze eigentlich ziemlich an ihm vorübergegangen war, als es tatsächlich stattgefunden hatte. »Wollen wir mittagessen gehen?« fragte David. Ann holte ihren Mantel, und sie machten sich auf den Weg zum Three-Cousins-Coffeeshop um die Ecke. Ihr Weg führte sie an dem Restaurant Gepetto vorbei, gerade als Harry Corning mit dem literarischen Agenten Evan Bright hineinging. Die schwere Tür stand weit genug auf, um den Blick auf ein paar Meter des warmen, blassen Inneren des Viersternerestaurants freizugeben. Harry kam gewöhnlich um drei Uhr vom Mittagessen zurück, in einem benommenen, gesättigten Zustand, die Mundwinkel noch von Olivenöl glänzend; er summte die Musik, die an diesem Tag in seinem Restaurant gelaufen war, und akzentuierte die Melodie mit ein paar heimlichen, zufriedenen Rülpsern. Wenn Ann sah, wie Harry mit einem seiner Verlegerfreunde oder einem seiner schnittigen jungen Autoren in ein Restaurant ging, dann war sie gewöhnlich gereizt und eifersüchtig.

Aber heute war Ann eher interessiert als eifersüchtig, weil Harry nämlich mit Evan Bright essen ging. Bright war ein literarischer Agent, der kolossale Abschlüsse für seine Autoren aushandelte, so daß sie absurd überbezahlt waren, ihre Bücher aber schnell in der Ramschkiste von Buchhandlungen landeten, wo große 99¢-Aufkleber auf den Titeln prangten. Evan Bright war ein schwerer Mann mit geschwungenen Augenbrauen und dicken schwarzen Lokken, der gerne erzählte, daß seine Baumwollhemden von einem uralten, opiumrauchenden Chinesen unten in der Pell Street für ihn maßgeschneidert wurden. In den sechziger Jahren war Bright Mitglied einer kleinen Psychedelic-Band gewesen. Es hieß, er habe eine Zeitlang mit Grace Slick zusammengewohnt, dann sei er nach Yale gegangen, um die Kunst der Renaissance zu studieren, seiner Einberufung sei er wegen eines angeblich äußerst starken Asthmaleidens entgangen, das seit dem Sommer der Liebe nicht mehr aufgetreten sei. Mittlerweile war Evan Bright mit einer ziemlich gewöhnlichen, hübschen Frau namens Christina verheiratet, die zwei Jungen, Zwillinge, zur Welt gebracht hatte. Sobald die Babies geboren waren, ward Christina nicht mehr gesehen. Sie saß gefangen in ihrem Loft und stillte die Zwillinge wie die römische Wölfin, während Evan sich auf Buchparties Kanapees in den Mund schob oder bei ausgedehnten Dreistundenlunches mit Harry Corning saß.

Evan Bright war widerlich, das sagten alle. Er war ein übler Kunde, und niemand wollte mit ihm Geschäfte machen, doch alle taten es. Er war die Verkörperung des Bösen, hieß es überall, aber Ann mochte ihn insgeheim. Er war immer sehr freundlich, wenn er anrief, um mit Harry zu sprechen, und sie hatte das Gefühl, sie könne am Telephon so mit ihm herumalbern, wie mit ihren Freundinnen. Durch diese Unterhaltungen fühlte sich Ann auf eine Weise beachtet, wie sie es in der Arbeit sonst nie erlebte. Seit er wußte, daß sie in Yale studiert hatte, begrüßte er sie immer mit einem höchst ironischen »Boola, boola«, wenn er anrief. »Wissen Sie, ich mag Sie«, sagte er ihr einmal. »Sie sind klug. Ich behalte Sie im Auge, Rogoff.«

Jetzt eilten Evan und Harry ins Gepetto und zogen ihre breitschultrigen Mäntel bereits aus, noch bevor sie ganz durch die Tür waren, während Ann und David von der Straße aus zusahen wie die junge Cathy und Heathcliff, die einen Kostümball durch das Fenster beobachten. Sie blieben einen Moment lang stehen, bis sich die Tür leise schloß, dann gingen sie weiter.

An diesem Abend fuhren David und Ann nach der Arbeit downtown, pendelten Seite an Seite durch die Stadt, und als sie zu ihrer Wohnung kamen, gingen sie direkt ins Bett, als müßten sie der Vorstellung von einer jungen, hypersexuellen Romanze entsprechen. Sie hörte das vertraute Quietschen der Rolleiter, als sie in ihr Hochbett stiegen. Fast niemand von Anns Bekannten schlief in einem richtigen Bett; die meisten Leute ihres Alters, die in der Stadt wohnten, schliefen in einem Hochbett, auf einem Futon auf dem Boden oder allenfalls noch auf einer ausziehbaren Couch. David hatte sich schon ganz ausgezogen, seine Brille abgenommen und alles auf einen Stuhl unter dem Hochbett gelegt. Als er dann auftauchte und zu ihr auf die Matratze kam, fühlte sie sich, als wären sie beide blinde Passagiere im Frachtraum eines Dampfers.

Hier oben auf dem Hochbett gab es sehr wenig Bewegungsfreiheit. David ließ sich auf sie fallen, küßte sie auf

Hals und Mund und zog schließlich ein Kondom aus einer Schachtel, auf der ein Mann und eine Frau abgebildet waren, die es in einem Weizenfeld trieben. Ann, Meredith und Lisa waren vor kurzem in einer Kondomboutique im Village gewesen. Sie hieß Gummi-Baron, und neben den herkömmlichen gab es dort Kondome mit Rumpunscharoma und Alligatorenledermuster (mit der genoppten Struktur, die »Extravergnügen« versprach). Ein gelangweilter Mann mit rasiertem Kopf saß hinter der Theke und las *Daniel Deronda*. Wie konnte man seinen Eltern beibringen, daß man in einem Kondomladen arbeitete? Wie schrieb man den Kondomladen in seinen Lebenslauf, wenn man sich um einen neuen Job bewarb? Aber in dem Geschäft war viel los, und niemand wirkte auch nur annähernd verlegen. Alle wühlten in Kisten mit Kondomen, wie Schnäppchenjäger im Ausverkauf. Das war die Zukunft einer Generation verängstigter Konsumenten. Sie hatten keine Wahl; ungeschützter Sex gehörte der Vergangenheit an. Ann hatte zwei Freunde aus dem College, die HIV-positiv waren; bei dem einen war die Krankheit schon ausgebrochen, der andere war nervös gesund, pumpte sich voll mit Vitaminen, hielt sich streng an eine makrobiotische Diät, in der empfohlen wurde, nur Lebensmittel zu essen, die aus seiner Heimat waren, und das war Hoboken, New Jersey. Ann, Meredith und Lisa hatten gelegentlich Panikattacken wegen AIDS, die aber meistens schnell vorübergingen. Es war unwahrscheinlich, daß sich eine von ihnen infiziert hatte, wenn auch nicht unmöglich. Sie lenkten ihre Aufmerksamkeit auf die Zukunft, und die Zukunft lag in Kondomen. Jeder mußte sich jetzt einhüllen, wie um sich vor einem langen, langen Winter zu schützen. Und wenn man schon etwas verwenden mußte, warum dann nicht etwas mit Rumpunsch?

David stieß in Ann hinein, aber das Hochbett machte den

Sex ziemlich knifflig. Jedes Mal, wenn er sich näherte, knallte er mit dem Kopf gegen die Decke. »Scheiße!« rief er das erste Mal. »Scheiße!« rief er das zweite Mal, und als es das dritte Mal passierte, zuckte er nur zusammen und bewegte die Lippen. Die ganze Episode lief so: jemand rumpelte mit dem Kopf gegen die Decke, jemand, der Gefahr lief, aus dem Bett zu fallen. Die Leidenschaft riß sie nicht mit, trug das Schiff mit diesen zwei blinden Passagieren nicht für immer hinaus aufs glitzernde Meer. Statt dessen waren sie so nahe an der Decke, daß Ann das zwanzig Monate alte Kind über ihr hören konnte, das über den Boden krabbelte. »Böser Hund«, hörte sie das Kind sagen. »*Danz* böse.«

»Will Baby Mamamilli haben?« fragte die Mutter.

Mamamilli! Diese Mutter würde ihr Kind wahrscheinlich stillen, bis es erwachsen war, mit herunterbaumelnden Beinen, während sie es auf dem Schoß hielt wie die Pietà. Warum lauschte Ann diesen intimen häuslichen Geräuschen? Sie sollte nicht zuhören, sie sollte sich völlig in ihrem eigenen intimen Moment mit David verlieren, so daß alles andere ausgeschlossen wäre – die Begierde wie Stöpsel in den Ohren, eine Binde auf den Augen, so daß sie einzig und allein diese Empfindungen haben und das ausrufen konnte, was Leute in solchen Momenten eben ausrufen. Sie stellte sich Meredith im Bett mit Alan Seymour vor. Sie versuchte, sich auszumalen, wie Meredith im Bett war, und sie gab sich alle Mühe, sie zu imitieren.

»Ohh«, stöhnte Ann laut, um auszuprobieren, wie es klang. »Ohhh.« Sie ließ die Silbe heraus, als würde sie ausatmen.

»Ohh«, gab David als Antwort. Sie waren wie zwei Hunde, die sich nachts aus unterschiedlichen Hinterhöfen anheulten.

In der Wohnung darüber war es still, dann folgte ein Rascheln. »Baby« wurde offenbar gestillt. Danach hörte man schwere Schritte. Der Vater. »Gail, hast du die Hühnchenfüllung mitgebracht?« fragte er mit seiner tiefen Stimme.

»Ach, hab ich vergessen«, antwortete sie.

»Du weißt doch, wie sehr ich diese Füllung mag.« Das sagte er auf kindlich bockige Art; er hätte mal an ihrer anderen Brust nuckeln sollen.

»Schon gut«, sagte Gail. »Ist doch wohl kein Verbrechen, oder? Ist es denn so schlimm, daß ich sie vergessen habe? Wo gehst du hin, Michael? Michael?«

Seine Schritte bewegten sich weg. Oh, die kleinen Tragödien im Leben anderer, dachte Ann, während David an ihrem Körper herunterrutschte. Er öffnete ihre Beine und fing an, leicht an ihr zu lecken, aber Ann hatte nur das Gefühl, gekitzelt zu werden. Sie versuchte, so zu tun, als würde es ihr gefallen, sie versuchte sich zu entspannen, aber dieses federleichte Krabbeln war fürchterlich, und sie spürte, wie das Lachen in ihr aufstieg wie ein großer Wirbelwind. Plötzlich platzte es aus ihr heraus. »Hi hi hi hi hi«, lachte sie. Sie konnte nichts dagegen tun, sie konnte nicht aufhören, selbst dann nicht, als er erstaunt den Kopf hob und sie anstarrte. »David, es tut mir leid«, sagte sie. »Es tut mir wirklich leid.«

»Hab ich irgendwas gemacht?« fragte er.

»Nein, nein, es liegt an mir, nicht an dir«, sagte Ann. »Ich bin nur ziemlich kitzlig, ganz plötzlich. Ich kann es dir nicht erklären.«

»Na, das tut dem Ego richtig gut«, sagte David. »Gibt dem sexuellen Selbstwertgefühl richtig Auftrieb. Geh mit einer Frau ins Bett und sieh zu, wie sie sich vor Lachen ausschüttet.«

Er setzte sich in dem Hochbett auf und knallte mit dem Kopf an die Decke. »Verdammte Scheiße!« brüllte er, und oben begann das Baby zu weinen.

Als Ann Wochen später mit Meredith und Lisa im Kino saß, sagte sie: »Ich glaube, David ist für mich irgendwie selbstverständlich geworden. Gestern hat er angeboten, für mich zur Reinigung zu gehen, weil sie meine Bluse ruiniert haben, und ich hatte Probleme, mich selbst zu beschweren. Er hat sogar meinen Luftbefeuchter ausgekratzt, da sind schon Sporen drin gewachsen.«

»Wo liegt dann das Problem?« fragte Meredith.

»Ist es was Sexuelles?« fragte Lisa auf ihre feinfühlige Art.

Es wurde dunkler, und sie blickten pflichtbewußt hoch zur Kinoleinwand, wo ein Zeichentrickeimer voll Popcorn mit einer Riesencola tanzte. »Hm, vielleicht«, sagte Ann. »Es ist, als wären wir zwei gute Freunde, die zufällig miteinander schlafen. Wenn der Sex nicht wäre … ich glaube, es würde keinem von uns auffallen.«

»Äh«, meinte Lisa, »habt ihr … du weißt schon.« Sie konnte ihre Frage nicht beenden.

»Sie will wissen, ob ihr Orgasmen habt«, sagte Meredith. »Ich bin ihre Simultandolmetscherin.«

»Er schon«, sagte Ann. »Und ich … naja, ich arbeite daran.« Sie sah die beiden bittend an. »Ist das einer von euch schon mal passiert?«

»Kaum«, sagte Meredith. »Man hat mir gesagt, ich reagiere ungewöhnlich schnell. Ich brauche so etwa zehn Sekunden. Was wohl ganz gut ist, weil das ungefähr der Zeit entspricht, die Alan bleiben kann. Ich bin quasi noch am *Zappeln*, und er ruft ein Taxi.«

Ann wandte sich Lisa zu und fragte: »Was ist mir dir und Eric?«

»Ich glaube, wir passen ganz gut zusammen«, sagte Lisa, und dann fing sie unverständlicherweise zu grinsen an. Meredith und Ann sahen sie an, und Lisa sagte: »Es ist nur, na ja, Eric hat so ein Sexhandbuch aus dem neunzehnten Jahrhundert in der Bibliothek entdeckt, und da waren so witzige Schaubilder drin ...« In diesem Moment brach Lisa in Lachen aus, und intime, wilde Erinnerungen schossen ihr durch den Kopf. Eine Frau in der Reihe vor ihnen drehte sich um und sagte ziemlich verärgert: »Ver*zei*hung.« Lisa entschuldigte sich, und die Frau schaute wieder nach vorn.

»Mann, der Film hat noch nicht mal angefangen«, sagte Ann. »Muß sie jedes Wort verstehen, das aus einer Zeichentrickschachtel von Good and Plenty kommt?«

»Weißt du noch, als wir damals in *Love Story* waren?« fragte Lisa. »Meredith hat so laut geheult, daß das ganze Kino ›Sch!‹ gemacht hat.«

»Das war ja auch ein sehr trauriger Film«, sagte Meredith. »Was hatte Ali McGraw noch mal, Leukämie?« fragte Lisa. »Ich sag euch was, so sieht Leukämie nicht aus. Ich hab Leukämie gesehen.«

»Wißt ihr«, sagte Meredith, »ich hab immer gedacht, ich könnte James Taylors Drogenproblem lösen, wenn ich die Gelegenheit dazu bekäme.«

»Hast du auch eine Lösung für die Hungersnot auf der Welt?« fragte Ann.

»Den Menschen kannst du natürlich nicht verändern«, sagte Meredith.

»Hey, das ist tiefsinnig«, sagte Ann.

»Aber ich hab doch recht«, fuhr Meredith fort. »Glaubst du wirklich, daß sich zwischen dir und David noch etwas ändern wird?«

»Ich weiß nicht«, sagte Ann und fühlte sich plötzlich elend.

»Nichts ändert sich«, sagte Meredith, »Die Verheirateten bleiben verheiratet, und am Ende hast du nichts. *Nada*. Du wirst zu einer von diesen verbitterten Frauen mittleren Alters. Ungewollt, ausgetrocknet. Auf deinem sexuellen Höhepunkt, ohne jemanden, der ihn mit dir erreicht. Deine sexuellen Kicks kriegst du von einem Sortiment General-Electrics-Apparate.«

Die Frau vor ihnen wirbelte ein zweites Mal herum. »Ich mach keinen Spaß, Mädels!« sagte sie. »Ihr hört jetzt auf, sonst hole ich jemanden.«

»Okay«, sagte Ann, »damit wäre die Frage erledigt. Wir sind immer noch Mädels.«

Dann fing der Film an, und alle hörten abrupt zu sprechen auf. Aber als sie in der Dunkelheit ihre Gesichter nach vorne wandten, hatte jede der drei ein Bild im Kopf: einen leistungsorientierten Arzt, der sich an einer Rudermaschine abrackert, einen verheirateten Mann mittleren Alters, der sich die Hosen anzieht und heimfährt, und einen lieben Lektoratsassistenten, der für eine weitere gemäßigte langweilige Liebesnacht in ein Hochbett klettert. Wenn Meredith, Lisa und Ann an diesem Abend nach Hause gingen, würden ihre Männer auf sie warten.

VIER

Beide Beziehungen wurden schnell beendet, nur ging es bei der einen einfach, bei der anderen nicht. Den Anfang machte Meredith. Sie besuchte mit Alan die Eisbahn des Rockefeller Center. Von der Tribüne aus sahen sie den Eisläufern zu, wie sie unten ihre Bahnen ins Eis gravierten. Es war schon Jahre her, seit sie selbst Schlittschuhe getragen hatte, aber sie konnte sich noch genau daran erinnern, wie sie die Schuhbänder zugeschnürt hatte, bis der Stiefelschaft fest über ihrem Knöchel gesammengezurrt war, wie sie dann über den Gummiboden gewackelt war, bis sie das Tor zur Eisbahn erreicht hatte, mit einem kurzen Röckchen, das mit blauem Kaninchenpelz gesäumt war. Jetzt wurde ihr übel bei dem Gedanken an den Kaninchenpelz, sie stellte sich unterbezahlte Fabrikarbeiter in Taiwan vor, die Kaninchenhäute in Bottiche mit schimmernder blauer Farbe tauchten. Meredith spendete regelmäßig Geld an eine ehemalige Schauspielerin, die sich dem Tierschutz verschrieben hatte und Formbriefe und Photos von Hunden, die an Labortische gekettet waren, verschickte. Aber als Meredith jung war, hatte sie einen blauen Kaninchenpelz getragen und dazu passende blaue Kaninchenpelzbommeln, die an ihren Schlittschuhen baumelten, und in ihrer ganzen Kaninchenherrlichkeit hatte sie geglaubt, sie sei das begehrenswerteste Geschöpf auf dem Eis. Als sie ihre erste Runde auf der Eisbahn drehte, winkte sie ihren Eltern zu, die bald in einem verschwommenen Gemisch aus Köpfen und Hüten verschwunden waren, während Meredith schneller wurde, als sie sich je hätte träumen lassen. Jetzt stand sie in ihren schiefergrauen Manolo Blahnik-Pumps ganz ruhig neben Alan, der sich verstohlen umsah.

»Entspann dich«, meinte sie. »Kein Mensch wird dich erkennen.«

»Das kann man nie wissen«, meinte Alan. »Die Frau da drüben trägt eine Büchertasche vom Fernsehen.«

»Wir könnten Schlittschuh laufen«, schlug sie vor.

»Ich kann nicht Schlittschuh laufen«, sagte Alan. »Ich habe schwache Knöchel.«

»Nie kannst du irgendwas machen«, sagte Meredith. »Sogar meine beste Freundin Lisa mit ihrem völlig bescheuerten Freund, der ein total verklemmter Idiot ist – aber sie kommt wenigstens rum. Sie führen wenigstens ein Leben.«

»Es tut mir leid«, sagte Alan. »Was soll ich dazu sagen?«

»Nichts. Nichts. Alan, ich will nach Hause.«

»Laß mich mitkommen«, sagte er. »Hannah erwartet mich erst um sechs.«

»Was ist um sechs?« fragte sie.

»Wir müssen noch alles vorbereiten. Wir geben eine kleine Dinnerparty.«

»Eine Dinnerparty? Heute abend?« Meredith wandte sich ab. »Das heißt, daß deine Frau in diesem Moment herumläuft und Zahnstocher in kleine Käsewürfelchen piekst.«

»Und?« fragte er.

»Na, ich will Zahnstocher in kleine Käsewürfelchen pieksen!« sagte Meredith. »Ist das zuviel verlangt?«

»Meredith, bitte«, sagte Alan. »Die Leute schauen uns an. Die Frau mit der Büchertasche schaut uns an.«

»Na und? Laß sie doch schauen«, sagte sie. »Selbst wenn uns jemand sieht, sieht er nichts. Das Ganze ist völlig unschuldig.«

»Ach?« sagte er.

»Ja«, antwortete sie. »Denn von jetzt an sind wir geschiedene Leute.«

Ein paar Wochen später verabschiedeten sich Ann und David ganz einfach voneinander, und jeder kehrte auf seine Seite der Trennwand bei Eberhardt Publishers zurück, wo David immer noch gelegentlich Papierschnipsel auf Anns Haare regnen ließ. Was ihn anging, so hätten sie für immer ein Liebespaar bleiben können. In ihrer Wohnung schlafen, auf ihr Hochbett klettern, das gefiel ihm alles gut. Er selbst teilte sich eine Wohnung mit zwei anderen Männern. Sie lag an der Eisenbahnlinie am Riverside Drive, und dreimal war schon eingebrochen worden. Jetzt waren alle Fenster vergittert, und völlig unabhängig von der Tageszeit bestanden gute Chancen, daß man auf einen von Davids Mitbewohnern stieß, der nur in Unterhosen herumlief, eine Mandarine aß und sich träge im Schritt zupfte, bis er merkte, daß außer ihm noch jemand da war.

Ann machte mit David an einem späten Sonntagnachmittag Schluß, im D-Zug, der von Brooklyn nach Manhattan fuhr. Sie waren gerade auf einer Party bei Emily Rosten gewesen, einer Collegefreundin von David. Anlaß war das Erscheinen eines Gedichtbandes von Emilys Liebhaberin, einer ernsten, älteren Frau namens Candice Moore. Überall in der Wohnung, auf sämtlichen Möbeln lag ihr Buch, *Womom to Womon*. Vom Photo auf der Umschlagrückseite starrte einem Candice Moore wütend entgegen, als würde sie für einen Frauenselbstverteidigungskurs werben. Emily kam zu ihnen, und David stellte sie vor. Er erzählte, daß Emily und er schon als Kinder befreundet waren. David hatte sie in Swarthmore besucht, und alle hatten ihn für ihren Freund gehalten.

»Sie waren in Swarthmore?« fragte Ann. »Kennen Sie Ken Dowling?«

»Ziemlich klein, lacht viel?« fragte Emily. »Ich glaube, ja.«

»Ich habe gehört«, sagte Candice, »daß die Ken-Puppe nach einem wirklichen Menschen benannt wurde. Aber er hat kein Geld dafür bekommen und ist sehr verbittert. Er lebt im Village. Eine Freundin hat mir sein Haus gezeigt.«

»Ja, ich glaube, ich kenne es«, sagte Emily. »Es ist das mit dem Schriftzug auf dem Dach.«

Ann fand die Frau sofort sympathisch. Sie war sehr lustig und hatte ein gewinnendes Wesen. Ann hätte sich gerne weiter mit ihr unterhalten, aber Candice entführte Emily, damit sie half, für ihre Lesung aus *Womon to Womon* die Stühle aufzustellen. Ein wenig später versammelten sich die Gäste gutgelaunt, um Candice zuzuhören. Als sie mit dem ersten Gedicht anfing: »Ich bin ein Fluß / Meine Fluten kommen gewaltig / Tauch deinen Fuß ruhig ein, hab keine Angst / Ich bin ein Fluß / Ich bin eine Frau, ich wohne in Brooklyn / Hier sind die Schlüssel zu meiner Wohnung.«

Später, nachdem es ihnen gelungen war, sich loszueisen, saßen Ann und David nebeneinander in dem ratternden Zug. »Die Gedichte waren ja endlos«, sagte David. »Ich kann mir nicht vorstellen, daß es noch jemanden gibt, der ›woman‹ mit o schreibt, nur damit das Wort ›man‹ nicht vorkommt. Ändert sie denn alles? Manhattan wäre dann Monhattan. Der Wein hieße Monaschewitz.«

»Vielleicht ist sie ja monisch depressiv«, sagte Ann. Sie dachte an Candice und Emily, wie ungezwungen sie beieinander gestanden waren. »Sie sehen glücklich aus«, sagte sie. »Ich frage mich, wie es wohl wäre, homosexuell zu sein.«

»Ich habe es mal versucht«, sagte David. »Vor der Hochschule. Und jetzt kann ich die obligatorische gefühlvolle, homoerotische Szene in meinen Roman schreiben.« Er erzählte ihr, daß sich ein Junge namens Hodgins in ihn verliebt und ihm nach dem Fußballtraining immer Liebesbriefe in den Spind gesteckt hatte. In einem der Briefe stand: »Lieber David, es gefällt mir, wie du Fußball spielst. Und du riechst gut. Hodge.« David beschrieb, wie sich Hodges Briefe gestapelt hatten und wie er eines Tages das Angebot des Jungen angenommen und ihn in der Dämmerung hinter das Häuschen auf dem Trainingsplatz begleitet hatte, wo außer ihnen niemand war, und wie sie eine halbe Stunde damit verbracht hatten, sich in dem stoppeligen Gras gegenseitig zu befummeln, mit hochgeschobenen T-Shirts, offenen Hosen und herunterhängenden Gürteln.

»›Du riechst gut‹?« fragte Ann. »Das hat er gesagt?«

»Wieso, findest du nicht, daß ich gut rieche?« fragte David, und Ann merkte, daß sie nicht viele Gedanken daran verschwendet hatte, wie David roch. »Es soll ja an diesen Dingern liegen, diesen Pheromonen, bei Männern unter der Achselhöhle«, erklärte David. »Und wenn Frauen sie einatmen, macht es sie an.«

»Meredith weiß wahrscheinlich alles darüber«, sagte Ann. »Die kriegt ja einen Orgasmus, wenn ihr ein Mann nur die Autotür aufmacht. Lisa auch. Eric und sie verlassen nur das Bett, um zu operieren.« Sie fügte hinzu: »Ich wünschte, ich wäre auch so.«

»Du bist okay«, sagte David.

»Ich glaube nur, daß mir etwas fehlt. Ich warte darauf, daß irgendwas spannend wird.«

»Mit mir, meinst du.«

»Ja«, sagte Ann langsam »Aber auch vor dir habe ich das schon gespürt.«

»Ich finde, sexuell sind wir sehr entspannt zusammen«, sagte David.

»Gemütlich«, sagte Ann. »Wie Hänsel und Gretel.«

»Hänsel und Gretel waren Bruder und Schwester.«

»Na ja, manchmal kommt es mir auch so vor«, sagte Ann. »Alles ist so vertraut. So nett.«

»Was willst du mir damit sagen?« fragte David. »Willst du nicht mehr mit mir zusammen sein? Willst du, daß wir einfach Freunde sind?« Sie zuckte entschuldigend die Achseln. »Okay«, sagte er langsam. »Ich kann damit leben. Ich muß jetzt wohl meinen Roman in einigen Punkten ändern. Weißt du, ich hätte uns heiraten lassen. Eine schlichte Zeremonie. Wir lesen eine Auswahl aus dem *Rubaiyat des Baba Tahir*, und dann singt meine Kusine Naomi ›We've Only Just Begun‹. Sie ist ziemlich gut. Sie hätte es einmal beinahe in den ›Talentschuppen‹ geschafft.«

»Meredith und Lisa müssen die Brautjungfern sein«, sagte Ann. »Natürlich ist Meredith sauer, daß ich vor ihr heirate.«

»Zum Lunch gehen wir in einen Countryclub«, sagte David. »Jeder kann zwischen Fisch und Kalb wählen.«

»Meine Tante Ilene braucht bestimmt eine Gemüseplatte«, warnte Ann.

»Klingt das nicht großartig?« fragte David. »Und jetzt muß ich das Ganze streichen.«

»Tut mir leid«, sagte Ann.

»Statt dessen mußt du eines langsamen, schmerzvollen Todes sterben«, sagte David. »Vielleicht Zyankali. Ein Racheakt. Ja, das könnte funktionieren.«

Sie stieß ihn an, er stieß sie an, und bald kehrten sie wieder zu ihrer früheren Umgangsweise zurück. Der Zug fuhr langsam über die Brücke, und Manhattan lag mit seinen ganzen Möglichkeiten vor ihnen, jetzt, wo sie frei waren.

Einen Monat später fuhren Meredith, Lisa und Ann nach Hause. Nach Hause. Das empfanden sie immer noch so, obwohl seit zwölf Jahren keine von ihnen mehr in Magatuck wohnte. Zu Hause, das war der Ort mit der zentral geregelten Klimaanlage und einem Ruhesessel in der Stube. Ja, zu Hause, eigentlich war das der Ort mit der Stube. Es war auch der Ort, wo die Eltern immer noch deine Ameisenfarm auf dem Fensterbrett des Kinderzimmers unangetastet lassen, obwohl die Ameisen längst tot und reglos in einem sich schlängelnden, versteinerten Verkehrsstau liegen.

Die drei trafen sich an der Penn Station und stiegen in einen Zug der Linie, mit der sie ihr ganzes Leben lang gefahren waren. Sie machten es sich in einem Dreisitzer zwischen den müden Pendlern bequem, Männern in elastischen grauen Anzügen, die die *Post* lasen, und Karrierefrauen in voller Montur, aber mit Turnschuhen. Wie üblich nahm Meredith den Fensterplatz, Lisa saß in der Mitte, und Ann blieb nichts, als zu meckern, warum, ja, warum sie immer auf dem Sitz ohne Nackenstütze landete. Der Zug verließ den Bahnhof und begann seine vertraute, schaukelnde Reise von der Stadt in die Vorstadt. Kurz bevor sie in Magatuck ankamen, erhob sich ein Mann und starrte in ihre Richtung.

»Meredith, ich glaube, du hast einen neuen Freund«, flüsterte Lisa. »Der wird dir gleich einen brutzelnden Teller Szechuan Rind schicken.« Aber der Mann betrachtete alle drei Frauen. Er war mittleren Alters, hatte farbloses Haar. Irgendwie kam er ihnen sehr bekannt vor. War das denn die Möglichkeit? Sie überlegten. Ja, doch, ja! Ja, es war Mr. Kern, der auf der Magatuck High-School Gesundheitserziehung gegeben hatte. Mr. Kern, der ihnen Vorträge über Gonorrhö gehalten und ihnen einen kurzen, denkwürdigen Film über eine Heranwachsende namens Amy gezeigt hatte, die LSD nimmt und sich die Haare anbrennt, während sie mit kindlicher Stimme anstimmt: »Schau die Flammen an. Schöne, schöne Flammen …«

Damals hatte Mr. Kern eine schwarze Corvette gefahren, der Klasse seinen Vornamen verraten (Neil), und eines Nachmittags hatte er bei einer Diskussion über die Jungfräulichkeit zögernd zugegeben, daß er und seine Frau schon im College miteinander geschlafen hatten, bevor sie verheiratet waren. Er war ein junger Mann, der Artikel aus *Psychologie heute* ausschnitt, um sie der Klasse vorzulesen, ein Lehrer, zu dem man theoretisch mit einem besonders peinlichen Problem gehen konnte, weil er sicher nicht die Nase darüber rümpfte. Er trug Krawatten, die so breit waren wie Autobahnen, und nach jeder Stunde setzte er sich auf seinen Schreibtisch und zitierte laut die »Gedichte« von Simon and Garfunkel: »And a rock feels no pain / And an island never cries …«

Und jetzt stand er da, zwölf Jahre später, nicht mehr jung, nicht mehr cool, müde geworden, weil die neuen Schülergenerationen mit jedem Jahr gemeiner und dümmer geworden waren. Meredith, Lisa und Ann begrüßten ihn etwas verlegen.

»Und, was habt ihr Mädels in letzter Zeit so getrieben?« fragte er, und jede gab ihm eine kleine gespreizte Zusammenfassung. »Sehr schön, sehr schön«, sagte er. »An Wochentagen, da bin ich noch in der High-School. Wie immer, ja, ja.« Er dachte einen Augenblick lang nach. »Jetzt mach ich einen Lehrgang über AIDS«, fügte er freudig hinzu. »Das ist was Neues.«

Sie stiegen alle in Magatuck aus und winkten zum Abschied am Parkplatz. Wie traurig mußte doch das Leben als Neil Kern sein, dachten sie, als er sein kleines grünes Hecktürmodell aufsperrte und davonfuhr. Was war mit der Corvette passiert? fragten sie sich und stellten sich vor, wie die Fiberglaskarosserie verbeult auf einem Autofriedhof lag. Sie waren nur zu Besuch in diesem Nest mit dieser Unzahl von Zweigniederlassungen, während er für immer hier feststeckte. Sie fühlten sich bestätigt und frei, als sie zusahen, wie sein Auto vom Parkplatz fuhr, um sich in den frühabendlichen Verkehrsfluß einzureihen. Für MerLisAn war dieser Besuch in Magatuck nur ein Spaß; sie waren alle zum Hochzeitstag von Anns Eltern eingeladen, und heute nacht würden sie in Schlafsäcken auf dem Boden von Anns Kinderzimmer übernachten. Der Besuch war nett, lustig und rührend, und morgen würden sie Lisas und Merediths Eltern besuchen, bevor sie wieder in die Stadt zurückfuhren, wo sie hingehörten.

An diesem Abend wurden auf der Party bis ein Uhr morgens Trinksprüche auf Anns Eltern ausgebracht. Die Nachbarn, Freunde und Verwandten, die das Wohnzimmer der Rogoffs füllten, belagerten Meredith, Lisa und Ann, als wären sie heimgekehrte Kriegshelden. »Wie ist das Leben im Big Apple?« fragte ihr Onkel Sol.

»Schön«, antworteten sie einstimmig.

»Frauen müssen in New York ihre Handtaschen so tragen«, sagte Tante Rita, und die kreuzte die Arme vor der Brust, als hielte sie eine imaginäre Tasche fest. Eine scheußliche imaginäre Tasche, dachte Ann gähnend. Sie war erschöpft, und ihre Freundinnen auch, aber die älteren Leute machten weiter. Die meisten Freunde ihrer Eltern waren pensioniert und lebten wie junge Leute: die Nacht durchmachen und dann bis mittags schlafen. Irgendwann kam Anns Mutter Adele zu ihnen, stellte sich zwischen Lisa und Meredith und legte ihnen die Hand auf die Schulter. »Seht euch nur an«, sagte sie. »Ihr gehört beide zur Spitze. Die eine eine hervorragende Ärztin, die andere …« Sie hielt inne, musterte Meredith. »Schön«, sagte sie schließlich. »Einfach schön.«

»Vielen Dank«, sagte Meredith. »Sie sehen auch großartig aus, Mrs. Rogoff.«

Alle hatten Ann immer beteuert, wie sportlich ihre Mutter doch sei. Als sie jünger war, war sie stolz darauf gewesen, aber jetzt war ihr das eher peinlich. Adele Rogoff war genau einsfünfzig groß, spielte drei Mal pro Woche Tennis, und ihr Körper war so hart und kompakt wie der eines Jokkeys. Gerne vertrieb sie sich die Zeit an den diversen Kosmetikständen bei Bloomingdale's und schob an den kleinen Reglern der »Computer«, die angeblich den Hauttyp analysieren konnten. Von allen Freundinnen ihrer Tochter hatte ihr Meredith immer am besten gefallen, weil sie wirklich Stil hatte. Immer, wenn Adele Meredith traf, blickte sie sie ganz lange an, mit einem Ausdruck, den ein Außenstehender für tiefe Sehnsucht halten könnte. In gewisser Weise begehrte sie Meredith, wünschte sich, ihre eigene Tochter wäre ein solch stellares Wesen. Wäre Adele Merediths Mutter, wieviel Spaß könnten sie zusammen haben! Es gäbe Mutter-Tochter-Einkaufsmarathons, und die beiden Frauen würden ihre vielen Tüten in eine Nische hieven, um sich im Kaufhausrestaurant einen Salat zu teilen. Es gäbe vertrauliche Telefongespräche spätnachts, und wenn Adele von ihren Sorgen erzählte, würde ihre neue, verbesserte Tochter wirklich zuhören.

Die Party war noch in vollem Gang, als Ann, Meredith und Lisa gute Nacht sagten und in Anns altem Zimmer mit dem dicken Florteppich, dem weißen Staubfänger von Himmelbett und den alten, sich einrollenden Postern an der Wand verschwanden. Die Stimmen von Anns Verwandten drangen nach oben. Nichts vermittelte einem mehr das Gefühl von Geborgenheit als das Wissen, daß die Eltern in der Nähe waren und sich mit ihren Freunden amüsierten. Man sollte Leuten, die an Schlaflosigkeit leiden, eine Kassette verkaufen, dachte Ann: »Die Party der Eltern«. Das Gelächter, das Klingen der Gläser, die »Erwachsenengespräche«. Meredith saß auf Anns Bett, blickte in einen Vergrößerungsspiegel und unterzog ihr Gesicht einer eingehenden Musterung. »Diese Pore ist so groß wie der Stille Ozean«, murmelte sie vor sich hin.

»Gott, könntest du mal den Spiegel weglegen?« bat Ann. Meredith tat es, und sie kletterten in ihre Schlafsäcke, die noch kalt waren, denn sie hatten seit Jahren zusammengerollt in der Garage der Rogoffs gelegen. Das Licht wurde gelöscht. »Wißt ihr, was das Schlechte am Erwachsensein ist?« fragte Ann. »Man übernachtet nicht oft genug zusammen. Wißt ihr noch, die Nacht, als wir das Lied über Shelly Berkowitz geschrieben haben?«

»Über wen?« fragte Meredith.

»Shelly Berkowitz«, sagte Ann. »Das mußt du doch noch wissen. Wir waren zusammen im Schulorchester, und sie wollte niemanden auf ihrer Flöte spielen lassen. Sie hat so getan, als müßte sie dann ein schlechtes Gewissen haben. Sie hat gesagt, wenn es nach ihr ginge, dann würde sie uns liebend gern mal darauf spielen lassen, aber ihr Vater würde es nicht erlauben, weil die Flöte sehr, sehr teuer war. Dann haben wir einmal zufällig Mr. Berkowitz beim Einkaufen getroffen und ihn gefragt, warum andere Kinder nicht auf Shellys Flöte spielen dürften, und er hat gar nicht gewußt, wovon wir reden. Es stellte sich heraus, daß Shelly sich einfach vor fremder Spucke geekelt hat.« Zur Melodie von »Baby, You Can Drive My Car« begann Ann zu singen:

»Shelly, gib mir deine Flöte / Wenn nicht, gibt's Zoff, du kleine Kröte ...« Lisa fiel ein: »Shelly, gib mir deine Flöte / sonst hol ich mir deine Tröte ...«

Zusammen sangen sie: »Tut tut und tut tut, yeah!«

Später, als sie aufgehört hatten zu singen und zu lachen und im Kreis auf dem Rücken lagen wie die June Taylor Dancers in Schlafsäcken, sagte Meredith in die Dunkelheit hinein: »Genau in diesem Moment liegt Alan wahrscheinlich im Bett mit dieser Frau.«

»Meinst du seine Ehefrau?« fragte Ann. »Ja, eine Frechheit.«

»Genau in diesem Moment«, sagte Lisa, »ist Eric wahrscheinlich dabei, jemandem die Milz zu entfernen.«

»Ich hasse es, allein zu schlafen«, sagte Meredith. »Ich finde es unnatürlich. Ich glaube, ich brauch wirklich, von meiner Biologie her, einen Mann in meinem Leben.

»Eine Frau ohne Mann ist wie ein Fisch ohne Fahrrad«, sagte Ann.

»Na, das ist ja wohl der dümmste Spruch aller Zeiten«, sagte Meredith. »Wenn wir wirklich keine Männer bräuchten, dann würden wir uns doch nie unter den Achseln rasieren, oder? Und wir würden keine Diäten machen. Wir würden einfach in ausgeleierten Klamotten rumsitzen, Negerküsse essen und den ganzen Tag masturbieren.«

Ann sagte nachdenklich: »Das faßt mein Leben so ziemlich zusammen.«

»Ach, Quatsch«, sagte Lisa. »Du hast ein schönes Leben. Ihr beide.«

»Das ist nicht das Leben, das ich wollte«, sagte Meredith.

»Habt ihr euch mal überlegt, daß Barbara, wenn wir sie jetzt zufällig treffen würden, nicht die geringste Ahnung hätte, was wir in all den Jahren gemacht haben?« fragte Lisa. »Wir müßten ihr alles erzählen.«

»Was gibt's da schon zu erzählen?« fragte Ann. »Mir ist nicht viel passiert, seit ich sie das letzte Mal gesehen habe. Ach, warte, das ist nicht ganz richtig. Ich habe Brüste bekommen. Das könnte ich ihr erzählen.«

»Ich könnte ihr erzählen, wie ich von einem vierundfünfzigjährigen Egoisten schikaniert wurde«, sagte Meredith.

»Ich könnte ihr erzählen«, sagte Lisa, »daß ich heirate.«

Meredith und Ann hielten schockiert den Atem an.

»Ja«, fuhr sie fort. »Eric und ich sind verlobt. Wir wollen es amtlich machen. Wir werden beide Gerontologen und gründen eine Gemeinschaftspraxis. Wir denken genau gleich. Uns sind dieselben Sachen wichtig.«

»O Gott«, war alles, was Ann herausbrachte.

»Es mußte früher oder später passieren«, sagte Meredith. »Der Anfang vom Ende.«

»›Der Anfang vom Ende‹? Ich gehe doch in keinen Gulag«, sagte Lisa. »Ich heirate nur.«

»Nur?« sagte Meredith. »Weißt du denn nicht, was eine Ehe ist, Lisa?«

»Offenbar weißt du es, Meredith«, sagte Ann. »Seit du deine Prüfung als Eheberaterin in Heidelberg gemacht hast.«

»Die Ehe«, sagte Meredith, »ist ein Vorhang, der zwischen dich und deine Freunde fällt. Er trennt dich für immer von ihnen.«

»Verzeih mir, Lisa« sagte Ann, »aber das wirkt einfach so stürmisch. So impulsiv. Es sieht dir so gar nicht ähnlich.«

»Muß ich immer die Langweilige sein?« fragte Lisa.

»Du bist nicht die Langweilige«, sagte Ann.

»Was bin ich dann?«

»Du bist die Nette«, sagte Meredith.

»Und ich bin die Kluge«, sagte Ann. »Und Meredith ist die Schöne. Zusammen sind wir Miss Universum.«

»Ich heirate Eric, weil ich ihn liebe«, sagte Lisa. »Aber kann ich nicht ihn haben und euch auch? Muß es so sein wie in *Sophies Entscheidung*?«

»Der Vorhang fällt«, sagte Meredith, und ihre Stimme senkte sich zu einem tiefen, dramatischen Flüstern, wie eine Kinderbibliothekarin während der Vorlesestunde, »und zwar völlig leise und geräuschlos, aber sofort danach merkst du, daß Dunkelheit dich umhüllt, du bist weg von der Welt deiner Freunde. Die Mädchentage sind dahin. Die Tage der langen Telefongespräche sind dahin. Die Tage …«

»Ich ändere mich doch nicht!« rief Lisa. »Glaubt ihr mir nicht? Ich bin noch Teil von … von dem hier. Von uns. Von MerLisAn.« Sie begann zu singen, ihre Stimme trällerte zart. »Nichts steht unserer Freundschaft im Weg / Wir wollen, daß es ewig so weitergeht …«

»Das ist nicht fair«, sagte Ann. »Ich muß weinen.«

»Die Freundschaft fürs Leben, die wird es geben«, sang Lisa weiter, und ihre Stimme wurde jetzt lauter. »Mer*hmm*-LisAn/Mer*hmm*LisAn/Freundschaft fürs Leben, Mer*hm* LisAn …«

Sie blickten hinüber zu Lisa, die ein langes, zerknittertes T-Shirt trug. In dem schummerigen Licht in dem Zimmer sah sie so natürlich aus, so vertraut. Jede erinnerte sich daran, wie sie mit zwölf Jahren vor dem Zubettgehen die Zahnspange herausgenommen hatte – dieses fragile Drahtgeflecht, das an einem Abguß ihres Gaumens befestigt war. Sie hatte es immer auf ein Taschentuch neben ihren Schlafsack gelegt. Jetzt waren ihre Zähne gerade, und in ein paar Monaten würde sich ihr Mund nachts öffnen, um den Mann auf den Mund zu küssen, den sie ihren Ehemann nennen würde.

Sobald sie am nächsten Tag wieder zu Hause waren, wählte Meredith Anns Nummer.

»Hallo?« sagte Ann.

»Und, kannst du es fassen?« fragte Meredith.

»Wer spricht da?« fragte Ann.

»Wer spricht da? Meredith spricht da.«

»Meredith? Meredith Guzzi?«

»Welche anderen Merediths kennst du denn noch?«

»Du rufst mich doch sonst nie an«, sagte Ann.

»Na ja, das ist ein Notfall«, sagte Meredith. »Wir hätten was sagen sollen, als wir ihn kennengelernt haben. Und zwar gleich damals, in ihrer Küche. Und wenn das nicht funktioniert hätte, dann hätten wir sie in ein Motelzimmer schleppen und sie umprogrammieren sollen, wie es Eltern tun, wenn ihre Kinder der Mun-Sekte beitreten wollen.«

»Wir haben was gesagt«, sagte Ann. »Wir haben ihr gesagt, er sei ›bewegend‹. Und jetzt denkt sie, sie heiratet Albert Schweitzer. Wir haben sie ermutigt, Meredith. Wir haben sie angelogen.«

»O Gott«, stöhnte Meredith, »sie heiratet ihn und wird wahrscheinlich Kinder bekommen – einen ganzen Haufen kleiner idiotischer, verklemmter Kinder.«

»Was sind wir eigentlich für Freundinnen?« fragte Ann. »Freundschaft fürs Leben? Lisa ist unsere beste Freundin auf der ganzen Welt, und sie begeht diesen schrecklichen Fehler, aber jetzt ist es viel zu spät, um noch etwas zu unternehmen. Wir stecken ganz schön in der Scheiße, Meredith.«

FÜNF

Das Weiß des Hochzeitskleides unterschied sich stark vom Weiß der Krankenhausuniform. An der weißen Schärpe um Lisas schmale Taille klemmte kein Piepser, und an die Brust ihres raffinierten Kleides war kein Ausweis geheftet. Sie sah durch und durch glücklich aus, als würde sie den Richtigen heiraten, einen wundervollen Mann, den alle lieben konnten. Wenn man Erics Charakter nicht kannte, dann hätte man glauben können, Lisa hätte sich den perfekten Bräutigam geangelt: einen gutaussehenden, warmherzigen Menschen mit langgliedrigen Arztfingern, die offenbar die Gabe hatten, die Braut zu erregen. In dem Moment, als Eric und Lisa sich zu ihrem triumphalen Kuß zueinanderneigten, brachen Meredith und Ann, die lila Brautjungfernkleider trugen und an der Seite standen, in Tränen aus.

Später beim Empfang schoß der Hochzeitsphotograph eine ungeheure Anzahl Photos von Meredith, bis Lisas Vater ihn beiseite nahm und ihn instruierte, sein Objektiv auf die Braut zu richten. Eric stellte allen seinen Onkel Tom und seinen Onkel Beck vor, der ein bißchen näher rückte, um Merediths außergewöhnlichen Teint besser begutachten zu können. »Ich sehe, Sie sind nicht dumm«, sagte Onkel Beck zu ihr. »Sie benutzen eine Creme mit Lichtschutzfaktor, stimmt's?«

Und Onkel Tom sagte: »Mädchen, in unserer Familie gibt es ein kleines Sprichwort: ›Hast du ein Melanom, geh zu Onkel Tom, hast du einen Leberfleck, schick ich dich zu Onkel Beck.‹«

Meredith hatte bereits ein paar Gläser Champagner getrunken und lachte über diesen dummen, kleinen Reim, und dann war ihr plötzlich und unerklärlicherweise zum Weinen zumute.

Gegen Ende des Tages spielte die Band noch tapfer weiter, während ein paar Pärchen Schieber tanzten und die Kellner allen Willigen noch ein zweites Stück Hochzeitstorte anboten. Meredith und Ann lehnten an einer Säule in dem großen, angemieteten Raum.

»Weißt du«, sagte Ann, »ich habe auf den Moment gewartet, wo gefragt wird, ob jemand einen berechtigten Grund hat, gegen die Heirat Einspruch zu erheben. Aber das sagen sie nie wirklich, oder?«

»Nur im Film«, sagte Meredith.

»Ich hatte alles geplant«, sagte Ann. »Ich hätte gerufen: ›Dieser Mann ist viel zu doof, um unsere Freundin zu heiraten!‹«

»Hättest du nie getan«, sagte Meredith. »Du wärst einfach dagestanden, so, wie wir es gemacht haben. Wie Idiotinnen in diesen Brautjungfernkleidern. Mein Gott, warum hat sie Lila ausgesucht?«

»Sie hat gesagt, es sei Erics Lieblingsfarbe«, sagte Ann.

»Wahrscheinlich, weil Kapillargefäße diese Farbe haben«, sagte Meredith.

Aber sie merkte, daß Ann nicht mehr zuhörte. Statt dessen blickte sie auf die andere Seite des Raums, und Meredith folgte ihrem Blick zu dem Paar auf der Tanzfläche; Lisa und Eric tanzten Schieber zu dem Beatleslied »In My Life«. Man hatte irgendwie das Gefühl zu stören, wenn man dieses strahlende Paar beobachtete, wie es sanft über den Boden schwebte und seine Liebe so eindeutig zur Schau stellte. Sie waren zurückhaltend, aber ihre Gefühle füreinander waren doch deutlich sichtbar, und weder Meredith noch Ann konnten den Blick abwenden. Wären Eric und Lisa Eisläufer gewesen, hätten sie mit ihren Kufen eine Spirale von Kreisen auf dem Eis hinterlassen, der sichtbare Beweis, daß ihre Liebe sie dazu gebracht hatte, so schwindelerregende und sich immer wiederholende Bewegungen auszuführen.

Zweiter Teil

SECHS

Ein Jahr später fing Ann Rogoff damit an, lesbisch zu sein, wie andere mit einem Kurs an der Volkshochschule. Es war so ähnlich wie in fortgeschrittenem Alter noch die indonesische Küche zu erlernen oder Kalligraphie. Mit neunundzwanzig wurde sie zur Expertin auf diesem Gebiet, ließ sich bereitwillig auf dieses neue und ungewöhnliche Thema ein. Es passierte alles so plötzlich, daß sie es kaum verstand; so viele Jahre war sie heterosexuell gewesen, hatte die Augen offengehalten nach der Möglichkeit, daß ein Mann in ihr Leben spazierte, und jetzt, ohne daß sie sich sonderlich hätte anstrengen müssen, war sie lesbisch, sah auf der Straße Frauen nach und dachte sich: hmm.

Sie hätte unmöglich still und leise zur Lesbe werden können; so etwas kam für jemanden wie Ann nicht in Frage. Sie mußte es geräuschvoll machen, treten und schreien, in einer Art, die ihrer Mutter Angst einjagte und ihr natürlich auf der Stelle die Aufmerksamkeit von Meredith und Lisa verschaffte. Sie wußte, sie würde ihnen diese Änderung nicht erklären können, aber trotzdem mußte sie es versuchen.

Sie hatte Emily Rosten auf der Party zum Erscheinen von Davids Roman *Magere Jahre* kennengelernt, der gerade bei Eberhardt herausgekommen war. David hatte vor neun Monaten gekündigt, und zwar an dem Tag, an dem er seinen Roman verkauft hatte. Harry Corning wurde sein Lektor und Evan Bright sein Agent, so daß Ann immer noch viel mit David zu tun hatte; sie blieben gute Freunde. Er bekam ernsthafte, ermutigende Kritiken für sein Buch, und in

Artikeln wurde David als besonders sensibel und nett dargestellt, wie ein grüblerischer Collegestudent mit Todessehnsucht. Sie freute sich, daß er Erfolg hatte, selbst aber auf der Strecke zu bleiben, machte ihr immer noch schwer zu schaffen.

Die Party fand in einem edlen, holzgetäfelten Buchladen mit moosgrünem Teppich und einer hochklassigen Musikanlage, auf der mittelalterliche Kirchengesänge spielten, statt. In diesem Buchladen könnte man wohnen; man könnte sich auf den dichten Teppich legen und die ganze Nacht lesen. Die Musik wurde einen Augenblick abgeschaltet, und die Gäste wurden still, so daß Mr. Eberhardt einen Toast auf David ausbringen konnte. »Jahrelang«, begann Eberhardt mit seinem breiten Akzent, »hat David Marcus Kaffee gekocht, Briefe geschrieben, und er konnte sogar das Kopierpapier auffüllen. Aber ich habe die ganze Zeit über nicht gewußt, daß er derart gut schreiben kann.«

Nach dem Toast gratulierte Ann David, dann ging sie auf ein Bücherregal zu, ihr leichtgewichtiges Glas Wein noch in der Hand, und überlegte, ob sie es einfach gleich daneben auf einem Bord in der Wissenschaftsabteilung abstellen sollte, als sie eine Frau bemerkte, die in ein Buch vertieft war. Der Titel lautete: *Das Sexualleben der Meerestiere*, und Ann grinste. Die Frau blickte verlegen auf. Sie war sehr hübsch, hatte dunkle Haare und einen langen, manieristischen Hals, wie Audrey Hepburn. »Ich habe den Titel gelesen und konnte nicht widerstehen«, sagte die Frau.

»Und wie ist es?« fragte Ann höflich.

»Eigentlich ziemlich interessant. Da steht, daß Delphine promiskuitiv leben.«

»Sie meinen, Flipper war leicht aufzureißen?«

»O ja. Aber die blaugrüne Alge ist extrem treu«, sagte die Frau und schlug das Buch zu. »Die hat nur Sex mit sich selbst.«

»Wie praktisch«, hörte Ann sich sagen. »Da muß man am nächsten Tag keine Blumen schicken.«

»Ich schicke gern Blumen«, sagte die Frau.

Was war das eigentlich für eine Unterhaltung? Was machten sie da? War das ein Flirt? Es war ein komisches Gefühl, als würden sie auf einem anderen Planeten miteinander flirten. Ann war verwirrt, beinahe wie auf Drogen. »Tja!« sagte sie viel zu laut, »ich glaube, ich hole mir noch einen von diesen kleinen Crackern.« Sie wandte sich um und ging auf den Tisch mit dem Essen zu, aber die Frau folgte ihr.

»Warten Sie mal, ich kenne Sie doch«, sagte sie. Sie waren schon mal bei mir in Brooklyn, Sie waren Davids Freundin.«

»Ach, das ist schon über ein Jahr her«, meinte Ann und bugsierte nervös ein Kanapee so etwa in Richtung ihres Mundes.

»Ah, Sie haben eine Kaper im Gesicht«, sagte die Frau.

»O Gott«, sagte Ann. Sie wollte die Kaper wegwischen, traf aber nicht.

»Tiefer«, sagte die Frau, deren Name, wie Ann jetzt wieder einfiel, Emily war. Ann versuchte es noch einmal, traf aber wieder nicht.

»Hier«, sagte Emily, lachte und führte Anns Hand zart zu ihrem Mund und an die richtige Stelle.

»Wenn meine Mutter hier wäre«, sagte Ann, »dann würde sie das mit ein bißchen Spucke auf einer Serviette wegmachen. Da kennt sie nichts.«

»Ich erinnere mich übrigens gut an Sie«, sagte Emily.

»Warum, hatte ich an dem Tag auch eine Kaper im Gesicht?«

»Nein, Sie waren witzig«, sagte Emily. »Sind Sie immer noch. Candice war sauer, daß ich mich mit Ihnen unterhalten habe. Sie war extrem besitzergreifend. Ach was, ich untertreibe. Candice war wahnsinnig.«

»Candice«, sagte Ann. »Ach, ja, die Lyrikerin, stimmt's? Das Zeug über Frauen, die wie Seen sind.«

»Wie Flüsse«, sagte Emily. »Ein wichtiger Unterschied.«

»Und«, fragte Ann, »wohnen Sie immer noch in Brooklyn?«

»Nein«, sagte Emily. »Jetzt nicht mehr.«

Später standen Ann und Emily Rosten in der dunklen, belebten Höhle einer Bar namens Girl's Town und tranken Bier am Tresen. Ann war schon vorher in Schwulenbars gewesen, aber nur in welchen für Männer, mit ihrer peitschenden Musik und den Grüppchen unberührbarer Männer in Knöpfjeans. Ihre schwulen Freunde hatten Ann immer zugeredet, sie in diese Bars zu begleiten, weil sie Angst hatten, allein hineinzugehen. Also hatte sie die Begleitperson gespielt, weil die Subkultur sie interessierte und ihr die Musik gefiel, aber innerhalb von dreißig Minuten hatten ihre Freunde unweigerlich andere Männer kennengelernt, Ann beim Gehen Entschuldigungen zugeraunt und angeboten, ihr das Taxi nach Hause zu bezahlen.

»Wenn ich auf Männer stehen würde«, sagte Emily, »dann würde ich mir definitiv David aussuchen.«

»Hattest du mal was mit Jungs? Ich meine, mit Männern?« fragte Ann.

»Klar«, sagte Emily. »Aber sie hatten meistens lange Haare und waren weibliche Typen. Am Ende bin ich dann draufgekommen. Warum bist du nicht mehr mit David zusammen?«

»Ach«, meine Ann vage. »Was Chemisches«.

»Was, hat er ein paar Moleküle zu wenig?« fragte Emily. »Ich glaube, die Liebe funktioniert ganz einfach. Entweder man fühlt sich von jemand angezogen oder nicht. Man kann nicht nur so tun.«

Emily schwieg einen Moment und sah sich kurz im Raum um. Dann sagte sie: »Übrigens, die Frau da drüben starrt dich an.«

Ann sah hinüber. Auf der anderen Seite stand eine dunkelhaarige Frau, die Ann unverfroren beobachtete. »Was glaubst du, was die will?« fragte Ann Emily flüsternd.

»Vielleicht gefällst du ihr«, sagte Emily mit einem kleinen, spöttischen Lächeln.

»Aber ich bin nicht ... du weißt schon«, sagte Ann.

»So?« sagte Emily.

Aber es war zu spät, um das noch weiter auszuführen, denn die Frau stand auf und ging direkt auf Ann zu. »Hi«, sagte sie.

»Hi«, grüßte Ann zaghaft zurück.

»Ann? Ann Rogoff? Kennst du mich nicht mehr?« fragte die Frau.

»Ich glaube nicht«, antwortete Ann.

»Ein Gruß aus der Vergangenheit«, sagte die Frau. »Ich bin Shelly. Shelly Berkowitz.«

»O Gott!« sagte Ann. »Shelly Berkowitz. Du bist die, die keinen auf ihrer Flöte spielen ließ.«

»Das lag nicht an mir«, sagte Shelly kategorisch, »mein Vater wollte es nicht.«

»Wir sind zusammen aufgewachsen«, erklärte Ann Emily. »Wir waren zusammen im Schulorchester.«

»Und jetzt treffen wir uns wieder«, sagte Shelly. »Da muß in Magatuck was im Trinkwasser gewesen sein.«

»Oh«, sagte Ann, »aber ich bin nicht ...« Doch da rief eine Frau Shelly von der anderen Seite des Raums, und Shelly unterbrach Ann, meinte, sie freue sich, sie wiedergesehen zu haben, und hoffe, es gehe ihr gut, aber sie sei leider in Eile. Und damit drehte sie sich um und ging, während Ann noch baß erstaunt dasaß. »Shelly Berkowitz«, wiederholte sie. »Ich kann's gar nicht fassen. Na toll, jetzt denkt sie, ich bin lesbisch. Wahrscheinlich erzählt sie ihrer Mutter, wo sie mich gesehen hat, und dann liest meine Mutter darüber in der Zeitung von Magatuck: ›Mädchen aus Magatuck bei Überfall auf Lesbenbar erwischt.‹«

Emily lachte und fügte hinzu: »›Obwohl die Verdächtige behauptet, sie sei nicht *so*, schien sie sich verdächtig gut zu amüsieren.‹«

Sex mit einer Freu unterschied sich gar nicht so sehr von Sex mit einem Mann. Der einzige wirkliche Unterschied war, daß es besser war. Viel besser. Ann machte diese Feststellung in dem ultramarinblauen Licht der Digitaluhr neben Emily Rostens Bett. Sie waren die halbe Nacht wach gewesen, beschäftigt mit merkwürdigen, strampelnden Tätigkeiten, die in erstaunlich vertraute Erregungen mündeten, als hätte sie das schon früher gemacht, in einem früheren Leben. Vielleicht war ich Gertrude Stein, dachte sie benommen. Vielleicht war ich Eleanor Roosevelt. (Ann hatte das Stück *Sunrise at Campobello* immer gut gefallen.) Abgesehen davon, daß der Sex so aufregend war, war er auch noch sicher. Angeblich. Stimmt schon, jetzt war ein neues Produkt erhältlich, eine Art Zelt, das in der Scheide aufgespannt wurde, aber das erschien ihr ein bißchen extrem. Vielleicht machte sie sich nur selbst etwas vor, aber Sex zwischen Frauen schien weitab von der AIDS-Angst. Weitab von der ganzen Welt, dachte Ann, als sie zu Emily hinübersah.

Wenn Adele Rogoff gewußt hätte, daß ihre Tochter mit

einer anderen Frau schlief, hätte sie eine Reihe scheußlicher, kriegerischer Schreie ausgestoßen, sich im Kreis gedreht, bis sie sich in eine Butterpfütze verwandelt hätte wie die Tiger in »Little Black Sambo«, und dann wäre sie ganz verschwunden. Aber Adele Rogoff schlief wohlbehalten neben ihrem Mann zu Hause in Magatuck, ihre Körper lagen entspannt wie Mehlsäcke da, ganz ähnlich wie Ann und Emily jetzt. Ohne den Kopf zu bewegen, warf Ann aus den Augenwinkeln heraus einen Blick auf Emily, um zu sehen, ob sie wach war. Nein. Emily schlief tief und fest, das Kissen ans Gesicht gedrückt, die Neigung der Schulter spitzte unter der Bettdecke hervor. Das ganze Zimmer zischte und ratterte von den Anstrengungen des Dampfs in der Heizung. Ann ließ den Abend noch einmal vorüberziehen, das Treffen auf Davids Party, das Bier in der Bar, der überraschende und wunderschöne Kuß auf der Eingangstreppe eines Sandsteinhauses, und schließlich hier, im Schlafzimmer von Emilys Wohnung. Ann hatte das Gefühl, daß es irgendein Ritual zum Gedenken an ihre erste lesbische Erfahrung geben sollte. In alten Zeiten, da hängten die Leute nach ihrer Hochzeitsnacht blutige Bettlaken aus dem Fenster. Vielleicht könnten Lesbierinnen saubere Bettlaken aus dem Fenster hängen. Irgendwann schlief Ann schließlich doch ein, träumte von Bettlaken, barbusigen Frauen und dem bedrohlich nahen Gesicht ihrer Mutter, deren Mund in blankem, vorstädtischem Entsetzen weit aufstand.

Am Morgen wachte Ann vom Summen eines elektrischen Rasierapparates auf. »Ach«, sagte Emily, als sie die Augen öffnete, »das ist Lloyd. Vielleicht auch Steve.«

»Wer?« fragte Ann.

»Mein Mitbewohner und sein Freund«, sagte Emily. »Hab ich dir das gar nicht gesagt?«

Lloyd Vendler studierte Psychologie und wollte Analytiker werden. Den ganzen Tag saß er in seinem winzigen Schlafzimmer und bearbeitete Freuds Schriften mit einem gelben Leuchtstift. Er war groß und gutaussehend, und Steven Karp, sein Freund, war ein kleiner, zierlicher und bekümmerter Charakterdarsteller, der in ein paar Werbespots aufgetreten war und immer einen gestreßten jungen Vater spielte. Aber in letzter Zeit hatte er als Schauspieler kaum Arbeit bekommen, und er verdiente sich ein bißchen was als rollschuhfahrender Kellner in einem Restaurant in der Upper West Side.

Nachdem Emily Ann allen vorgestellt hatte, setzten sie sich zusammen zum Frühstück an den Tisch. Ann wußte, daß sie beobachtet und ausgefragt wurde, besonders von Steven. Aber es machte ihr nichts aus, denn sie war immer noch so aufgeregt, daß alles für sie nur Hintergrundgeräusch war. Emily kochte einen großen Topf McCanns irischen Haferbrei. Ann aß glücklich eine Schüssel voll, obwohl ihr vom Frühstück sonst schlecht wurde. Sie fühlte sich, als wäre sie wieder im College und säße vor dem Unterricht an einem Tisch im Speisesaal. Sie merkte, wie sehr sie dieses Gefühl vermißte; nach dem Collegeabschluß war man wirklich alleine. Unzertrennliche Freundschaften lösten sich auf und die Freunde verstreuten sich. Man verschlang allein sein Frühstück, oder man frühstückte überhaupt nicht. Doch jetzt stellte sich Ann vor, wie sie in diesen Haushalt aufgenommen wurde, jeden Morgen in Emilys Bademantel hier saß, bissige Bemerkungen und schwule In-jokes von sich gab und irischen Haferbrei aß. Ich bin dabei, dachte sie, laßt mich mitmachen.

Beim Frühstück übte Steven für eine Vorsprechprobe. »Es ist für Waffeln«, erklärte er Ann. »Also, ich bin der Vater beim Frühstück, und ich habe drei Kinder. Meine Frau hat

Geburtstag. Wir lassen sie ausschlafen. Zumindest wollen wir sie ausschlafen lassen« Er hielt inne, hob die Hände zum Gesicht, als wolle er seine Gesichtszüge reinigen, um der Persona des gattungstypischen Fernsehpapas das Feld zu überlassen. »›Okay, Kinder‹«, fing er an. »›Wer will Waffeln? Was soll das heißen, meine Waffeln sind langweilig? Das sind Butterfield's Waffeln. Die sind so gut, daß nicht einmal ein Papa sie ruinieren kann.‹« Als er fertig war, blickte er alle am Tisch an. »Und?« fragte er. Stille. »Na? Was meint ihr?«

»Ich meine«, sagte Emily, »daß das ein unerhört sexistischer Werbespot ist.«

»Sexistisch! Warum? Der Mann ist doch der Idiot«, sagte Steven. »Die Frau ist die Chefin. Die schlafende Mutter. Die schlummernde Göttin. Sie ist diejenige, die von allen angebetet wird.«

»Weshalb sollte die Bürde, gute Waffeln zu machen, bei der Frau liegen?« sagte Emily. »Du kannst doch wohl nicht im Ernst zu dieser Sprechprobe gehen.«

»Na ja«, meinte Lloyd, »es ist gut bezahlt, und Steven braucht Geld. Du weißt doch, daß er nächsten Monat für die *Trauer-muß-Elektra-tragen*-Produktion vorspricht. Er muß doch zwischen den richtigen Stücken von irgendwas leben.«

»*Trauer muß Elektra tragen*«, sagte Emily, »ist extrem frauenfeindlich. O'Neill hatte ein echtes Problem mit Frauen. Und außerdem wird es in irgendeinem Loft aufgeführt. Wir sprechen ja nicht gerade vom Actor's Studio.«

»Du hast an allem was auszusetzen«, sagte Steven. »Du bist die einzige, die nichts falsch machen kann.« Er wandte sich an Ann. »So läuft das Frühstück hier immer ab«, sagte er. »Du hast noch eine Chance. Du kannst noch aus dem International House of Homos fliehen.«

»Ich will gar nicht weg«, sagte Ann.
»Nein?« sagte Emily. »Das ist schön.«
Ann blieb noch den ganzen Tag in der Wohnung, lag in Emilys Bett, hörte alte Folkplatten aus ihrer getrennt, aber ähnlich verbrachten Jugend, bis schließlich der Punkt erreicht war, an dem Ann allein sein wollte. Sie wollte heim und duschen und ein Manuskript durchsehen, das sie sich übers Wochenende mit nach Hause genommen hatte. Aber in der Hauptsache wollte sie deshalb allein sein, weil sie überlegen wollte, wie sie das Meredith und Lisa alles erklären konnte.

Zwei Abende später rückte Ann mit der Neuigkeit heraus. Ihr war keine subtile bruchlose Überleitung eingefallen, die den Moment von aller Verlegenheit befreien würde. Schließlich befand sie, daß sie das Ganze zu sehr aufbauschte. Ihre Freundinnen waren erwachsen. Sie wußten von Lesben, und außerdem: Liebe ist Liebe, sagte sich Ann. Liebe ist Liebe, sagte sie sich und rezitierte die Worte wie ein Mantra, aber sie wußte, daß das idiotisch war. Liebe ist Liebe, na und? Tod ist auch Tod, aber das machte die Geschichte nicht leichter verständlich. Emily hatte gemeint, Ann solle es ihren Freundinnen gar nicht erzählen, wenn der Gedanke daran sie so nervös mache. Vielleicht sollte es einstweilen ein Geheimnis bleiben. Aber Ann wußte, daß jede Erfahrung, die sie nicht an Meredith und Lisa austestete, gar keine Erfahrung war. Wenn Lisa und Meredith nicht da waren, um sich Anns Neuigkeiten anzuhören, dann waren es vielleicht gar keine Neuigkeiten. Vielleicht existierte Emily gar nicht. Vielleicht war Ann mit einer Holographie im Bett gewesen.
Ann mußte es ihnen erzählen, und sie mußte es ihnen sofort erzählen, und so legte sie ohne große Einleitung los. Sie

überlegten gerade, was sie im Lucky Wok bestellen sollten, aber Ann konnte nicht an Essen denken. »Wir könnten uns ›Happy Family‹ teilen«, sagte Lisa.

»Warum heißt das so?« fragte Meredith. »Kein Mensch kommt aus einer glücklichen Familie. Es sollte ›Fünf unglückliche Menschen in einem Kombi‹ heißen.«

Plötzlich sprach Ann. »Ich hab euch was zu sagen«, begann sie.

Lisa und Meredith lasen weiter in der Speisekarte. »Was denn?« fragte Lisa, ohne aufzublicken.

»Ich weiß nicht, wie ich es sagen soll«, sagte Ann. »Es ist alles so merkwürdig. Aber ich muß einfach darüber sprechen, sonst explodiere ich.«

Meredith und Lisa senkten ihre Speisekarten. »Hat es mit UFOs zu tun?« fragte Meredith.

»Ich habe ein Verhältnis mit einer Frau«, sagte Ann. »Ich glaube, ich bin lesbisch.« Meredith und Lisa sahen sie weiterhin starr an. »Na, wollt ihr nichts dazu sagen?« fragte Ann.

»Du bist nicht lesbisch«, sagte Meredith.

»Entschuldigung?«

»Ich meine, du hast endlich deinen Zölibatsmarathon beendet«, sagte Meredith, »aber du kannst nicht einfach eines Morgens aufwachen und beschließen, daß du lesbisch bist.«

»Du hast recht«, sagte Ann. »Erst muß ich mir ein paar Sporen verdienen.«

»Erst einmal«, sagte Meredith, »hätte es Anzeichen dafür gegeben.«

»Was für welche?«, meinte Lisa, »Eine alte Zigeunerin wäre an einer Weggabelung aufgetaucht?«

»Und ich hätte mich sehr zu ihr hingezogen gefühlt«, sagte Ann.

»Weißt du«, sagte Lisa, »in einer Zeitschrift habe ich gelesen, daß Wissenschaftler einen ganzen Schwarm lesbischer Seemöwen entdeckt haben.«

»Falls du dich nicht mehr erinnerst, Meredith«, sagte Ann, »ich war mit David sexuell nicht ausgefüllt. Und außerdem war ich verschossen, als ich klein war.«

»Ich glaube, es war vor der Küste von Maine«, sagte Lisa schwach. »Die Vögel haben auf einer Sandbank geknutscht.«

»Verschossen?« fragte Meredith ziemlich mißtrauisch. »In wen?«

»In Julie Andrews«, sagte Ann. »In *Meine Lieder, meine Träume* hat sie sehr schön ausgesehen. Ich habe meiner Mutter erzählt, daß ich auch Nonne werden will, aber sie hat gesagt, das ginge nicht, weil ich Jüdin bin, und das würde ich immer bleiben. Aber ich habe mir immer ausgemalt, auf diesem Berg mit Julie Andrews zu leben. Wir hätten als Nonnen zusammengelebt. Es wäre alles ganz friedlich gewesen.«

»Du warst in Julie Andrews verschossen?« sagte Lisa. »Das scheint mir ja nicht ganz legal.«

Plötzlich schoben zwei Kellner einen Wagen herüber, auf dem Flammen emporzüngelten. Sie blieben vor Meredith stehen. »Lady«, sagte einer der Kellner, »der Gentleman da drüben hat uns gebeten, Ihnen das hier zu bringen. ›Flammende Knusperente‹.«

»Oh, das ist sehr nett«, sagte Meredith, »aber das kann ich wirklich nicht annehmen. Sie werden es wieder mitnehmen müssen.«

»Er sagt, Ihre Fernsehshow gefällt ihm«, insistierte der Kellner.

»Oh?« machte Meredith. »Welcher Gentleman?«

Ann knallte ihre Eßstäbchen auf den Tisch und

schimpfte: »Verdammte Scheiße, das kann doch wohl nicht wahr sein!« Die Kellner rollten den Wagen schnell weg, das Brutzeln wurde zu einem leisen Zischen, die Flammen erstarben. »Wir haben gerade über mein Leben gesprochen«, fuhr Ann fort, »und wieder einmal steht Meredith, der Fernsehstar, im Mittelpunkt des Interesses!«

»Ich bin kein Fernsehstar«, sagte Meredith. »Es ist nur das Lokalfernsehen. Und kann ich denn was dafür? Hab ich um die ›Flammende Knusperente‹ gebeten?«

»Nein«, sagte Ann, »aber ich bin mir sicher, die Unterbrechung hat dir nichts ausgemacht, weil du es nicht aushältst, mir zuzuhören, wenn ich was sage. Ich habe eine Erfahrung gemacht, die mich sexuell geöffnet hat, und politisch auch, und keine von euch hat mich auch nur nach ihrem verdammten Namen gefragt!« Jetzt war sie den Tränen nahe.

»Tut uns leid, Ann«, sagte Lisa. »Bitte sag uns, wie sie heißt.«

»Nein«, sagte Ann. »Die Chance habt ihr verpaßt.«

»Okay, ich fange mit A an«, sagte Lisa. »Abby ... Adele ... Anita ...«

»Amazon«, bot Meredith an.

»Sie heißt Emily, klar?« sagte Ann. »Sie ist Rechtsanwältin und sieht aus wie Audrey Hepburn. Sie ist politisch sehr aktiv, und wir protestieren vor dem Rathaus gegen Homophobie. Es wird ein Kiss-in.«

»Ein Kiss-in?« fragte Lisa. »Alle küssen sich? In aller Öffentlichkeit?«

Ann nickte.

»Zungenkuß?« fragte Meredith entgeistert.

»Du bist wirklich albern, Meredith«, sagte Ann.

»Ach, hör schon auf«, sagte Meredith. »Wie können wir dich ernst nehmen? Du hattest immer diese Phasen. Es ist wie damals, als du Buddhistin geworden bist und darauf bestanden hast, daß wir dich Savita nennen.«

»Sativa«, sagte Ann.

»Es hat drei Tage gedauert«, sagte Meredith, »und du hattest dir schon einen Räucherstäbchenvorrat für dein ganzes Leben zugelegt.«

»Ann«, versuchte es Lisa, »ich glaube, Meredith will sagen ...«

»Glaub es oder nicht«, unterbrach Meredith, »ich schaue auf der Straße auch Frauen nach. Tut doch jeder. Aber das heißt nicht, daß ich mit ihnen ins Bett will. Meistens heißt es, daß ich wissen will, wo sie ihre Klamotten kaufen. Nenn mich ruhig altmodisch, aber ich glaube, ich bin ganz zufrieden damit, einfach heterosexuell zu sein.«

»Du und zufrieden?« sagte Ann. »Meredith, du machst doch nichts anderes als dich beschweren. Weißt du noch, der Typ, der dich auf das Renaissancefest mitgeschleppt hat? Der dir eine Flasche Wein mitgebracht und darauf bestanden hat, ›Met‹ dazu zu sagen? Oder der andere Kerl, der dir ein pornographisches Fax in die Arbeit geschickt hat, das alle gesehen haben?«

»Gut«, sagte Meredith, »ich habe ein paar Probleme mit Männern. Du aber offenbar auch.«

»Jetzt nicht mehr«, sagte Ann.

SIEBEN

»Da denkst du, du kennst jemanden, und dann bamm«, sagte Lisa. »Sie läßt die Bombe platzen, und schon ist alles anders.«

»Sag mal«, meinte Meredith, »ist dir eigentlich klar, daß sie schon die ganze Zeit lesbisch war, als wir früher zusammen übernachtet und uns voreinander ausgezogen haben? Und sie hat meine Brüste gesehen, Lisa, meine Brüste!« Sie schwieg. »O Gott!« fügte sie hinzu, als sei ihr noch etwas eingefallen.

»Okay, sie hat also deine Brüste gesehen«, sagte Lisa. »Entspann dich. Es ist nicht sonderlich wahrscheinlich, daß sie gleich über dich herfallen wird.«

»Nein, nicht das«, sagte Meredith. »Das da!« Sie zeigte nach oben auf eine Reihe Werbeplakate an der Wand der U-Bahnstation. Dort, zwischen einer Anzeige für Hämorrhoidensalbe und einer für Goya-Bohnen, prangte ein Bild von Lisas Ehemann Eric. Unter Erics Bild standen die Worte: **AKNE, FLECHTEN, MITESSER, DR. ZINN MACHT ES GLEICH BESSER**, und danach die Telefonnummer 234-SEBA.

»Oh, ja«, murmelte Lisa. »Die kenn ich noch nicht.«

»Warum hast du uns nicht erzählt, daß Eric Plakate gemacht hat?«

»Wahrscheinlich hab ich gedacht, ihr findet das unter seinem Niveau«, sagte Lisa. »Aber es ist wirklich schwierig, in New York eine Praxis zu eröffnen. In der Dermatologie gibt es viel Konkurrenz.

Eric hatte einen Monat vorher mit der Werbekampagne begonnen, und zu Lisas Erleichterung waren bisher weder

Meredith noch Ann darüber gestolpert. Meredith fuhr natürlich so gut wie gar nicht mehr mit der U-Bahn, da sie durch das Fernsehen zu ein bißchen Berühmtheit gelangt war, und Ann steckte den Kopf in ein Buch, sobald sie in einem Zug saß. Aber nun war Eric entdeckt worden, und Lisa verspürte eine merkwürdige Mischung aus Scham und Rechtfertigungsdrang, als wäre ihr Mann als Nazikollaborateur entlarvt worden. Meredith und Lisa saßen da, starrten beide hoch zu Erics Gesicht, und Lisa erinnerte sich an den Abend, als er beschlossen hatte, mit der Gerontologie aufzuhören. Er war um elf von der Arbeit heimgekommen, hungrig, schlecht gelaunt, und er schimpfte auf alte Menschen; ihre ständige Fragerei ging ihm auf die Nerven, ihre unklare Ausdrucksweise, ihr strenger Geruch; und ihre besorgten erwachsenen Kinder nahmen einen auch noch immer beiseite und verlangten streitlustig, alles zu erfahren, was man mit ihren Eltern machte, Punkt für Punkt. Eric hatte sich schon immer über diese Dinge beklagt, und er hatte sogar einen wiederkehrenden Traum, in dem ihn Jessica Tandy und Hume Cronyn mit einem Netz jagten, aber sein Ärger war zu einer Art weißem Rauschen in ihrer Ehe geworden, von dem sie glaubte, daß es wohl nie verschwinden würde.

Alte Menschen liebten Lisa; erst bewunderten sie immer, wie jung sie aussah mit ihrem glatten Gesicht und dem Haarband, und dann hörten sie ihr wirklich zu und befolgten ihre Ratschläge, ihre Medizin zu nehmen oder kein Salz mehr zu essen. Sie war ihnen so vertraut, daß sie ihr eine Freude machen wollten. Sie hörte ihnen immer zu, wenn sie von ihren Kindern erzählten oder wieviel eine U-Bahn-Karte gekostet hatte, als sie so alt waren wie Lisa, und manchmal hörte sie sogar zu, wenn sie im Fieber sagten, daß die Farbigen die Stadt zerstört hätten. Einmal hatte sie eine lange, gräßliche Partie Canasta mit einer Frau gespielt, deren Augen vom grauen Star schon milchig und trüb waren. Lisa war aufmerksam und erledigte Telefonanrufe umgehend. Ihre Handschrift auf dem Rezept war leserlich, hatte mit ihren Kringeln sogar etwas Mädchenhaftes. Lisa stürzte sich in diese schwierige Arbeit in der großen, klirrenden Maschine dieses furchteinflößenden Stadtkrankenhauses, denn sie wußte, eines Tages würde auch sie alt sein, und wahrscheinlich würde ein arroganter junger Arzt sie anfauchen, dem es vor alten Leuten und ihren Gerüchen graute.

Wenn es Eric ähnlich ging, dann ließ er sich nichts anmerken. Er wollte nur raus. Also wechselte er zur Dermatologie, und es war unglaublich, wie ihn das veränderte. Nachts schlief er besser, und die Ruder seines Trimmgeräts betätigte er mit neuer Energie. Aber er hatte sie enttäuscht, und das wußte er. Sie überlegte sogar, ob sie fähig war, ihn weiter zu lieben. Jetzt blickte sie sein Bild an der Wand an und versuchte, es mit dem Mann, den sie liebte, zusammenzubringen. Dieses Gesicht würde heute abend da sein, wenn sie nach Hause kam, doch wenn sie es in dem harten Neonlicht der U-Bahn-Station sah, verspürte sie nur den vagen, beschämenden Wunsch, dezent ein paar Schritte zurückzutreten und so zu tun, als kenne sie diesen Mann nicht. Er bekam Geheimratsecken, und sein Bart fing an, sie zu langweilen. Ein Drittel seines Gesichts hatte sie noch nie gesehen – und das bei ihm, der ausschließlich mit Haut zu tun hatte.

Er sieht eigentlich ganz anständig aus, dachte sie, als sie das Bild anstarrte, wenn auch vielleicht nicht ganz so nett wie die Frau auf dem Plakat neben ihm, die spanische Hausfrau, die eine Dose Goya-Bohnen in die Höhe hielt und sie verträumt anblickte wie einen Liebhaber. Eric sah nett aus, hygienisch und zuverlässig, und sie wußte, er würde ein guter Arzt bleiben, egal was passierte. Er hatte geschickte Finger und war gründlich bei seinen Untersuchungen. Aber sie fand doch, daß sein Photo an der Wand aussah wie das Abschlußphoto eines Buchhaltungslehrgangs. Einem Pendler, der müde von der Arbeit nach Hause fuhr und dessen Blick über die Wand mit den Plakaten streifte, würde Erics Gesicht langweilig erscheinen. Der Pendler würde einfach an Eric vorbeisehen und statt dessen bei der glücklichen Dame von Goya hängenbleiben.

War Eric langweilig? Lisa hatte sehr zärtliche Gefühle für ihn mitsamt seinen Ängsten und Manien. Wenn sie nachts im Bett lagen und sich umarmten, dann genoß sie es, jung zu sein und verheiratet und nackt, ihre Körper so kühl wie ein frischbezogenes Kissen, wenn man zum ersten Mal den Kopf darauf legt. Sie unterhielten sich in Steno über Medizin und klagten über die ärztliche Berufshaftpflichtversicherung, sie liebten sich, und manchmal spielten sie danach in ihrem nächtlichen Theater, zu dem Personen gehörten, die sie sich ausgedacht hatten, als sie frisch verliebt waren. Im Lauf der Jahre hatten sie diesen Personenstamm ausgebaut und vertieft, wie die Figuren einer seit langem laufenden Seifenoper. Lisa überlegte, ob wohl jedes Paar solche Spiele hatte, aber sie konnte niemanden fragen; es war zu persönlich, und irgendwie noch schlimmer, als sich Einzelheiten aus seinem Liebesleben zu erzählen.

Das Spiel hatte mit einem Namen für Lisas Diaphragma angefangen. »Prinzessin Di«, hatte Eric es getauft, als sie einmal damit aus dem Badezimmer kam. Dieser Name setzte einen Dialog zwischen »Prinzessin Di« und dem »Königlichen Szepter«, natürlich ein Name für Erics Penis, in Gang. Bald hatten sie weitere Personen hinzugefügt, die die unterschiedlichsten Körperteile und Haushaltsgegenstände bezeichneten. Es gab den Luffamann, Mrs. Butterworth und diverse andere, die alle eine eigene Stimme hatten. Das war eine Seite von Eric, die Meredith und Ann niemals kennenlernen würden, und das war wahrscheinlich nur gut.

Meredith und Lisa saßen eine Weile schweigend da, bis Meredith schließlich sagte: »Nichts kommt so, wie es kommen soll. Eric ist Dermatologe. Ann ist lesbisch. Weißt du, Lisa, es wird jetzt anders zwischen Ann und uns. Sogar gesellschaftlich.«

»Wie das?« fragte Lisa.

»Na ja, nimm doch mal unsere Essen im Lucky Wok«, sagte Meredith. »Eric kommt nie, weil es ja ein Frauenabend ist, oder? Aber Emily ist eine Frau. Also wird sie vielleicht auch kommen wollen. Und dann ändert sich die ganze Dynamik. Wir müssen dann doch versuchen, sie ins Gespräch mit einzubeziehen.«

»Ich habe gehört, sie spricht unsere Sprache ein bißchen, Meredith«, sagte Lisa.

»Und stell dir vor, ich geb mal eine Dinnerparty mit vielen einflußreichen Leuten vom Sender«, sagte Meredith. »Muß ich dann Ann und Emily einladen? Normalerweise sitzen Männer und Frauen immer abwechselnd. Das würde die ganze Sitzordnung durcheinanderbringen. Und würde das nicht komisch aussehen, wenn ich sie als Paar vorstelle?« Sie schloß die Augen, als versuchte sie, sich die Situation vorzustellen. »Nein, warte«, sagte sie plötzlich, »vielleicht würde es exotisch wirken, als hätte ich ganz faszinierende Freunde. Ein Salon, wie in Paris in den zwanziger Jahren!«

»Ich wußte gar nicht, das du Dinnerpartys gibst«, sagte Lisa. »Mich lädst du nie ein.«

»Doch«, sagte Meredith etwas unbehaglich.

»Was, dieses Büffetding, wo fünf Leute Falafel mitgebracht haben?« fragte Lisa. »Das ist Jahre her.«

Das betretene Schweigen zog sich in die Länge, während Eric drohend über ihnen schwebte. Schließlich sagte Meredith: »Warum hat er sich 238 SEBA rausgesucht? Hat das was zu bedeuten?«

»Das steht für ›Glandulae sebaceae‹, Talgdrüsen«, sagte Lisa. »Die machen die Pickel.«

»Warum nicht 238-AKNE?« fragte Meredith.

Lisa seufzte. Dann sagte sie: »AKNE war schon vergeben.«

Es bedurfte keiner besonderen Anstrengung, Anns Liebhaberin zu mögen oder zumindest zu verstehen, weshalb Ann sie mochte. Emily sah fast so gut aus wie Meredith, stellte Lisa mit einiger Befriedigung fest. Als Meredith und Lisa Emily das erste Mal sahen, war es fast ein Schock für sie. Sie hatten sich eine schrille, drahtige, zornige Frau mit frischrasiertem Kopf vorgestellt, und statt dessen stand ihnen diese schöne, eloquente, großartig gekleidete Frau gegenüber. Meredith hatte Lisa gestanden, daß Emilys Existenz sie ein wenig deprimiere und Ann dadurch eine geheime Macht verlieh, welche ihr erlaubte, sich in der Rangfolge über Meredith zu stellen.

Ann und Emily waren schnell zu einem lesbischen Bilderbuchpaar geworden, sie gingen zu Kiss-ins- und Sit-ins und Die-ins der Homosexuellenvereinigung Queer Nation, legten sich mit vielen anderen vor den Eingang des Holland Tunnels, stoppten den Berufsverkehr und kamen an jenem Abend sogar in die Sechs-Uhr-Nachrichten. Winnie Jarret, die geistlose Reporterin der lokalen Nachrichtensendung, hatte den beiden ein Mikrofon vor die Nase gehalten, und Ann hatte so unbefangen hineingesprochen, als wäre sie schon seit Jahren Aktivistin, als wäre sie in einer Familie aufgewachsen, wo im Keller geheime Treffen radikaler Gruppen abgehalten wurden und Paul Robeson manchmal zum Abendessen vorbeikam. »Wir sind heute hier«, sprach Ann in Winnies Mikro, »weil das eine Sache ist, an die wir glauben. Wir und unsere schwulen Brüder und lesbischen Schwestern sind viel zu lange unterdrückt worden.« Anns Redestil resultierte nicht aus ihrer langen Erfahrung als Aktivistin, sondern war geprägt von ihrer Abschiedsrede an der Magatuck High-School, wo sie aufgestanden war und den Essay vorgelesen hatte, den sie zu diesem Anlaß geschrieben hatte, und zwar zu dem Thema: »Unsere Werte.«

Ann und Emily waren unzertrennlich, sogar zu ihrem nächsten Dinner im Lucky Wok kamen sie zu zweit. Während des Essens waren alle fröhlich, höflich und zurückhaltend, aber der empfindliche pH-Wert hatte sich plötzlich verändert, und Lisa hoffte, Emily würde zu dem Treffen im nächsten Monat nicht wieder mitkommen. Das war nicht fair, Lisa wußte es; natürlich mußten sie ihre Welt auch anderen Leuten öffnen. Sie waren keine Shaker; sie hatten keinen Grund, selbstgenügsam zu sein. Emily hatte sich ihnen auch nicht aufgedrängt. Sie hatte gar nicht das Bedürfnis, all ihre Insiderwitze oder vagen Anspielungen auf Magatuck zu verstehen. Sie wollte nicht jede Einzelheit über den Mathelehrer wissen, der in ihrem letzten Schuljahr Selbstmord begangen hatte, oder über die Collage, die sie für Lisa aus diversen Zeitschriften zu ihrem sechzehnten Geburtstag gemacht hatten: »Was, das hab ich alles aufgegessen!« »Du kommst von weit her, Baby!« Emily hatte ihre eigene Geschichte, und es war klar, daß sie an der der anderen nicht interessiert war.

Emily erschien nie wieder zu einem Essen im Lucky

Wok, aber sie kam zu weniger wichtigen Treffen. Eines Nachmittags begleitete sie Ann und Lisa ins Studio, um Meredith bei der Aufnahme ihrer wöchentlichen Folge der »Verbraucherwache« zuzusehen. Sie saßen auf Klappstühlen an der Wand des Studios, während Meredith hinter einem Tisch voller Spielzeug stand. Meredith war ziemlich aufgemotzt mit ihrer Fernsehkleidung, ihre Haare waren ein bißchen zu steif, und sie trug eine dicke Schleife um den Hals. Die Scheinwerfer waren auf sie gerichtet, und alle Flächen wurden hell und schattenlos. Merediths Haut schien so rein wie gutes Schreibpapier. Anmutig stand sie vor dem kleinen Tisch und hob eine Puppe hoch.

»... vielleicht die größte Unverschämtheit«, sagte Meredith, »ist die kleine Paco-Puppe, ein Angebot von Selden Toys. Der kleine Paco trägt einen großen Sombrero, hat kein Hemd und keine Schuhe, die Hand ist ausgestreckt, als wolle er betteln.« Die Kamera richtete sich auf den kleinen Paco, so daß sein Gesicht aus wenigen Zentimetern Entfernung zu sehen war: die typisch lateinamerikanischen Gesichtszüge, die karamelfarbene Haut, das aufgemalte, wellige, schwarze Haar. »Diese Puppe verstärkt nicht nur ethnische Klischees«, fuhr Meredith fort, »sie ist auch nicht sicher. Die Packung enthält auch drei ›echte mexikanische Pesos‹, die von kleinen Kindern leicht verschluckt werden oder ihnen im Hals steckenbleiben können. Muß ich noch mehr sagen? Ich bin Meredith Grey, und das ist alles für heute.«

Was für ein Unterschied war das zur High-School, als Meredith in *Eines langen Tages Reise in die Nacht* mitgespielt und Mrs. Tyrone unbewußt einen feinen Long-Island-Akzent verliehen hatte. Das fünfzehnjährige Mädchen gab es nicht mehr, das auf der Bühne der Magatuck High-School gestanden und so getan hatte, als sei es eine verwirrte, ältere Drogensüchtige. Nach dem Stück wurde Meredith hinter der Bühne umringt von Freunden, Eltern und Lehrern, die ihr alle beteuerten, wie großartig sie gewesen sei, und Meredith hatte den ganzen Abend auf der Premierenfeier, die in dem getäfelten Ruheraum des an Asthma leidenden Jungen, der Mr. Tyrone gespielt hatte, veranstaltet wurde, Hof gehalten. Lisa hatte bei dem Stück die Requisite gemacht, und alle hatten ihr gesagt, sie hätte die düstere Enge bei den Tyrones wunderbar getroffen. Ann hatte die »Cathleen« gespielt, stand aber auf der Besetzungsliste nur als »zweites Mädchen«. Es war eine winzige Rolle, und Ann war gut, aber alle hatten nur Meredith im Kopf. Und das hatte sich auch viele Jahre später noch nicht geändert.

»Sie macht mich krank«, sagte Ann, als sie auf Meredith warteten, die sich noch abschminken mußte. »Gott hat ihr alles geschenkt: das Aussehen, das Talent, den Erfolg. Und jetzt hat er sie noch zum Fernsehen gebracht. Was bleibt denn noch für uns?«

»Tierliebe«, sagte Emily. »Ich glaube nicht, daß das schon vergeben ist.«

»Also, ich freu mich für sie«, sagte Lisa. »Ich glaube, sie könnte die nächste Diane Sawyer werden.«

»Wenn es soweit ist«, sagte Ann, »dann müßte ich mir die Kugel geben. Nein, eine Pistole wäre nicht brutal genug. Ich müßte dieses Mishima-Ding machen. Mir mit einem Ginsu-Messer den Bauch aufschlitzen.«

»Aber ich verstehe wirklich nicht, warum sie ihren Namen geändert hat«, sagte Lisa. »Was gefällt ihr denn an Guzzi nicht?«

Und alle lachten ausgiebig und gemein auf Merediths Kosten.

Lisa hatte in letzter Zeit festgestellt, daß sie anders aussah, wenn sie morgens aus der Dusche kam. Ihr Körper war etwas fleischiger geworden und das Fleisch ein wenig rosiger. Das kam wohl vom Verheiratetsein, dachte sie. Ann war lesbisch geworden und hatte sich in einen tollen, schnittigen Windhund verwandelt, während Lisa eine verheiratete Frau war und ernsthaft Gefahr lief, ihrer Mutter immer ähnlicher zu werden, mit breiten Hüften, einem Hochzeitsstrumpfband und plötzlichem Interesse seitens ihrer weiblichen Verwandten, die glaubten, sie gehöre jetzt endlich auch zu der Gemeinschaft unterwürfiger Ehefrauen.

Sie hatte ihren Mädchennamen behalten, aus Prinzip, selbst wenn Zinn viel besser klang als Vopilska. Hin und wieder, wenn sie in der Reinigung oder bei einer Tischreservierung im Restaurant nach ihrem Namen gefragt wurde, gab sie nur so zum Spaß Erics Namen an. »Zinn« war wie ein Paßwort zu einem anderen Leben. »Zinn« war auch so leicht zu buchstabieren: ein kurzer, flotter Name, völlig anders als ihre reizlose und scheinbar zufällige Ansammlung von Buchstaben.

In der Anfangszeit nach ihrem Eintritt in die Zinn-Welt hatte Lisa für Meredith und Ann weniger Zeit. Als frischverheiratetes Ehepaar waren die Vopilska-Zinns immer gefordert; sie gaben Gastauftritte bei Familiengrillparties der Zinns oder erschienen bei einer Diavorführung über die Tibetreise von Lisas Tante. Sobald sie ein bißchen Zeit für sich hatten, sahen sie sich an, nickten einander zu und steuerten auf das Bett zu. Der Sex blieb wunderbar, wurde sogar besser, und Lisa war insgeheim stolz darauf, daß sie in sexueller Hinsicht so frei war. Manchmal, wenn sie miteinander schliefen, klingelte das Telefon, und der Anrufbeantworter schaltete sich ein. Nach der Ansage folgte ein selbstbewußter Spruch von Meredith oder Ann: »Lisa? Eric? Hey, Leute.

Seid ihr da?« Dann kam eine Pause, und Lisa wollte manchmal aus dem Bett hüpfen, um ans Telefon zu gehen, aber dann sah sie Eric an und bemerkte, daß er wartete, welche Wahl sie treffen würde. Sie oder ich, dachte er. Such's dir aus. Lisa wählte ihn und blieb liegen, hörte das Klicken, wenn Meredith oder Ann auflegten. Sie wünschte, sie könnte mit ihren Freundinnen telefonieren *und* sich an Eric schmiegen; sie wünschte sich, verheiratet zu sein und jeden in ihrer Nähe zu haben, den sie liebte. Warum konnte die Ehe nicht eine Art offenes Haus sein, dessen Tür immer aufstand, um Gäste willkommen zu heißen?

Aber die Ehe war alles andere als das. Sie lebte mit Eric immer noch in der Wohnung in dem Klinikhochhaus. Sie war jetzt bis obenhin vollgestopft mit Hochzeitsgeschenken: mundgeblasene Vasen, fröhlich bemalte mexikanische Keramik, Kaffeebereiter aus den unterschiedlichsten Ländern. Sie hatten sogar einen kapitalen Gummibaum, der neben der Terrassentür stand und dessen Blätter große, bedrohliche, spinnenförmige Schatten warfen. Manchmal stand Lisa mitten in der Nacht auf, um ein Glas Wasser zu trinken, und wenn sie durch die dunkle Wohnung mit all ihren Gegenständen und Schatten tappte, hatte sie das Gefühl, in einem fremden Apartment zu sein. Was war das für eine Wohnung? Und wer waren die beiden Menschen, die hier wohnten? Sie hatte so viel zugenommen, und er war plötzlich Dermatologe.

Auch Ann hatte sich verändert; im Lauf des letzten Jahres war sie vom Stachelschweinlook zu einem schmeichelhaften, androgynen Teenageridol-Look übergegangen; sie war jetzt ganz und gar zur Lesbe geworden und sah besser aus als je zuvor in ihrem Leben, mit stumpf geschnittenem, kinnlangem Haar, das hübsch flog, wenn sie den Kopf drehte, und tollen Kleidern, die sie sich von Emily auslieh.

Aber Meredith war diejenige, die sich offenbar am meisten geändert hatte. Lisa hatte vielleicht geheiratet, war schwerer geworden und schlechter zu erreichen, aber Meredith war berühmt geworden. Oder so ähnlich. Zumindest wirkte sie wie jemand, der berühmt war. Auf der Straße warf man ihr neugierige Blicke zu, man überlegte, woher man diese hübsche, junge Karrierefrau kannte. Seit sie bei der »Verbraucherwacht« mitmachte, sah sie aus wie jemand vom Fernsehen. Sie zog sich seriöser und auffälliger an: Blazer, kleine Schals, voluminösere Haare. Ihre Stimme wurde kehliger und sicherer. Meredith las jeden Morgen vier Zeitungen, als müsse sie in einem Quiz über Tagespolitik antreten und hätte Angst durchzufallen. In einem privaten Fitneßstudio trainierte sie wie eine Besessene mit einem Schrank von einem Trainer namens Wilfredo. Sie ging zu einem Ernährungsberater, der Proben von ihrem Haar, ihrer Haut und ihrem Blut nahm und ihr sagte, wenn sie je in diesem Leben etwas erreichen wolle, dann müsse sie ihren Körper mit Zink bombardieren. »Zink, Zink, Zink!« rief der Ernährungsberater, als sie seine Praxis verließ, und Meredith schluckte jeden Morgen, wenn sie das Wall Street Journal studierte, pflichtbewußt enorme Zinkbrocken. Meredith war eindeutig auf dem Weg nach oben. Diese Arbeit beim öffentlich-rechtlichen Fernsehen war sicher nur eine Zwischenstation, bevor sie zu den Abendnachrichten geholt wurde oder von einer dieser Morgensendungen, wo das Studio aussah wie ein Wohnzimmer aus dem letzten Jahrhundert, mit einer Couch, auf der harte, kleine, gestickte Kissen lagen. Es war unmöglich, mit Meredith Schritt zu halten, und so probierte es Lisa gar nicht erst.

Auf all ihre Freunde machten Lisa und Eric einen glücklichen Eindruck. Glücklich zu wirken, war recht hilfreich;

Lisa wäre es äußerst peinlich gewesen, wenn jemand gewußt hätte, welche Gedanken ihr manchmal durch den Kopf gingen, diese beleidigenden Gedanken über Eric, die ihn völlig fertigmachen würden, wenn er sie lesen könnte. Eines Abends kam sie total schlechtgelaunt vom Essen im Lucky Wok zurück, und sie konnte sich absolut nicht erklären, weshalb. Als sie die Wohnung betrat, erschien sie ihr wieder völlig überladen, wie eines dieser absurden Sandwiches aus einem Feinkostgeschäft, die man kaum in den Mund kriegt und gar nicht richtig genießen kann. Eric hatte sich etwas Platz auf dem Sofa gemacht, er lag da und las. Lisa ging zu ihm und beugte sich hinab, um ihn zu küssen, dann ließ sie sich in den Sessel neben dem Gummibaum fallen. Träge streckte sie den Arm aus, um die Blätter zu berühren; eines brach in ihrer Hand ab. Es war braun und trocken wie ein Kartoffelchip.

»Ich weiß nicht, warum wir diese Pflanze haben«, sagte Lisa. »Wir gießen sie nie. Wir sind total nachlässige Eltern.«

»Wirf sie doch weg«, sagte Eric, der jetzt von seinem Buch aufsah.

»Es war doch ein Hochzeitsgeschenk«, sagte Lisa, »von den Bittermans, den Freunden deiner Eltern. Wir können sie nicht einfach wegwerfen. Außerdem, wie sollte ich das machen, sie einfach zum Balkon runterwerfen, damit sie sechzehn Stockwerke runtersaust und den Portier erschlägt?«

»Wie du willst, Lisa«, sagte Eric.

»Du hörst mir nicht mal zu«, sagte sie.

»Ich versuche zu lesen«, sagte Eric.

Sie warf einen Blick auf sein Buch. »Aha, *Die Ausstattung des zeitgenössischen Dermatologen*«, sagte sie. »Ich habe gehört, es sei zu schwülstig, an manchen Stellen aber recht rührend.«

»Onkel Tom sagt, wenn man anfängt«, meinte Eric, »dann lohnt es sich wirklich, nur qualitativ hohe Sachen anzuschaffen. Auf dem neuesten Stand der Technik.«

»Ich versuche gerade, mit dir über diesen Gummibaum zu sprechen, Eric«, sagte Lisa.

»Okay, okay«, sagte er seufzend. »Ich bin ganz dein.« Demonstrativ schlug er das Buch zu und legte es auf den Beistelltisch, zwischen einen trapezförmigen dänischen Glasaschenbecher und drei gemaserte Marmoreier in einem kleinen Nest – alles Hochzeitsgeschenke.

»Ich glaube, er ist eine Metapher für unsere Ehe«, sagte Lisa.

»Ein Gummibaum ist eine Metapher für unsere Ehe?« fragte Eric. »Wie kommst du denn auf die Idee? Haben Meredith und Ann sich das einfallen lassen?«

»Das hat nichts mit ihnen zu tun«, sagte Lisa. »Immer schiebst du es auf meine Freundinnen, wenn wir einen Streit haben.«

»Okay, tut mir leid«, sagte er. »Bitte sag mir, warum ein Gummibaum eine Metapher für unsere Ehe ist. Ich kann es kaum erwarten.«

»Na ja«, begann Lisa, »weil er ein Hochzeitsgeschenk war. Als Kind hab ich mal eine Geschichte von O. Henry gelesen; es geht um ein Mädchen, das ziemlich krank ist. Sie liegt im Bett und guckt aus dem Fenster. Es ist Winter. An der Mauer gegenüber wächst Wein, und sie denkt sich, daß sie stirbt, wenn das letzte Weinblatt abfällt. Das erzählt sie allen, unter anderem einem alten Mann, einem Künstler, der über ihr wohnt. Eines Nachts tobt ein schrecklicher Sturm, und das letzte Blatt scheint ihn unmöglich überstehen zu können. Alle haben Angst davor, die Vorhänge aufzuziehen und sie hinausschauen zu lassen. Aber sie besteht darauf, und als sie hinausblicken, sehen sie, daß das letzte

Blatt immer noch da ist, daß es fest am Weinstock hängt. Der Sturm hat ihm nichts anhaben können, und sie weiß jetzt, daß sie wieder gesund wird. Was sie aber nicht weiß, ist, daß es nicht echt ist; der Mann hat das Blatt mitten in der Nacht nur *gemalt*, um ihr Hoffnung zu geben. Aber das besondere an dieser O. Henry-Geschichte ist, daß der Mann sich eine Lungenentzündung holt, während er draußen in der Kälte malt, und stirbt.« Als sie ihre Geschichte beendet hatte, lehnte sich Lisa mit verschränkten Armen in ihrem Sessel zurück und sah Eric an.

Doch er fragte nur: »Worauf willst du hinaus?«

»Ich weiß nicht, ob ich auf etwas Bestimmtes hinauswill«, sagte Lisa etwas weniger sicher, »aber ich finde, wir lassen alles ein wenig absterben.«

»Was denn?« fragte er.

»Unsere Ehe«, sagte sie.

»Okay, gut«, sagte Eric. »Wenn das letzte Blatt von diesem Scheißgummibaum abfällt, dann ist unsere Ehe beendet.«

»Gut«, sagte Lisa.

Eric legte sich die Hände über die Augen und rieb sie wie ein müdes Kind. »Warum«, sagte er, »haben uns die Bittermans keinen Wok geschenkt?«

Als sie später zusammen im Bett lagen, ineinander verschlungen, aber doch absurd entspannt, dachte Lisa an die Nacht, in der sie zum ersten Mal miteinander geschlafen hatten, in dem winzigen Zimmer im Krankenhaus. Obwohl sie beide ihre Arztkittel getragen hatten – sie ihre grüne Uniform, er seinen einfachen weißen Mantel wie jeder andere Arzt oder Eisverkäufer – hatten sie es irgendwie geschafft, einander auszuwählen, sich aus der Masse herauszugreifen. Nun betrachtete sie ihn, während sich sein Gesicht beim Einschlafen entspannte. Sein Mund war geöffnet, und sie sah, wie sich eine kleine Speichelpfütze auf dem Laken sammelte und ausbreitete. Wenn sie Eric jetzt kennenlernen würde, würde sie sich in ihn verlieben? Wenn er ihr bei ihrer ersten Verabredung gesagt hätte, daß ihn alte Menschen deprimierten und er sich lieber um die Pickel mürrischer Teenager aus den Privatschulen von New York kümmerte, dächte sie dann immer noch, er wäre der Richtige für sie? In letzter Zeit schien er alles vergessen zu wollen, was er von seiner Zeit in der Gerontologie wußte. »Ich habe Angst vor dem Alter«, sagte er Lisa eines Nachts im Bett. »Hasse mich nicht dafür.«

Also tat sie es nicht. Sie liebte ihn weiter auf diese dumme, durch und durch menschliche Art, die ihre Gliedmaßen verschlungen und ihre Gesichter eng beisammen hielt. Sie dachte immer noch darüber nach, daß ihre beiden Namen unten auf dem Briefkasten standen. L. VOPILSKA/E. ZINN stand auf dem Schild, als wäre es, umrahmt von einem Herz, in einen Baumstamm geschnitzt. Die eheliche Liebe war etwas, was sie Ann und Meredith voraus hatte. Erhabene, offizielle, genehmigte Liebe. Sie hatte das, die anderen nicht. Das freute sie ungemein, doch als sie sich dessen bewußt wurde, schämte sie sich. War sie ein schlechter Mensch? Natürlich wünschte sie ihren Freundinnen nur das Beste. Sie wollte, daß sie beide bekamen, was immer sie sich auf dieser Welt wünschten. Aber im Moment hatte sie das Monopol auf das Eheleben. Lisa rückte näher zu Eric hinüber und legte ihre Wange nah an seine. Nach nur einer Sekunde merkte sie, daß sie genau auf dem nassen Fleck lag.

ACHT

Meredith wurde bald dreißig, und niemand wollte Mitleid mit ihr haben. Niemand verstand, was es für jemanden wie Meredith bedeutete, dreißig zu werden. Niemand verstand, daß sie die Art von Frau war, die bis zu diesem Zeitpunkt mit allen Spielarten der Liebe vertraut war, so daß sie eigentlich, wenn die Dreißig nahte, mit der großen Drei und der dicken, fetten Null, die wie Felsbrocken in ihr Leben rollten, bereit sein sollte.

Aber sie war alles andere als bereit. Sie hatte Angst, und zum allerersten Mal fürchtete sie, nie einen Mann kennenzulernen, den sie lange ertragen könnte, daß sie ihre Besonderheit und ihre Schönheit verlieren, und daß sie, die immer so aufregend auf Männer gewirkt hatte, irgendwie außen vor bleiben würde. Die durchschnittlich aussehenden, geduldigen Frauen auf der Welt würden das große Glück finden, nicht aber Meredith. Sie beschloß, das Beste daraus zu machen und sich in ihre Arbeit zu stürzen, doch dann fiel ihr wieder ein, daß eine Frau, die sehr lange nicht geliebt wird, verzweifelt erscheint und unattraktiv, und das war beides nicht besonders telegen. Sie würde schließlich ihre Fernsehshow aufgeben müssen. Sie würde aus den Augen der Öffentlichkeit verschwinden, in eine Stadt im Norden des Staates New York ziehen und eine Krimskramsboutique eröffnen, so einen Laden, wo es selbstgemachte Toffees und kleine, aus heimischen Apfelholz geschnitzte Puppen gibt.

Als Meredith in dieser Nacht allein im Bett lag, ließ sie ihre gesamte sexuelle Geschichte an sich vorüberziehen wie jemand, der an einer verkrusteten Wunde herumkratzt. Es war bestürzend, sich an die verschiedenen Männer zu erinnern, mit denen sie im Lauf der Jahre im Bett gewesen war, und doch war es auch tröstlich, noch einmal an all die Männer zu denken, die sie begehrt hatten. Sie war immer stolz auf ihre sexuelle Fertigkeit gewesen und darauf, daß sie keine Hemmungen hatte. Seit dem Moment, als ein älterer, an Parkinson leidender Gynäkologe die sechzehnjährige Meredith mit einem Diaphragma ausgerüstet hatte, hatte sie nie Angst vor Sex gehabt. Das Diaphragma wurde zu einer Art Amulett, das sie durchs Leben begleitete. Am Anfang waren die Jungen allesamt miese Liebhaber: zu eifrig, sie ejakulierten immer zu früh, aber dennoch machte Meredith ihren Weg.

Jetzt, wo sie bald dreißig wurde, sah sie im Rückblick ihre sexuelle Geschichte, wie Will und Ariel Durant, versuchte sich an jeden leidenschaftlichen oder törichten Moment genau zu erinnern. Es gab so viele Männer, an die sie denken mußte: die Schnösel am Anfang, dann die leicht bedrohlichen James-Dean-Typen, auf die sie später stand. Zum Beispiel John Staley im College; und nach dem Examen dann eine Reihe adretter junger Banker und Rechtsanwälte in Armani-Anzügen. Da war die Affäre mit dem Mann hinter dem Tresen bei »More, Please«, diesem wahnsinnig tollen Feinkostgeschäft in der Madison Avenue. Er hatte Estragon-Truthahn-Salat für sie in einen Becher gelöffelt, sie mit einem süffisanten Lächeln auf seinem kantigen Gesicht über die Waage hinweg angeblickt, und sie hatte ihm ihre Telefonnummer gegeben. Im Bett war er weiterhin kantig und großartig, aber sie beendete die Beziehung, als er versuchte, sie für eine Kettenbriefaktion zu gewinnen. Dann gab es natürlich Alan. Obwohl sie seither mit vielen Männern ausgegangen war, vermißte sie ihn immer noch, und manchmal, wenn sie einander auf dem Gang begegneten, warfen sie sich gequälte Blicke zu, wie zwei Teenager, deren Liebe unter einem Unstern steht. Neulich hatte sie ihn am Wasserspender im siebten Stock gesehen, als er sich hinabbeugte, um an das lauwarme Wasser zu gelangen, und das hatte sie daran erinnert, wie er beim Sex immer unbeholfen den Hals verdreht hatte, um sie anzusehen.

Männerzählen war wie Schäfchen zählen, außer daß Meredith davon noch ängstlicher und wacher wurde. Irgendwann während dieser Nacht fiel ihr ein, daß sie mit so vielen Männern geschlafen hatte, daß sie HIV-positiv sein könnte. Sie hatte schon früher daran gedacht, aber meistens tagsüber, und da konnte sie sich einreden, sie wäre hemmungslos neurotisch. Aber jetzt, mitten in der Nacht, wo sie gerade den Namen jedes Mannes, mit dem sie je im Bett gewesen war, aufgerufen hatte, wurde sie von purer Angst gepackt. Es war in der Vergangenheit durchaus vorgekommen, daß der Mann kein Kondom genutzt hatte. Früher, bevor man je von AIDS gehört hatte, war es nicht nötig gewesen, aber später hatte sie es manchmal nicht ertragen können, einen Mann zu seiner Brieftasche zu schicken, um nach einem kleinen Viereck aus Alufolie zu suchen oder, was noch schlimmer war, mitten in der Nacht hinaus in den peitschenden Regen zu einem Automaten, und das mit einer Erektion, die sich deutlich unter seiner Hose abmalte.

Wenn sie sich jetzt genügend konzentrierte, konnte sie beinahe fühlen, wie der Virus in ihrem Blut zirkulierte. Sie sah sich in fünf Jahren, die Moderatorin einer Fernsehshow von Magazinformat, berühmt, respektiert und mit richtig klasse Haaren, und dann würde der Virus plötzlich seinen Winterschlaf beenden. Sie gab sich den Gedanken an ihre eigene Beerdigung hin, zählte schnell die Trauergäste ab, versuchte festzustellen, wie beliebt sie wirklich war und ob Diane Sawyer da war oder nicht.

Meredith hatte immer eine unfehlbare Fähigkeit zur dramatischen Selbstinszenierung besessen; als sie klein war, mußte ihr Vater einmal geschäftlich nach Toledo, und sie hatte sich vorgestellt, daß das Flugzeug abstürzte und Meredith und ihre Familie würdevoll, aber gramgebeugt vor dem offenen Grab standen. Sie hatte sich ausgemalt, wie ihr kleiner Bruder vortrat, um à la John-John Kennedy zu salutieren, während der Sarg mit der Leiche von Lawrence J. Guzzi vorübergetragen wurde. Aber ihr Vater war nicht gestorben; er war immer noch Wirtschaftsprüfer, und Meredith war vom Tod eigentlich ziemlich unberührt geblieben.

Aber sie war sich sicher, mit ihrem Glück würde es jetzt ein Ende haben. Woran hatte Meredith in diesen ganzen Jahren eigentlich gedacht? Ihr Körper war übersät von Fingerabdrücken, ihr Inneres war von aufgeblasenen Männern ergründet worden, von gutaussehenden Männern, von dummen Männern. Ihre sexuelle Geschichte sah langsam wie eine Gruselgeschichte aus und endete damit, daß Meredith in einem Sarg lag und Diane Sawyer in der Nähe diskret weinte.

Meredith begann automatisch zu beten. Lieber Gott, dachte sie, bitte verschon mich. Dann fügte sie – wie immer, wenn sie mitten in der Nacht solchen Handel machte – hinzu: Ich will auch alles tun. Was glaubte sie eigentlich, was für ein Gott das war? Einer, den man bestechen konnte? Ein zwielichtiger Geselle in auffälligen Karos, der den ganzen Tag vor einem OTB-Laden hing? Nein, ihn konnte man gewiß nicht bestechen oder erpressen oder von ihm erwarten, daß er die verzweifelten Bitten einer Frau erhörte, die nur selten in die Kirche ging, aber mit vielen, vielen Männern intim geworden war, darunter auch einem verheirateten. Er würde nur einen Blick auf dieses Geschöpf werfen, das da verzweifelt in der Dunkelheit kauerte, und wissen, daß sie ihn nur zu ihrem persönlichen Vorteil benutzte.

Meredith war nicht religiös, und sie würde es sicher auch nie werden, das wußte sie. Ihre Familie hatte alle größeren christlichen Feiertage begangen und hin und wieder die Kinder zum Folk-Gottesdienst mitgenommen. Meredith hatte das immer gut gefallen, weil dann immer gitarrespielende Jünglinge mit langen Haaren und sauberen, geraden Zähnen sauber artikulierte Versionen von Bob-Dylan-Liedern sangen. Obwohl sie nicht religiös war, bezeichnete sie sich gerne als Christin; das Wort klang so beruhigend. Manchmal ging sie in eine Kirche in der 70sten Straße, ein kleiner, unauffälliger Ort mit einer Suppenküche für Obdachlose im Keller. Einmal hatte Meredith einen Samstagnachmittag dort verbracht, um Essen auszugeben – auch wenn es gar keine Suppe dort gab. Die obdachlosen Männer und Frauen hatten sich sichtlich gefreut, sie hatten sich bedankt und ihre Teller zurückgebracht, als sie aufgegessen hatten. Meredith hatte sich in der Rolle der Wohltätigen gefallen, aber nach ein paar Stunden hatten ihr die Hitze im Keller und der Geruch von Eintopf und Reinigungsmittel schwer zu schaffen gemacht. Als sie sie baten, am nächsten Samstag wiederzukommen, meinte sie, sie hätte zu tun, und dann fragten sie sie nie mehr wieder. Ihr Verhalten beschämte sie, und als Wiedergutmachung hatte sie eine große Summe an das Obdachlosenasyl gespendet. Lisa wäre mit Sicherheit jede Woche wieder in die Suppenküche gegangen, wäre rechtzeitig dagewesen, um die Tische zu decken, hätte dann das Essen ausgeteilt und wäre danach noch dageblieben, um sauberzumachen. Lisa wäre diejenige mit den rosa Gummihandschuhen gewesen, die Arme ins Spülwasser getaucht. Sie hätte den ganzen Tag gearbeitet, und dann hätte sie als letzte den Keller verlassen, und sie wäre es gewesen, die die Lichter gelöscht hätte.

Lieber Gott, dachte sie jetzt, ich schäme mich so für mich. Die Gefühlsregung war rein, der Augenblick zart, und sie hätte es dabei belassen können, aber sie mußte einfach noch um einen Gefallen bitten: Bitte laß mich HIV-negativ sein. Das war die niedrigste Form des Gebets, die man sich vorstellen konnte. Ich mache alles dafür, dachte sie wieder. Aber Gott schien, im Unterschied zu Männern, nichts von ihr zu wollen.

Und so rief Meredith Lisa an.

Sie nahm den Hörer in dem dunklen Raum ab und wählte Lisas Telefonnummer. Es klingelte zweimal, dann war Lisa am Apparat. Es war drei Uhr morgens, aber Lisa war spätnächtliche Anrufe von verängstigten Patienten so gewöhnt, daß es ihr gelang, so zu klingen, als hätte sie gerade noch hellwach neben dem Telefon gesessen und nur darauf gewartet, daß es klingelt.

»Lisa, ich bin's«, sagte Meredith. »Tut mir leid, daß ich dich noch anrufe, aber ich habe eine Panikattacke. Lach mich nicht aus, aber ich glaube, ich bin HIV-positiv.«

Ein langer Seufzer folgte. »Meredith«, sagte Lisa, »das haben wir doch schon öfter durchgekaut. Du bist wahrscheinlich nicht infiziert. Hattest du was mit jemandem, der zu einer Risikogruppe gehört?«

Meredith dachte nach. »Da war ein Typ, den ich in Boston kennengelernt habe«, sagte sie. »Ich könnte mir vorstellen, daß er bisexuell war. Er hat darauf bestanden, daß wir aufbleiben, um noch den Spätfilm im Fernsehen zu sehen, und das war zufällig *Spartacus, Rebell von Rom*.«

»Ich glaube, du reagierst übertrieben«, sagte Lisa. »Aber wenn es dich beruhigt, dann komm morgen früh in der Praxis vorbei, und wir machen einen Test.«

»Danke«, sagte Meredith. »Du bist ein Schatz.«

»Und in Zukunft«, sagte Lisa, »solltest du in jedem Fall dafür sorgen, daß der Mann ein Kondom trägt.«

»Ich wünschte, ich könnte dafür sorgen, daß er einen Ofenhandschuh trägt«, sagte Meredith, und dann wünschten sie sich gute Nacht.

Ich danke Gott, daß es Lisa gibt, dachte Meredith. Was machen eigentlich die Leute, die keine Lisa in ihrem Leben haben? Als Meredith auflegte, war sie zuversichtlich, daß sie gesund war. Morgen würde sie den Test machen lassen (es wäre zu peinlich, nicht zu erscheinen), und das Ergebnis würde negativ sein, und ihre Furcht vor AIDS würde einfach auch zu ihren zahlreichen tiefempfundenen, aber sofort wieder vergessenen Ängsten gehören.

Sie stellte sich vor, wie Lisa mit Eric im Bett lag, an ihn gedrückt. Gott, er war fürchterlich, dachte sie, aber sie mußte zugeben, daß es etwas für sich hatte, nicht allein zu sein. Sie dachte an alle, von denen sie wußte, daß sie mit ihrem Geliebten oder ihrer Geliebten im Bett lagen: ihre Mutter und ihr Vater, Alan und seine Frau, Ann und Emily. *Ann und Emily.* Die Vorstellung, mit einer anderen Frau im Bett zu sein, war für Meredith immer noch mysteriös und ein bißchen verkommen.

Seit Anns Bekanntmachung hatte Meredith versucht, sich vorzustellen, daß Ann Emily küßte und berührte wie einen Mann. Die Frage in Merediths Kopf lautete nicht: »Was tun Lesben?«, sondern eher: »*Warum tun es Lesben?*« Steckte da etwas in Anns genetischer Disposition, das sie ausgerechnet dorthin geführt hatte? Oder lag es an der Umwelt? Natürlich diskutierten heute alle die Frage, ob

Mensch oder Milieu entscheidend waren, und »Das letzte Wort« zog gelegentlich ernste Neurobiologen und Priester der Pfingstbewegung mit ihrem ganz speziellen, unverständlichen Jargon aus der Schublade, die um einen Tisch gesetzt wurden, damit sie sich ordentlich streiten konnten.

Meredith wußte, daß sie immer noch nicht schlafen konnte, also knipste sie die Lampe an, ging zu ihren Bücherregalen und suchte, bis sie ihre lädierte Taschenbuchausgabe von *Die Clique* fand. Dann legte sie sich ins Bett und blätterte das Buch durch. Die betreffende Passage kam fast am Ende des Buches: »Während sie Lakey mit dem Zollbeamten verhandeln sahen, fragten sie sich stumm, wie lange Lakey wohl schon lesbisch war, ob die Baronin sie dazu gemacht oder sie von sich aus angefangen habe. Das führte zu der weiteren Frage, ob sie es wohl schon im College gewesen sei – selbstverständlich verdrängt.«

Je mehr Meredith darüber nachdachte, desto mehr erschien ihr Anns ganzes Leben wie ein Zusammenwirken verschiedenster Elemente, die unweigerlich auf den Augenblick der Enthüllung hinausliefen: die vielen schwulen Freunde auf dem College, die Beharrlichkeit, mit der sie stets diese wenig schmeichelhaften Frisuren getragen hatte, die ständigen Enttäuschungen beim Sex mit Männern. Na klar, na klar, dachte Meredith, und doch war sie, die sexuelle Kosmopolitin der drei, immer noch entsetzt. Sie fing an, über die Rolle nachzudenken, die sie und Lisa womöglich bei Anns sexueller Prägung gespielt hatten, und ihr fiel ein, daß vielleicht das Phänomen MerLisAn ein so gemütliches Nest der weiblichen Freundschaft geschaffen hatte, daß kein Mann jemals damit konkurrieren konnte. Vielleicht waren Meredith und Lisa zu nett gewesen, zu fürsorglich, und Ann wollte diese Erfahrung einfach für immer neu schaffen. Wir sind schuld, dachte Meredith, aber innerlich rügte sie sich dafür, daß sie Lesben als Belastung empfand. Nein, sagte sie sich, es ist einfach ein anderer Lebensstil, so als würde man zum Rastafari werden oder in der Mitte seines Lebens beschließen, eine angesehene Anwaltskanzlei zu verlassen, um eine Ausbildung als Clown zu machen.

Meredith konnte sich nicht vorstellen, eine andere Frau voller Begehren anzusehen. Männern wollte man ganz nahe sein, sich ihre fremden, dunklen Wesen vorstellen, ihre muskulösen Körper schwach machen und sie den Mund öffnen lassen wie kleine Vögelchen. Im Bett verliebten sich die Männer in Meredith; sie konnte sehen, wie es passierte, in Zeitlupe. Ihre Augen wurden schwer, ihre Stimme rauh. Sie saß gern rittlings auf ihnen, so daß sie das vorhersagbare Amalgam von Vergnügen und Dankbarkeit auf ihrem Gesicht sehen konnte. Insgeheim gefiel es ihr auch, ihre Brüste im Mondlicht zu bewundern. Aber was konnte man im Bett mit einer Frau anstellen? Tratschen? Wenn sie so recht über Lesben beim Sex nachdachte, überkam sie ein innerer Schauer. Die Wahrheit war, sie wollte nicht darüber nachdenken; sie wollte sie sich nicht im Bett vorstellen. Das Äußerste, wozu sie sich zwingen konnte, war die Vorstellung von zwei Frauen in Lanz-Nachthemden, die sich häufig umarmten und sich aus den Tagebüchern von Anaïs Nin vorlasen.

Als sie *Die Clique* wieder ins Bücherregal zurückstellte, sah sie *Middlemarch* auf dem Bord darunter. Das arme, vernachlässigte *Middlemarch,* das so oft angefangen worden war, nur um ungelesen wieder ins Regal zu wandern. Es war, als hätte sie ein schlechtes Verhältnis zu diesem großen Roman, als wäre die Unterhaltung immer gezwungen, egal, wie oft sie sich verabredeten, und jeder ginge allein nach Hause. »Miss Brooke besaß jene Art von Schönheit, die durch ärmliche Kleidung offenbar besonders zur Geltung kommt«, las sie, und die vertrauten Worte trösteten sie. Sie kannte sie auswendig wie das Vaterunser oder die Anfangszeilen von »Stopping by Woods on a Snowy Evening« von Robert Frost. Ich weiß was, sagte sie sich: Ich bleibe die ganze Nacht hier sitzen und lese dieses Scheißding. Ich lese, bis mir die Augen wehtun und austrocknen. Ich lese, bis ich anfange zu schielen, so wie Ann, aber eine Brille will ich nie; ich nehme weiche Kontaktlinsen. Getönte. Ultramarin, wie ein Swimming-pool. Ich lese dieses verdammte Buch bis zur letzten Seite, und dann muß ich es nie wieder aufschlagen.

Doch ein weiteres Mal prallte der vollendete Wortstrom an Meredith ab, wurde gebrochen, zum Narren gehalten, verstreut liegengelassen. Selbst Ann, die bona fide-Intellektuelle war heute abend wahrscheinlich nicht zu Hause gesessen, um ein Buch zu lesen. Sie war wahrscheinlich mit Emily ausgegangen, sie hatten zusammen in der Hitze einer Frauenbar getanzt und ihre Hüftknochen aufeinanderprallen lassen. Vielleicht war sie auch über ein großes Eichenbrett gebeugt, dagesessen und hatte ein Schild für den bevorstehenden Demonstrationszug nach Washington gemalt, und lag jetzt, mitten in der Nacht, tief und fest schlafend, in Emilys Armen. Ann gehörte jetzt zu einer Clique; irgendwie waren alle lesbischen Frauen und schwulen Männer zu Anns Geschwistern geworden, zumindest behauptete sie das gerne. Sogar Lisa mit ihrem unpassenden Ehemann hatte eine Familie.

Aber warum, fragte sich Meredith, muß *ich* hier heute nacht allein sitzen? Es gab ganze Heerscharen von Männern, die mit ihr essen gehen wollten, ins Kino oder übers Wochenende in ein Hotel. Aber wenn sie daran dachte, aufzustehen und sich zum Ausgehen fertig zu machen, merkte sie, daß sie keine Lust mehr dazu hatte. Wozu denn? Sie war zu alt, um weiterhin so zu leben. Sie würde bald dreißig sein. Meredith Grey, geborene Guzzi, wurde allen Ernstes dreißig! Der Gedanke daran machte sie unglaublich depressiv. In ihren Augen war sie immer ein elitärer, fähiger Teenager gewesen, schon im Alter von neun Jahren, und als sie erwachsen geworden war, hatte sie von sich das Bild einer jungen Karrierefrau Anfang Zwanzig in New York. Sie hatte nie einen Gedanken daran verschwendet, daß sie dreißig werden könnte und immer noch ungebunden und auf der Suche wäre. Sie hatte kaum noch die Energie, sich mit jemandem zu verabreden.

Erst gestern Abend war sie mit einem Mann namens Jeffrey Bliss ausgegangen. Er war sehr attraktiv, ein typischer junger Architekt, und sie dachte, es würde sich lohnen, seine Hemdknöpfe zu öffnen und einen Blick auf die feste, behaarte Brust darunter zu werfen. Als er sie nach dem Essen noch in seine Wohnung bat, ging sie mit, und als sie dann auf seiner Couch saßen und eine Mahler-Symphonie hörten, fragte er: »Meredith, willst du?«

»Was soll ich wollen?« fragte sie.

»Du weißt schon«, sagte Jeffrey, und er machte einen Kreis mit zwei Fingern, dann steckte er den Zeigefinger der anderen Hand durch den Kreis, das internationale Zeichen für Vögeln. Es war wie in *Gottes vergessene Kinder.* Meredith war von dieser obszönen Geste so abgestoßen, von der Tatsache, daß er die Worte »Liebe machen« oder »mit mir ins Bett gehen« oder irgendein annehmbares Synonym nicht sagen konnte, daß sie aus seiner Wohnung stürmte und er nicht einmal versuchte, ihr zu folgen. Sie fand, zumindest das hätte er tun sollen.

Sie hatte den besten, angenehmsten und dümmsten Job der Welt, und trotz ihrer Klagen Ann und Lisa gegenüber war er ganz gut bezahlt. Bald würde sie Coproduzentin werden, und ihr Gehalt würde beträchtlich steigen. Sie hatte schon daran gedacht, eine Wohnung zu kaufen, aus diesem Studio auszuziehen und auf einem richtigen Bett in einem richtigen Schlafzimmer zu schlafen, am liebsten neben einem richtigen Mann, der kein Versager oder Mistkerl war, der nicht in einer Stunde wieder wegmußte und der sich nicht von der erstaunlichen Flugbahn ihrer Karriere einschüchtern ließ.

Vielleicht sollte ich auch lesbisch werden, dachte sie einen Augenblick lang amüsiert. Sie stellte sich vor, wie sie zu einer anderen Frau sagte: Oh, Liebling, mach das noch mal, aber langsam, und dann fing sie an zu lachen. Nein, sie würde niemals eine solche Kehrtwende machen und zu einer Lesbe werden, selbst dann nicht, wenn es keine Männer mehr auf der Welt gäbe. Selbst wenn sie fälschlicherweise eines Verbrechens beschuldigt würde und lebenslänglich im Gefängnis säße, sie würde nie die Bettgespielin einer Frau werden. Losgelöst von der Männerwelt und ihrer komischen, brutalen Art, ihren zirkusbärhaften Versuchen, zivilisiert zu sein, ihren dunklen Gerüchen, ihren durchsichtigen Lügen, ihren breiten Schultern, ihren unzureichend eingerichteten Wohnungen, ihren leeren Kühlschränken, ihren enormen Krawattensammlungen, ihrem idiotischen Charme – sie würde das alles für immer aufgeben. Statt dessen würde sie sich auf der unteren Matratze ihres Stockbetts in ihrer kleinen Gefängniszelle zusammenrollen, während sich im Hintergrund eiserne Türen donnernd schlossen und zornige Frauen durch Zurufe Zigaretten voneinander verlangten. Aber in dem kleinen privaten Bereich ihrer Zelle hätte Meredith endlich die Gelegenheit, *Middlemarch* zu lesen, ohne Unterbrechung.

NEUN

Als Emily bei Ann einzog, fuhr Adele Rogoff mit Anns Vater drei Tage nach Las Vegas, obwohl beide nicht gerne spielten und Anns Vater das Fliegen haßte. Sie mußten einfach irgendwohin fahren, um der Tatsache zu entfliehen, daß ihre Tochter gerade einen gemeinsamen Hausstand mit einer anderen Frau gründete, mit einer, die man nicht vor den Verwandten bei den Rogoffschen Familiengrillfesten verstecken konnte, die jeden Sonntag stattfanden. Die Rogoffs waren keine Familie, die besonders viel zusammen machte, aber ihre Weber-Grills benutzen sie bei jeder Gelegenheit. Die Neuigkeiten von Ann und Emily würde man nicht auf die leichte Schulter nehmen. Sie würden unter allen weiblichen Familienmitgliedern die Runde machen, genau wie Sharon Rogoffs Konversion zum Katholizismus, gar nicht zu reden von der Sache mit Adam Rogoff, der dreimal hintereinander durchs Juraexamen des Staates New York gefallen war. Bald würden es alle wissen, und Ann würde mit Emily am Arm bei diesen Familientreffen auftauchen, die zwei Frauen würden glücklich auf der Wiese vor irgendeiner Tante und einem Onkel schmusen, auf dem Grill würde etwas duftend brutzeln und Rauchsignale gen Himmel schicken: EINE ROGOFF IST LESBISCH GEWORDEN. Die meisten Verwandten würden darauf beharren, daß es unter ihnen noch nie eine Lesbe gegeben hatte, auch wenn sie sich immer über Miriam aus Toledo gewundert hatten, eine Kusine zweiten Grades, die vor langer Zeit ihren Mann verlassen hatte, um zum Frauenarmeekorps zu gehen, und nie wiedergekommen war.

Jetzt standen Adele und Herb Rogoff an den einarmigen Banditen in Vegas, zogen an Hebeln, warfen Vierteldollarmünzen aus einem Plastikeimer ein und versuchten zu vergessen. Ann wollte dagegen überhaupt nichts vergessen. Sie wollte das alles für immer speichern; wie es war, so alt zu sein wie sie jetzt, in dieser enormen Stadt zu leben und eine Frau zur Geliebten zu haben. Sie hoffte, sie würde nie etwas davon vergessen. Diese Gedanken über das Vergessen machten Emily mißtrauisch. »Wieso solltest du denn vergessen?« fragte Emily. »Ich werde immer hier sein. Ich gehe nirgendwo anders hin.«

Aber Ann war sich da nicht so sicher. Sie traute der Liebe nicht, und im Grunde traute sie auch Emily nicht, die schon sehr oft verliebt gewesen war, und sie war noch nicht einmal dreißig. Wie konnte man einer Frau trauen, die anderen gesagt hatte, sie würde sie lieben, und ihr Trimmfahrrad dann doch in andere Wohnungen, in andere Heime geschleppt hatte? Emily liebte tief und leidenschaftlich, im großen Stil der Filme aus den vierziger Jahren, aber mit einem Haken. Sie mochte es, Frauen »ans andere Ufer« zu holen, wie sie sich ausdrückte, oder zumindest diesen Aspekt in ihnen zum Vorschein zu bringen, ihnen mit der ihr eigenen Art, schön und geistreich, die beschämende Wahrheit klarzumachen. Aber es war nicht nur Emily, der Ann das zu verdanken hatte. Der Grundstein war schon vor Jahren gelegt worden. Vielleicht sogar schon in der Gebärmutter. Damals, im Jahr 1962, während Adele Rogoff in eine Toilette erbrach und kittelartige Blusen kaufte, stiegen vielleicht die ersten Triebe der Homosexualität in dem krabbenähnlichen Embryo in ihrem Bauch auf, die Chemikalien wirbelten in dem zarten neuen Hirnstamm herum, die Gene tanzten ihren Squaredance, die gewundene Doppelhelix der DNA schuf eine Leiter, um zu anderen Frauen zu klettern, oder eine Leiter, auf die andere Frauen klettern konnten, um auf Anns Hochbett zu gelangen.

Vielleicht war es aber gar nicht der Mensch, sondern das Milieu. Ann dachte an ihre Eltern. Ja, ihre Mutter war energisch und ihr Vater passiv, na und? Das traf auf fast alle, die sie kannte, zu. Die Väter waren eine passive Herde, zumindest schien es so, weil sie nie zu Hause waren, ihre Tage in der Stadt verbrachten und abends mit der Bahn nach Hause kamen, um vor dem Zubettgehen ein paar Stunden in der Dunkelheit mit den Kindern zu verbringen, die sie kaum kannten. Vielleicht hatte sie mit der Zeitung konkurrieren müssen, um seine Aufmerksamkeit zu erlangen? Sie hatte es geliebt, auf seinem Schoß zu sitzen, das Knistern des Wirtschaftsteils direkt neben ihr, und er wackelte als vage Annäherung an das Reiterspiel mit dem Knie, um sie bei Laune zu halten, während er den Dow-Jones-Index studierte. Ihr Vater war unzugänglich, aber freundlich gewesen, und ihre Mutter ein Energiebündel, das Salate in Form eines Mädchengesichts kreierte, um Ann eine Freude zu machen: Oliven als Augen, eine Radieschennase, eine Linie aus Karottenschnitzen als Mund und Salatblätter als Haare. Vielleicht hatte sich Ann von dem Salatmädchen angezogen gefühlt, vielleicht hatte sie sich danach gesehnt, ihre Lippen auf die kühle Linie des Karottenmunds zu drücken. Wer sollte das jetzt noch sagen können? Das frühe Erwachen ihrer Sexualität war jetzt kaum mehr als ein Raunen. Was immer aus ihr geworden war, war seit langem fertig und in Bronze gegossen. Deshalb war es so peinlich, erst so spät im Leben lesbisch zu werden. Man war dadurch gezwungen, die frühen sexuellen Regungen nachzuvollziehen, die pubertäre Unbeholfenheit gegenüber der Tatsache, daß das Ich solche Sachen tun kann oder gar will. Aber ihre ganze Geschichte war jetzt anders besetzt.

Sie dachte an das jüngere Mädchen, das in Magatuck um die Ecke gewohnt hatte: Tammy Granucci, die so dumm und gefällig war, daß Ann nie daran gedacht hatte, sie Lisa oder Meredith vorzustellen. Was hätten sie mit diesem kleinen Mädchen in dem Haus mit dem Ölbild eines traurigen Balladensängers über der Rokokocouch im Wohnzimmer anfangen sollen? Eines Nachmittags, als Tammys Eltern in SalGrans (das stand für den Vater, Salvador Granucci), ihrem Discountladen für Kinderkleidung, waren, nahmen sich Ann und Tammy zwei Teller Kokosbälle, diese butterweichen Süßigkeiten mit der knallrosa Haube, und zwei Gläser Milch und setzten sich zum Essen auf die plastikbezogene Couch. Als sie aufgegessen hatten, die Kokosflokken klebten ihnen noch an den Lippen, fingen sie an zu raufen, was Ann in letzter Zeit viel Spaß gemacht hatte. Sie rauften auf eine unbeholfene, mädchenhafte Art, und doch kam es ihr vor, als seien sie Bärenjunge. Eine bestimmte Energie wurde in ihr wach, und in Tammy offenbar auch, denn sie zerrten aneinander wie zwei Feinde. Tammy zog an Anns Skort, bis er ihr um die Knie hing. Skort. Dieser Ausdruck bezog sich auf eine kurzlebige Mode aus Anns Kindheit – skirt und short, halb Rock, halb kurze Hose, auch ein Beitrag zu der verwischten Rubrik des schlechten Geschmacks der sechziger Jahre, die seither vom Gesicht der Erde verschwunden war. Plötzlich sprang Ann auf die Füße und sagte zu Tammy: »Spielen wir Königin und Sklave.«

Tammy blickte sie mit verständnisloser, unterwürfiger Miene an, und als Ann sie bat, irgend etwas zu holen, was sie als Peitschen gebrauchen konnten, ging sie hinunter zur Werkbank ihres Vaters und kam mit zwei dünnen Holzstücken wieder, die eigentlich zum Farbeumrühren gedacht waren. Ann peitschte auf das arme Mädchen ein und murmelte atemlos vor sich hin: »Ich bin die Königin«, während sie Tammy schlug. »Ich bin die Königin, also muß ich dich bestrafen«, sagte sie. Tammy ließ den Stock auf ihre nackten Beine klatschen, und ihr Gesicht nahm einen verschlossenen, undurchsichtigen Ausdruck an. Vergnügen? Erniedrigung? Sie war kein besonders ausdrucksfähiges Mädchen, und das Ganze hätte noch stundenlang so weitergehen können, aber schließlich, aus einem Gefühl der Höflichkeit heraus, denn immerhin war es ja Tammys Wohnzimmer, entschied Ann, daß es nur gerecht wäre, Tammy auch einmal Königin sein zu lassen. »Hier«, sagte sie großherzig und reichte ihr den Stock. »Du bist dran.«

Zu Anns Enttäuschung nahm Tammy aber den Stock nicht, um ihr den Rücken auszupeitschen. Statt dessen hielt sie ihn wie ein Szepter und sagte leise: »Ich bin eine Königin. Aber ich bin eine nette Königin. Schokoeis für alle!« Und damit machte das Ganze keinen Spaß mehr. Aber Ann hätte wissen müssen, daß es bei dem Auspeitschen und Raufen von zwei ineinander verschlungenen Körpern, die über den Teppich rollten, eigentlich um Sex ging. Sogar Tammy Granucci hätte das wissen müssen. Nur sagen durfte es niemand. Als sie ein paar Minuten später hörten, daß Tammys Eltern zurückkamen, sprang Tammy schnell auf, strich sich die Bluse glatt und schrie Ann verzweifelt an, sie solle sich den Skort hochziehen. Und als Ann Tammy ein paar Tage später fragte, ob sie wieder vorbeikommen dürfe, um Königin und Sklave zu spielen, sah Tammy ziemlich unbehaglich aus und meinte, es ginge leider nicht, sie müsse ihren Eltern bei der Inventur im Laden helfen.

Aber jetzt, etwa zwanzig Jahre später, gab es nichts Heißeres in der Stadt, als lesbisch zu sein. Lesben wurden in die Drehbücher von Seifenopern geschrieben, Lesben waren auf der Titelseite von Wochenzeitschriften. Natürlich nur fotogene: ein weizenblondes Pärchen mit ihrem weizenblonden Retortensohn, das gegen den Lehrer-Eltern-Ausschuß kämpfte und allem Anschein nach sogar gewann. Ann hatte endlich einmal das Gefühl, bei etwas Wichtigem dabeizusein. Ihr ganzes Leben lang hatte sie zugesehen, wie Meredith mit Männern abzog, sie wußte, daß sie jeden Mann, den sie wollte, auch kriegen konnte. Meredith hatte Zugang zu vielen Dingen, der Ann verwehrt geblieben war. Aber plötzlich befand sie sich mitten in dieser immer größer werdenden, lautstarken Bewegung, wo sie zwischen bulligen Lesben, Models und Großmüttern mit Gehhilfen zu Hause war. Sie ging mit Emily auf Homodemos, sie hakten sich unter und sahen toll aus in ihren Pullundern, die ihre Schultern in der Sonne braun werden ließen, während sie die Fifth Avenue entlanggingen. Sie demonstrierten mit anderen Frauen, und sie demonstrierten auch mit Männern. Aber ach, die Männer. So viele von ihnen lagen so gut wie im Sterben, und doch demonstrierten sie. Abgerissene, dünne Gestalten in Jeans, die ihnen über die Hüften rutschten, mit ausgemergelten Gesichtern wie auf einem Bild von El Greco. Emilys ehemaliger Mitbewohner Lloyd war HIV-positiv, und er hatte Emily und jetzt auch Ann zu Aktivistinnen in Sachen AIDS gemacht.

Es war eine Erleichterung, wenigstens ein paar Minuten am Tag an etwas anderes zu denken als an sich selbst, fand Ann. Ein politisches Leben zu haben befreite einen aus den langweiligen Grenzen, die einem der eigene Körper mit seinen Bedürfnissen, seiner Geschichte und seinen Fehlern setzte. Ann und Emily gingen mit Lloyd zu einer Protestaktion vor einem Pharmaunternehmen und einem Krankenhaus, und einmal fuhren sie sogar nach Washington zum Nationalen Gesundheitsamt, wo sie sich auf die Straße legten und so taten, als seien sie tot. Ich bin ein besserer

Mensch als Meredith, dachte Ann mit einiger Befriedigung an diesem Tag, als sie auf dem Rücken lag und in den Himmel von Bethesda blickte. Ann hatte das Gefühl, sie habe ein Anliegen – die Homosexualität mit all ihrem Drum und Dran, in kranken und gesunden Tagen –, und sie war glücklich, dabei zu sein, aber sie wußte nicht, ob so ein Anliegen für immer vorhalten konnte.

Als Emily einzog, gaben sie eine Party. Mehrere Leute hatten die Idee, Pflanzen mitzubringen, darunter einen Kaktus mit einem fetten, geschwollenen Kolben und kleinen Ausbuchtungen, vielleicht ein derber Spaß, daß diesen Frauen Phalli so aufgezwungen werden sollten, die sich doch verweigerten. Jemand schenkte ihnen ein Paar Topflappen mit Ausschnitten von Gemälden darauf (einer der Topflappen wurde Monate später auf einer Pfanne ziemlich angesengt, und die ganze linke Seite von Jane Avrils Gesicht wurde vernichtet). Ein anderes lesbisches Pärchen mit den biblischen Namen Naomi und Ruth brachte eine todlangweilige CD mit Glockenspielmusik mit, die Emily sofort auflegte und sie drohte, die Party zu einem Nachmittag im Kloster werden zu lassen; alles, was noch fehlte, waren die Einhorngobelins.

Lisa kam mit Eric im Schlepptau, und er tat Ann beinahe leid. Sie hatte noch nie jemanden gesehen, der so unglücklich war, auf einer Party zu sein, jemanden, der so ungerne da war, wo er sich gerade befand. Sie stellte sich ihn mit einem T-Shirt vor, auf dem stand: ICH WÜRDE LIEBER …, aber dann wußte sie nicht, wie die Aufschrift weitergehen sollte. Eric schien nicht sonderlich viele Interessen zu haben, auch wenn sie nie versucht hatte, sich wirklich mit ihm zu unterhalten. »Ich würde lieber …« fing sie an, und dann beendete sie den Satz mit: »einen unansehnlichen Leberfleck entfernen.«

Das war nicht fair von ihr, dachte sie und betrachtete ihn, wie er so unbehaglich auf ihrer Couch in dieser kleinen, überfüllten Wohnung saß. Er tunkte einen Maischip in die Salsa und aß ihn, dann sah er auf die Uhr, als hätten das einfache Eintunken und Essen eines Chips die Zeit beträchtlich vergehen lassen. Sein Piepser klemmte an seinem dikken Gürtel. Sie hatte gar nicht gewußt, daß Dermatologen Piepser haben. Gab es Notfälle bei Hautkrankheiten? fragte sie sich. Vielleicht bekamen Schauspielerinnen ganz plötzlich Akne oder Nesselausschlag vor einem großen Dreh und brauchten eine Notbehandlung. Sie wußte, es wäre eine enorme Erleichterung für ihn, wenn sein Piepser losginge und er einen Grund hätte, die Party zu verlassen oder zumindest vom Küchentelefon aus die Praxis anzurufen. Eric mußte immer irgend etwas tun, immer in Bewegung sein, und hier, auf dieser Party, die von zwei lesbischen Frauen gegeben wurde, hatte er absolut nichts zu tun. Erics Piepser blieb still. Das einzige Piepsen kam von Lloyds Uhr, das ihn an sein AZT erinnern sollte. Er schluckte es mit einem Glas Apfelkorn.

Meredith kam gegen Ende der Party. Wie immer erregte ihr Kommen viel Aufsehen, ein kleines Raunen ging durch die Versammlung, und irgend jemand flüsterte jemand anderem zu: »Ist das nicht die Frau vom Fernsehen?« Das Flüstern war gerade laut genug, daß Meredith es hören konnte, und damit war ihr Tag wahrscheinlich gerettet. Ha, welch eine Freude, erkannt zu werden! Ann dachte an Harrys junge Autoren, die auf ihren eigenen Namen wie auf Musik reagierten. Meredith mischte sich unter die Partygäste, als wäre sie völlig unbeschwert, aber das war sie nicht, das wußte Ann. Sie war auf Anns Territorium und fühlte sich bestimmt so unwohl wie die Königin von England beim Besuch einer Leprakolonie.

Meredith hatte als Geschenk ein Prisma mitgebracht. Es stammte aus einer dieser teuren kleinen Kunsthandwerkboutiquen auf der Columbus Avenue, und man sollte es sich ans Fenster hängen, so daß alle angesichts des Feuerwerks von Farben im ganzen Raum Ooh und Aah riefen. Ann persönlich hielt gebrochenes Sonnenlicht zwar immer schon für überbewertet, aber sie tat so, als freue sie sich, und legte es zu den anderen Geschenken.

Alles plätscherte ganz angenehm vor sich hin, als Ann merkte, daß in der Tür zur Küche ein Streit ausgebrochen war. Eric und Naomi waren in Kampfstellung gegangen und legten gerade richtig los. »Lassen Sie mich Ihnen etwas erklären«, sagte Eric. »Wenn Sie lieber mit nichtwestlicher Medizin behandelt werden wollen, dann ist das Ihr gutes Recht. Aber mir vorzuhalten, was ich tue sei patriarchalisch und gefährlich, das ist schlicht und einfach nicht wahr, und das gefällt mir nicht.«

»Die westliche Medizin«, sagte Naomi, »gründet auf der Unterjochung der Frau, wie die ganze westliche Gesellschaft. Frauen sind Naturheiler, schon immer. Wir arbeiten mit Kräutern«, sagte sie und rollte das R. »Wir haben viele angeborene Kenntnisse.«

»Niemand hat angeborene Kenntnisse über Medizin«, sagte Eric. »Man muß Medizin studieren, klar? Man muß eine Menge studieren. Man muß die ganze Nacht aufbleiben und mit Patienten arbeiten. Man wird nicht damit geboren.«

»Sie und Leute Ihres Schlags haben die ganze Geschichte hindurch das Leben von Frauen kontrolliert«, sagte Naomi ruhig.

»Aha, erzählen Sie mir mehr«, sagte Eric.

»Was ist mit den ganzen unnötigen Hysterektomien, die Sie jedes Jahr durchführen?« sagte Naomi.

»Die *ich* durchführe?« sagte Eric. »Aha, klar, ich bin der König der Hysterektomien, oder?« Er grinste höhnisch. »Falls Sie es vergessen haben«, sagte er, »ich bin zufällig Dermatologe.«

Die Glockenspielmusik lief besänftigend weiter, aber alle unterbrachen ihre Gespräche, um zuzuhören. Einen Augenblick später entschuldigte sich Eric und bahnte sich zu Lisa durch. Er flüsterte ihr zu: »Ich gehe.«

»Wirklich?« fragte sie.

»Ich muß noch arbeiten«, sagte er. »Ich will nach Hause. Du kannst ja noch bleiben, wenn du willst.«

Aber natürlich blieb Lisa nicht. Wenn sie geblieben wäre, dann hätte sie sich nicht sonderlich wohl gefühlt. Für Lisa war es selbstverständlich, daß man ging, wenn der Partner gehen wollte. Man war an der Hüfte zusammengeschweißt, egal was passierte. Selbst wenn einen der Partner gerade blamiert hatte, wenn er sich rüpelhaft benommen hatte, unangenehm aufgefallen, unfreundlich oder schwer verdaulich war, dann schnappte man sich seinen Mantel und ging. Angenommen, Emily würde verkünden, sie wolle eine Party verlassen, würde Ann dann denselben Zwang verspüren, mitzugehen? Sie blickte hinüber zu Emily, die lachend irgendeine Anekdote aus ihrem Jurastudium erzählte, und sie merkte, daß sie es wirklich nicht sagen konnte.

Später, als die anderen Gäste gegangen waren und Ann und Emily aufräumten, stritten sie sich plötzlich auch. Es begann mit einer wohlwollenden Diskussion über Eric. Ann und Emily meinten beide, Eric sei provoziert worden und deshalb wütend gewesen, aber harmlos wie ein Käfer, der auf dem Rücken liegt und mit seinen haarigen Beinen strampelt. »Er war ziemlich in der Defensive«, sagte Emily, als sie die Asche von Ruths Gauloises in die Toilette leerte.

»Naomi kann wirklich ein Ekel sein, aber Eric hat das Ganze zu persönlich genommen. Starke Frauen sind ihm unheimlich.«

»Warum hältst du Naomi für eine starke Frau?« fragte Ann. »Nur weil sie laut ist?«

»Nein, weil sie starke Meinungen hat«, sagte Emily. »Weil sie über andere Dinge redet als ihre Kindheit in der Vorstadt.«

Ann drehte sich um und starrte sie an. »Du meinst, so wie meine Freundinnen und ich«, sagte sie.

»Na ja«, meinte Emily. »Sei doch mal ehrlich, Ann. Man kann doch wohl behaupten, daß deine Freundinnen nicht gerade Politfreaks sind. Daß ihnen die Diskriminierung von Frauen und Homosexuellen weniger wichtig ist als das, was mit ... Shelly Moskowitz passiert ist, das Mädchen, das euch seine Flöte nicht gegeben hat.«

»Shelly *Ber*kowitz«, sagte Ann pikiert, dann fügte sie hinzu: »Du hältst meine Freundinnen und mich also für oberflächlich?«

»Hör zu. Vergiß einfach, was ich gesagt habe«, sagte Emily. »Ich will nicht streiten. Ich will die Salsaflecken hier wegkriegen.« Sie nahm einen Schwamm und rubbelte an der Couchlehne herum, wodurch der Fleck nur noch größer wurde, aber Ann konnte das Thema nicht wechseln. In dieser Angelegenheit war sie sehr empfindlich. Es beschäftigte sie, daß sie, Lisa und Meredith so solipsistisch waren. Vielleicht waren sie ja lächerlich, ohne es zu wissen, nur die viel jüngere Ausgabe einer Clique alter Witwen, die in Kinomatineen gingen und in Restaurants, die spezielle Angebote für die ersten Gäste hatten, und sich dort laut über eine Menge idiotischer Dinge unterhielten. Aber selbst wenn es stimmte, was war daran so schlimm? Was war falsch daran, eine sichere Nische inmitten dieser ganzen Unsicherheit zu haben? Trotzdem konnte es Ann nicht ertragen, deswegen kritisiert zu werden. Sie war ohne die Fähigkeit, Kritik anzunehmen, geboren worden. Als sie elf Jahre alt war, hatte ihre geliebte Lehrerin Miss Landesman am Jahresende in ihr Zeugnis geschrieben: »Ann ist eine großartige Schülerin, aber ihre Handschrift erinnert leider an Hühnertapser!« Diese Bemerkung in der ultrafemininen, geschnörkelten Handschrift ihrer Lehrerin hatte Ann zutiefst getroffen. Sie hatte sich sofort ein Buch gekauft, *Fünf Schritte zu einer besseren Handschrift*, und hatte den Sommer damit verbracht, nachts im Bett im Schein der Taschenlampe große Ws und Fs zu malen, aber ihr ganzes Leben hindurch hatte sie sich immer dafür geschämt, welche Form die Tinte annahm, die aus ihrem Füller floß.

»Ich bin vielleicht nicht politisch«, sagte Ann mit zitternder Stimme, »aber ich denke über wichtige Dinge nach. Ich meine, ich zermartere mir den Kopf. Ich zermartere mir den Kopf darüber, was mit der Welt passiert, und ich zermartere mir den Kopf über dich. Was muß ich tun, um dir das zu beweisen?«

»Du mußt gar nichts tun«, sagte Emily ruhig. »Ich weiß genau, wer du bist, und ich beklage mich nicht. Ich will dich nicht in Naomi verwandeln. Das sage ich doch überhaupt nicht. Naomi ist langweilig.«

Der Streit wurde beendet, die Wohnung wurde geputzt, und Emily hängte Merediths Prisma ins Fenster, so daß sich, als sie am Morgen aufwachten, ein leuchtender Regenbogen über zwei Wände zog wie ein optisches Detail in einem rührseligen Film über verliebte Frauen.

ZEHN

Während der Collegezeit, mit Anfang Zwanzig, war Lisa im Kreis ihrer Freundinnen zur Abtreibungsbetreuerin ernannt worden. Sie begleitete ängstliche Frauen in Arztpraxen und in Kliniken, hielt ihnen die Hand und stützte sie, wenn sie benommen nach Hause gingen. Abends kochte sie ihnen ihre spezielle Kartoffel-Lauch-Suppe und lieh lustige Videos für sie aus. Die Männer, die diese Frauen geschwängert hatten, erfuhren oft gar nichts davon, wenn es zu einer Abtreibung kam, und selbst wenn sie noch da waren, schienen die schwangeren Frauen den Trost einer Freundin immer der sprachlosen Sorge der Samenspender vorzuziehen. Lisa war nie auf die Idee gekommen, daß sie eines Tages selbst schwanger werden könnte. Sie hatte sich immer für unfruchtbar gehalten, da sie zu den wenigen Frauen gehörte, denen nie ein Ausrutscher passiert war und die einmal ihre Periode nicht bekommen hatten. Sie war immer so zuverlässig, so vorsichtig, präparierte die Verhütungsmittel wie sie ein chemisches Experiment in der Schule vorbereitet hatte. *Hypothese: Ein Teelöffel Nonoxynol-9, sorgfältig auf die Kuppe eines Diaphragmas aufgetragen, verhindert das ungewollte Entstehen neuen Lebens.* Lisa stellte sich wirklich vor, daß ihr die Ernsthaftigkeit ihrer Absicht eine Art Immunität verlieh und sie mit den Problemen ihrer impulsiveren Freundinnen verschonte.

Einmal hatte sie in einem Psychiatrielehrbuch von einem Phänomen namens Skrupulosität gelesen, bei dem die Patientinnen, ausnahmslos junge Frauen, den Zwang verspüren, immer *gut* zu sein, fortwährend damit beschäftigt waren, gute Taten zu vollbringen. Es wurde spekuliert, daß viele weibliche Heilige in der Geschichte an Skrupulosität gelitten hatten und die Aura, die sie umgab, nur das fiebernde Leuchten ihrer manischen Wohltätigkeit war. Vielleicht traf das auch auf Lisa zu; vielleicht war sie gar nicht so besonders und heilig. Vielleicht war sie einfach wie alle anderen auch, und auch ihr Körper mit seinen eigenen großen Plänen regte sich und blühte auf.

Eines Morgens wachte Lisa mit Magengrimmen auf. Eric war schon in der Praxis, um einer kleineren Seifenopernschauspielerin ein Peeling zu machen. Als Lisa sich im Bett aufsetzte, mußte sie plötzlich erbrechen und rannte, nach Luft schnappend, ins Badezimmer. Sie hatte sich in ihrem ganzen Leben bisher nur selten übergeben müssen, das letzte Mal im College, nachdem sie in der Cafeteria den Cape-Cod-Meeresfrüchtesalat gegessen hatte. Das war einfach zu erklären gewesen; sie glaubte sogar, daß eine der Jakobsmuscheln schon etwas grau ausgesehen hatte. Aber was war jetzt los?

Sie wusch sich das Gesicht, setzte sich zitternd auf die geschlossene Toilette und fing an zu rechnen. Ja, sie war spät dran mit ihrer Periode, aber sie und Eric hatten in letzter Zeit viel gestritten, so daß das durchaus als Streßsymptom durchgehen konnte. Alles, was sie jetzt wollte, war, bei Meredith und Ann zu sein. Sie wollte, daß sie dabei waren, wenn sie überprüfte, ob sie schwanger war oder nicht. Irgendwie, das mußte sie schuldbewußt zugeben, wollte sie eigentlich nicht, daß Eric in dem entscheidenden Moment bei ihr war. Im Grunde genommen war sie genauso treulos wie die Frauen, die sie zur Abtreibung begleitet hatte; sie wollte nur ihre Freundinnen bei sich haben, wenn sie herausfand, wie ihre Zukunft aussehen würde.

Die Gebrauchsanleitung war so sauber zusammengefaltet wie eine Origamifigur. Meredith klappte sie sorgfältig auseinander. »Hier steht, daß du nicht schwanger bist, wenn es weiß bleibt«, sagte sie. »Aber wenn es sich rosa färbt, dann schon. Also, ich finde, es sollte rosa werden, wenn es ein Mädchen, und blau, wenn es ein Junge wird.«

»Hervorragend, Meredith«, sagte Ann. »Du solltest dir die Idee patentieren lassen.«

»Könntet ihr bitte aufhören damit?« sagte Lisa. »Mir ist auch so schon schlecht.«

Sie setzte sich auf den Couchrand und trommelte auf den Beistelltisch. Vor ein paar Minuten hatten sie ein kleines Reagenzglas mit ihrem Urin gefüllt, und jetzt mußten sie nur noch warten. Die kleine Vertiefung, in die sie den Urin gegossen hatten, blieb sicher und unverändert weiß. Es schien unwahrscheinlich, daß sie sich plötzlich rosa verfärben könnte. Eigentlich schien es sogar unmöglich. Lisa hörte auf zu trommeln und lehnte sich zurück.

»Ich habe schon so viele von diesen Tests gemacht«, sagte Meredith, »und jeder ist anders. Offenbar will es jede Firma besonders nett machen; das kleine runde Ding wird rosa, oder es erscheint eine blaue Linie, oder man sieht die Worte ›Hey, Mädchen, du kriegst 'n dicken Bauch!‹ Warum können die es nicht alle gleich machen? Warum brauchen die alle irgendeine Spielerei?«

»Ich weigere mich zu glauben, daß das hier wirklich rosa wird«, sagte Ann. »Schaut es euch doch an. Es ist weiß, oder? Es ist wie ein Blatt Papier. Alles in Ordnung, Lisa. Du bist zu vorsichtig, um schwanger zu werden. Du bist zu wissenschaftlich. Solche Sachen passieren dir nicht.«

»Ja? Glaubst du wirklich, daß alles in Ordnung ist?« fragte Lisa mit schwacher Stimme.

Sie hörte sich so jämmerlich an wie damals Meredith, als

sie Lisa gebeten hatte, ihr einen AIDS-Test zu machen. Lisa war sich sicher gewesen, daß Merediths Testergebnis negativ sein würde, und so war es natürlich auch, und das Thema AIDS war damit erledigt. Aber jetzt verstand sie die Panik und die Untergangsstimmung, die Meredith empfunden haben mußte, während sie darauf gewartet hatte, daß ein paar Zellen auf ein paar Chemikalien und Farbe reagierten. Die Antwort lag nur ein paar Minuten entfernt, in diesem billigen, kleinen Test. Egal, wie gut Lisa immer gewesen war, egal, wie exakt, wie gutmütig, egal, wie viele alte Leute sie getröstet hatte, gerettet oder das Sterben erleichtert hatte, sie konnte trotzdem schwanger sein. Sie war nichts Besonderes.

Sie warteten. Niemand zuckte auch nur mit den Wimpern. Sie beobachteten die Vertiefung, in der Lisas Urin abkühlte und destillierte. Es wurde sogar ein bißchen langweilig. Ann streckte sich und gähnte leise wie eine Katze. Alle fingen an, sich zu entspannen. Und dann verfärbte sich der Kreis plötzlich. Er wurde nicht langsam dunkler wie der Himmel bei Sonnenuntergang und änderte sich von Weiß zu Rosa zu Dunkelrosa zu Rot, sondern er wechselte einfach die Farbe von Weiß zu Rot. Lisa erinnerte er an den Punkt auf der Stirn einer Inderin. »O Gott, was mach ich jetzt?« fragte sie in demselben erbärmlichen Tonfall. »Ich bin zu jung für ein Baby.«

»Entschuldige, Lisa«, sagte Meredith, »aber zufällig bist du neunundzwanzig. In manchen Kulturen kommen Frauen da schon in die Wechseljahre.«

»Wenn du eine Eskimofrau wärst«, sagte Ann, »würde man dich auf einem Eisberg aussetzen.«

»Wie ist es denn passiert?« fragte Meredith. »Hast du nicht aufgepaßt?«

»Doch!« beharrte Lisa. »Mein Diaphragma hat immer tadellos funktioniert. Eric hat sich einen Spitznamen dafür ausgedacht: Prinzessin Di. Mann, er wird völlig ausflippen«, sagte Lisa. »Genau das fehlt ihm jetzt. Er versucht verzweifelt, seine Praxis aufzubauen, und ist völlig fertig, wenn er nach Hause kommt. Und außerdem, wo sollte das Baby schlafen, in der Rudermaschine? Und meine Arbeit, was ist mit meiner Arbeit? O Gott, ich bin neunundzwanzig, und ich sollte wissen, was ich tue. Jeden Tag treffe ich enorme Entscheidungen – ob ich den Stecker ziehen soll oder nicht. Aber ein Baby zu kriegen, damit will ich mich einfach nicht befassen.«

»Na, dann nicht«, sagte Meredith. »Laß abtreiben. Willkommen im Club.«

»Ich weiß nicht, ob ich das schaffe«, sagte Lisa. »Es ist ja nicht, als hätte ich das Baby eines Fremden im Bauch. Ich bin ja nicht so ein Teenager wie aus den Büchern, die wir früher gelesen haben.«

»*Jennys Entscheidung*«, sagte Ann. »Das war das beste. Jenny Robertson war die Anführerin der Cheerleaders an der Grovedale High-School, und ihr Freund Keith war der Kapitän der Footballmannschaft. Sie hatten beide eine wirklich vielversprechende Zukunft, aber sie haben sie verspielt, weil sie eines Abends, nachdem er sich nach einem großen Spiel betrunken hatte, zugestimmt hat, mit ihm unter der Zuschauertribüne des Footballstadions zu vögeln. Sie haben geheiratet und das Kind bekommen, und sie mußten bei ihren Eltern einziehen. Es war so schrecklich, daß sie nur noch weinte und weinte. Am Ende des Buches denkt sie darüber nach, daß ihre eigene Tochter vielleicht eines Tages ins College kommt und das Leben führen wird, das sie sich gewünscht hatte.«

»Ich bin verheiratet«, sagte Lisa. »Das ist Erics Kind. Wie könnte ich unser Baby loswerden wollen? Wenn ich abtreiben und in ein paar Jahren ein Kind bekommen würde, dann würde ich mich immer fragen, wie das andere gewesen wäre. Das, das wir getötet haben.«

»Getötet? Gott, Lisa, du hörst dich an wie ein wildgewordener Abtreibungsgegner«, sagte Ann.

»Ihr wißt, daß ich absolut für die Entscheidungsfreiheit der Frau bin«, sagte Lisa. »Aber im Moment kann ich den Gedanken an eine Abtreibung nicht ertragen.«

»Es ist wirklich nicht so tragisch«, sagte Meredith. »Du blutest wie ein Schwein, aber das ist auch schon das Schlimmste daran.«

»Aber warst du nie traurig deswegen?« fragte sie Lisa. »Später, meine ich.«

»Traurig? Natürlich«, sagte Meredith. »Ich bin nicht hartherzig, Lisa. Ich habe mütterliche Instinkte, auch wenn das kein Mensch glaubt. In der Woche darauf habe ich viel geweint. Ich habe mir überlegt, wie das Baby wohl ausgesehen hätte. Ich habe versucht, es mir vorzustellen. Ich habe mir sogar Namen ausgedacht.«

»Namen?« fragte Ann. »Was für Namen?«

»Dylan, wenn es ein Junge, Anastasia, wenn es ein Mädchen geworden wäre«, sagte Meredith. »Aber damit habe ich mich nur verrückt gemacht, wißt ihr, wie wenn man Zahnschmerzen hat und dauernd an dem Zahn herummacht, selbst wenn man weiß, daß es weh tut. Irgendwie wollte ich mich an den Abgrund treiben, mich zwingen, mir dieses Baby vorzustellen, das ich nie kennenlernen würde.«

»Gott, das ist ja das Traurigste, was ich je gehört habe«, sagte Ann. »Das Baby, das du nie kennenlernen würdest.«

»Quält ihr mich absichtlich?« fragte Lisa. »Oder was soll das? Ich will jetzt keine Emotionen. Ich will einfach eine Entscheidung treffen, so wie ich andere Entscheidungen treffe. Logisch. Für und Wider. Aber ihr macht das so … weiblich.«

»Deshalb hast du uns doch gebeten zu kommen, oder?« fragte Ann. »Ich meine, du hast Eric doch noch nicht mal angerufen, stimmt's?«

»Das sollte ich wohl«, sagte Lisa, aber sie stand nicht auf. Statt dessen griff sie nach dem Glas und nahm den Schwangerschaftstest in die Hand. Der rosa Punkt schimmerte immer noch in der Vertiefung, wenn auch etwas weniger leuchtend, als wäre eine Batterie darin, die das Ding in den anfänglichen Momenten der Überraschung und des Schocks auflud und sich dann entleerte, während man sich an den Gedanken gewöhnte.

Dienstagabend war der Lamaze-Abend. Eric und Lisa trafen sich immer ein paar Minuten vor dem Kurs im Untergeschoß des Krankenhauses, um sich schnell ein Sandwich zu teilen. Es war auf merkwürdige Weise wie ein Rendezvous, neben Eric auf einer Bank in dem erbarmungslosen Krankenhausgang zu sitzen, einen durchweichten Eiersalat mit weißer Sauce aus dem Automaten zu essen und Pepsi light zu trinken, auch wenn Lisa sich über die Auswirkungen Gedanken machte, die die mysteriöse chemische Zusammensetzung, die so flott NutraSweet genannt wurde, auf einen Fötus haben könnte. Lisa gehörte zu den megaschwangeren Frauen, die sich nicht nur nach vorne ausdehnten, sondern auch in die Breite gingen. In ihrem pastellfarbenen Frühlingsumstandskleid sah sie aus wie eines der pirouettendrehenden weiblichen Hippos in Fantasia.

Die Schwangerschaft schien Eric enorm viel abzuverlangen, er wirkte die meiste Zeit ausgezehrt und erschöpft. Er machte sich große Sorgen über ihre Finanzen. Eines

Abends hatte er einen Anlageberater eingeladen, um mit ihm über festverzinsliche Wertpapiere zu sprechen. Der Mann, er hieß Len Dubitsky, brachte ein paar Kreisdiagramme mit. Eines zeigte die Collegekosten in achtzehn Jahren. Die Summe war so hoch, so unvorstellbar, daß Eric zu schwitzen begann. Innerhalb von Minuten war sein Gesicht schweißüberströmt. »Vielleicht will das Baby ja gar nicht aufs College«, hatte Lisa gesagt und ihn damit aufzulockern versucht. »Vielleicht will es Fluglotse werden oder Diskjockey oder Amway-Vertreter.«

»Moment mal«, sagte Len Dubitsky, der ein bißchen besorgt wurde, »das College ist sehr wichtig.«

Jetzt kam das Baby bald, und sie hatten keine Anlagen, kein Kapital, keine Rücklagen für Ausbildung, kieferorthopädische Maßnahmen, nicht einmal für dieses natürliche Holzspielzeug, das in Vermont geschnitzt wurde. Sie hatten keinen Platz für ein Baby in ihrer Wohnung, aber sie konnten es sich auch nicht leisten umzuziehen. Ann schaute eines Nachmittags vorbei und sah sich um. »Wie wär's mit einem Raumteiler? Einem japanischen Wandschirm? Habt Phantasie«, aber es half nichts, weil Lisa keine Phantasie hatte; es war noch so ein Enzym, ohne das sie geboren worden war. Sie war so prosaisch, sie konnte nichts hervorzaubern, was nicht direkt vor ihr war. Obwohl sie während ihres Praktikums schon viele Babys zur Welt gebracht hatte, ihre unheimlichen ersten Schreie gehört und Apgar-Tests gemacht hatte, konnte sie sich das Baby in ihrem Bauch noch nicht einmal ansatzweise vorstellen.

Der Geburtsvorbereitungskurs wurde von einer jungen Frau namens Melanie gegeben. Sie zeigte Geburtsfilme aus vielen Ländern, zum Beispiel Indonesien, wo sich die Frauen zur Begleitung einer munteren Bambusflöte allein auf ein Feld hockten und ihr Baby einfach ins hohe Gras rutschen ließen. Lisa und Eric, die beiden Ärzte im Raum, schauten einander an und grinsten im Dunkel, als wollten sie sagen, ja, genau. Erzählt mir davon. Als im darauffolgenden Monat an einem Nachmittag Lisas Fruchtblase platzte, gab es keine Bambusflöte, kein Feld mit wogendem Gras, keinen Trost weit und breit. Sie hatte einen Kassettenrekorder in ihre Reisetasche gepackt und mit ins Krankenhaus genommen und ein paar ihrer Lieblingskassetten von Joni Mitchell, aber sie konnte überhaupt keine Musik ertragen. Als Eric eine Flasche Massageöl mit Mandelduft herauszog und versuchte, ihr den Rücken einzureiben, wie Melanie vorgeschlagen hatte, schob Lisa ihn weg. Sie wollte nicht angefaßt werden. Sie wollte sterben. Wenn jemand hier auf den Nachttisch dieses Zimmers eine geladene Pistole gelegt hätte, hätte sie ernsthaft in Erwägung gezogen, sie sich an den Kopf zu setzen. Sie warf sich herum und krümmte sich und hechelte, und sie dachte, wie fürchterlich es doch war, daß Frauen so etwas durchmachen mußten. Sie fühlte sich auf eine neue Art den Frauen verbunden, und sie hatte sogar die Phantasie, der Frauenbewegung beizutreten, wenn das Baby erst geboren war.

Aber als das Baby endlich da war, wurde es im Raum ganz, ganz still, und Lisa vergaß völlig, daß sie einen Moment lang zur Feministin geworden war und daß sie geschworen hatte, so etwas nie wieder zu tun. Es war, als hätte Lois Lane endlich herausgefunden, wer Superman wirklich ist, wäre dann aber plötzlich verzaubert worden, so daß sie alles vergaß. Lisa lag in dem kleinen Entbindungszimmer mit der Laura-Ashley-Tapete, die wie ein Actionpainting mit ihrem Blut bespritzt war, während ihre Ärztin, eine Freundin aus dem Medizinstudium, den Dammschnitt nähte und Lisa erst ihre Eltern, dann Meredith und Ann anrief.

»Ich kann es gar nicht fassen«, sagte Meredith an diesem Abend, als sie und Ann und Lisa in dem Krankenhauszimmer saßen und Joshua mitleiderregend versuchte, an der Mutterbrust zu saugen, aber ständig dabei einschlief. »Du bist Mutter. Das ist dein Baby. Eine von uns hat jetzt wirklich ein Baby.«

»Du wirst jetzt Sachen sagen wie ›Hast du dir auch die Zähne geputzt?‹« sagte Ann, »oder ›Hast du dich bei Tante Norma bedankt?‹«

»Es gibt keine Tante Norma«, sagte Lisa. »Und ihr seid beide genauso melodramatisch wie damals, als ich geheiratet habe. Ich ändere mich nicht.«

Aber sie wußten, daß sie das bereits getan hatte. Diese dickere, ältere, fähigere Ausgabe von Lisa trug ein blaßgelbes Krankenhaushemd und versuchte, einen Sieben-Pfund-Jungen so lange wachzuhalten, daß er ein bißchen Milch aus ihren Brüsten saugen konnte. Sie war abgelenkt und nervös und konnte nur an Joshua denken. Die Mutterschaft war offenbar kein Ort, an den man seine Freundinnen mitnehmen konnte.

Lisas Eltern hatten ihr für die ersten zwei Wochen zu Hause eine Hebamme besorgt, und auch das wurde zu einer schrecklichen, wenn auch notwendigen Erfahrung. Dunya, die Hebamme, hatte einen melodischen Akzent, der an Volksmärchen und die Steppe denken ließ, aber das lautstarke, tyrannische Auftreten einer Turnlehrerin. Wenn Joshua Hunger hatte, brachte sie ihn zu jeder Tages- und Nachtzeit ins Schlafzimmer. Lisa wachte auf und sah diese kleine Frau neben dem Bett stehen, Joshua als gewickeltes Paket im Arm. Eric wachte kaum auf, er ächzte nur und rollte zur Seite, während Dunya Lisa dabei half, das Baby richtig anzulegen. »Hier, so müssen Sie's machen, Miss«, sagte Dunya und hievte Lisas Brust hoch als wäre sie ein Türklopfer. Das Stillen war nicht leicht, und am Anfang tat es ganz schön weh. Einmal brach Lisa um drei Uhr morgens in Tränen aus, als Dunya neben dem Bett stand und das Baby offenbar keine Milch bekam.

»Ich weiß nicht, woran es liegt«, sagte Lisa.

Dunya sah sie streng an. »Es liegt daran«, sagte sie, »daß Ihre Brüste flach sind und Ihre Milch nur langsam einschießt.«

Das sollte keine Beleidigung sein, aber Lisa brach in Tränen aus. Sie fühlte sich so weit weg von der Welt ihrer Freundinnen, sogar von ihrer eigenen Jugend. Meredith und Ann verstanden sie nicht. Ann schlug Lisa am Telefon sogar vor: »Ja, ich weiß schon, daß du genervt bist, aber warum gehst du nicht einfach mal mit mir ins Kino? Im *Theatre 80* zeigen sie heute ein Barbara Stanwyck-Doublefeature. Vielleicht würde es dir helfen, dem Ganzen ein bißchen zu entfliehen.« Ann kapierte es einfach nicht. Niemand kapierte es. Lisa fühlte sich wie das Mädchen, das lebendig begraben worden war und rief und rief, aber niemand hörte sie.

Nachts streifte Dunya durch die Wohnung, brachte das Baby, wechselte Windeln, legte das Baby wieder ins Bett, und tagsüber schlief sie auf der Couch im Wohnzimmer, so daß Lisa und Eric auf Zehenspitzen herumlaufen und flüstern mußten. Wenn sie Dunya einmal versehentlich weckten, dann war sie unleidlich und beklagte sich stundenlang. Wenn Joshua manchmal am späteren Nachmittag schlief, dann stand Dunya auf und sah fern. Am liebsten die Werbesendungen mit telefonischem Bestellservice, in denen Morgenmäntel und Bilderrahmen den Bildschirm füllten und eine flatterige Moderatorin Anrufe entgegennahm. Joshua schlief während dieser Konsumparade, sein

Korb stand kaum einen halben Meter vom Fernseher entfernt.

Als Dunya nach der zweiten Woche wieder ging, waren Lisa und Eric gleichzeitig erleichtert und ängstlich. Sie waren froh, ihr Wohnzimmer wieder benutzen zu können, aber sie hatten auch Angst davor, für dieses kleine Baby verantwortlich zu sein. »Ich finde, man sollte uns nicht vertrauen«, flüsterte Lisa Eric einmal um drei Uhr morgens zu, als das Baby schrie und nicht zu beruhigen war. »Wir haben keine Ahnung, was wir tun. Wir könnten ihn einfach fallen lassen. Wir könnten ihn ertränken.«

Es war wie eine Wiederholung des Medizinstudiums, wo man so müde war, so kaputt und die Augen schon hervortraten, so daß man Angst hatte, einen Fehler zu machen und jemanden zu töten. Aber jetzt war der Mensch, den man töten könnte, das eigene Baby. Lisa fixierte sich auf den plötzlichen Kindstod und schaute ständig in den Babykorb, um die Atmung des Babys zu überprüfen. Das Baby atmete, der Motor war in Bewegung gesetzt worden, und er hatte keinen Grund stehenzubleiben. Manchmal beobachtete Lisa das Baby und war der festen Überzeugung, daß es eine schreckliche Krankheit hatte. Das war auch wie im Medizinstudium, in dem sich jeder Student mit einer ganzen Ansammlung unsichtbarer Ausschläge, Geschwülste und blauer Flecken konfrontiert sah. Sie saß vor Joshuas Körbchen, weinte und blätterte ein Kindermedizinbuch durch, bis Eric sie aus ihrer Trübsal riß.

Die Wohnung war bald ein Lager für Kindersachen. Man brauchte alle diese Gegenstände, nur um dieses kleine Ding bei Laune zu halten. Was hatte man eigentlich früher gemacht, bevor es batteriebetriebene Schaukeln, elektrische Flaschenwärmer und Mobile gab, die hundert Mal »Schlafe, mein Prinzchen, schlaf ein« spielten, bis der Mechanismus abgelaufen war? Man wohnte in einfachen Holzhütten und aß Schiffszwieback, was auch immer das war, und die Kinder spielten mit einem Lumpen, der ungefähr in Form einer Puppe geschnürt war, und nie beklagte sich jemand.

Dunya hatte behauptet, Joshua sei ein leichtes Baby. »Er ist ein braver Junge«, hatte sie gesagt. »Wenn er sich ganz plötzlich ändert, dann hat er Koliken. Denken Sie an meine Worte.« Am Anfang schien Joshua ruhig zu sein, er trank, schlief und schnitt Gesichter, die die »Lächeln-gegen-die-Gase«-Argumente zu bestätigen schienen. Aber als er drei Wochen alt war, stand es fest, daß der Kleine von Gasen aufgebläht wurde. Joshua verwandelte sich plötzlich in ein schreiendes Ungeheuer, ein Kolikbaby, das nicht zufriedenzustellen war. Sein dürrer Hühnchenkörper explodierte in Pfürzen, sein Gesicht wurde rot, er ruderte mit den Armen. Durch nichts ließ er sich beruhigen, und alle »Tips« gegen Koliken aus dem Buch, in dem stand, wie man die ersten Monate seines Babys überlebte, waren nutzlos. »Fahren Sie Ihr kolikgeplagtes Baby im Auto spazieren«, empfahl das Buch, aber sie hatten natürlich kein Auto. »Legen Sie Ihr kolikgeplagtes Baby auf die Waschmaschine; die Schwingungen wirken beruhigend«, hieß es in dem Buch, aber sie hatten keine Waschmaschine, und der Waschraum in ihrem Gebäude war ein gruseliges, feuchtes, neonbeleuchtetes Loch, das um neun Uhr abends abgeschlossen wurde, weil eine junge Bewohnerin einmal während des Schleudergangs von einem der Helfer begrapscht worden war.

Joshua brüllte und explodierte Tag und Nacht. Während dieser Zeit berührten sich Lisa und Eric kaum. Sex tat fürchterlich weh. Und nach einer Weile gaben sie es auf und schalteten einfach den Fernseher ein, um die David-

Letterman-Show anzusehen. Das Leben mit Joshua hatte ihren Haushalt freudlos und traurig gemacht, als hätte es einen Todesfall gegeben und keine Geburt. Joshua ging es elend und Eric und Lisa auch.

Und dann, an einem Wochenende, als das Baby genau drei Monate alt war, blickte es sie plötzlich mit einem neuen, erstaunten Gesichtsausdruck an, als wäre es überrascht, sie zu sehen. Dann brabbelte es. Dann lachte es. Es fing an, nach Sachen zu greifen. Es wurde das ihre. Nicht alles war verloren.

Als das Wetter besser wurde, ging Lisa mit Joshua öfter ins Freie, schloß sich den Scharen junger Mütter an, die hinter den Hauben großer Kinderwagen oder hinter kleineren, schnittigeren Buggys hermarschierten, marschierten, marschierten und marschierten – nicht, weil es ihnen Spaß machte, sondern weil sie ein Baby am Hals hatten und nicht wußten, wo sie hingehen sollten. Sie waren wie lebende Tote, diese Mütter, ihre Beine trugen sie ein weiteres Mal zum Supermarkt, obwohl sie erst an diesem Morgen dort gewesen waren. Es machte nichts; es gab immer etwas, das sie kaufen konnten. Manchmal kamen sie nur mit einem Glas Cornichons in der Hand wieder heraus. Lisa arbeitete wieder im Krankenhaus, aber zeitlich reduziert. Wenn sie in der Klinik war, kam eine Babysitterin namens Mrs. Griffith, um auf Joshua aufzupassen. Sie war eine warmherzige, freundliche Frau, aber Lisa war trotzdem nicht wohl bei dem Gedanken, das Baby bei jemand anderem zu lassen.

»Das ist völlig in Ordnung«, ereiferte sich Ann, als Lisa ihr ihre Befürchtungen gestand.

»Es gefällt mir einfach nicht, daß Joshua ein eigenes Leben mit Mrs. Griffith hat, von dem ich nichts weiß«, sagte

Lisa. »Und er kann mir ja auch nicht erzählen, was sie den ganzen Tag gemacht haben.«

»Das stimmt«, sagte Meredith. »Erinnerst du dich noch an Ellen und Mark Goldstein? Ich habe gehört, daß ihr Kindermädchen das Baby zu Voodoo-Versammlungen mitgenommen hat. Ich glaube, sie haben es herausgefunden, weil am Schnuller Spuren von Hühnerblut waren …«

»Das klingt ja etwas hanebüchen«, sagte Lisa. Sie mußte der Frau vertrauen, sie mußte einfach annehmen, daß alles gut war. Und wenn sie bei dem Baby war, dann war auch alles gut. An Wochenenden versuchte sie manchmal, Ann zu einem Spaziergang mit ihr und dem Baby zu überreden. Ann genoß die unbekannte Erfahrung, einen Kinderwagen zu schieben, und malte sich aus, daß Joshua sie später einmal Tante Ann nennen würde, und daß sie seine coole Tante wäre, diejenige, die ihn in experimentelle Theaterstücke im East Village mitnehmen und ihm helfen würde, mit seiner sexuellen Verwirrung fertig zu werden, wenn seine Säfte in Wallung gerieten.

Eines Samstags schoben Lisa und Ann Joshua zu Zabar's. Sie kauften einen Schokoladenhefekuchen, der beinahe soviel wog wie Joshua bei seiner Geburt, und dann bummelten sie durch den Laden und betrachteten sehnsüchtig all die feinen Sachen: kandierte Aprikosen und Orangenscheiben, die glänzten wie poliertes Glas, Artischockenherzen, die eng aneinander in einem aquariumartigen Zylinder steckten. Hier gab es so viele unbeschwerte Paare aus der Upper West Side, gerade erst aufgestanden, noch schläfrig wie Bären, der Mann mit der Sunday Times unterm Arm, die Frau Birnen einpackend oder Mokka aus Java in eine Papiertüte schaufelnd. Lisa und Ann standen irgendwann an der Theke mit den Vorspeisen, und Lisa beschloß, ein bißchen westfälischen Schinken zu kaufen.

»Vorsicht, Lisa«, sagte Ann, als sie dem Mann hinter der Theke zusahen, wie er den großen rosa Schinken auf die Schneidemaschine legte. »Mama Cass ist an einem Schinkensandwich erstickt.«

»Gott, bist du makaber«, sagte Lisa.

»Wenn Mama Cass nur ihr Sandwich mit Karen Carpenter geteilt hätte, dann wären sie heute beide noch am Leben«, sagte Ann.

Plötzlich hörten sie jemand sagen: »Verzeihung, was kostet der Graved Lachs?« Ann und Lisa drehten sich gleichzeitig um und sahen Meredith ganz in der Nähe stehen. In diesem Moment bemerkte sie sie auch. »Oh, hallo!« sagte sie. Lisa war sich nicht ganz sicher, aber sie hatte den Eindruck, daß es Meredith peinlich war, als hätten sie sie bei einer Straftat erwischt, beim Ladendiebstahl zum Beispiel, als hätte sie sich kandierte Aprikosen in die Bluse gestopft. Lisa fiel auf, daß Merediths Einkaufswagen bis obenhin voll war.

»Was machst du?« fragte Lisa. »Rüstest du einen Bunker mit Vorräten aus?«

»Ach«, sagte Meredith, »ich hab nur ein paar Sachen gebraucht.«

»Klar«, sagte Ann und warf einen Blick auf Merediths Wagen. »Ein paar der vier Grundnahrungsmittel. Wie ...« sie wühlte im Wagen herum und zog eine Dose heraus, »... mesquitegeräucherte Austern. Ein wirkliches Hauptnahrungsmittel. Sollte in keinem Haushalt fehlen.«

»Ich habe ein paar Leute eingeladen«, sagte Meredith. »Ist das ein Verbrechen?«

»Du mußt dich nicht gleich verteidigen«, sagte Lisa.

»Es ist wirklich keine große Party«, fuhr Meredith fort. »Es ist eigentlich fast gar keine Party.«

»Mehr so ein geselliges Beisammensein«, sagte Ann.

»Vielleicht zum gemeinsamen Singen. So eine Art Mitch-Miller-Ding.«

»Hey«, sagte Meredith mit gespielter Fröhlichkeit, »wollt ihr nicht auch kommen? Ich würde mich freuen, echt.«

»Nein, danke, Meredith«, sagte Lisa. »Lassen wir das Thema einfach, okay?«

»Der einzige Grund, warum ich euch nicht eingeladen habe«, sagte Meredith, »ist der, daß es fast nur Leute vom Fernsehen sind.«

»Verstehe«, sagte Ann. »Nur ein paar Kameraleute, stimmt's? Und vielleicht ein Gaffer. Was ist denn übrigens ein Gaffer?«

»Paßt auf«, sagte Meredith, »es kommen ein paar bekannte Leute. Die Wok Lady, ihr wißt schon, und dieses Ehepaar, das die Filmkritiken macht. Wenn ihr kommen wollt, das wäre großartig. Aber ich müßte euch bitten, allein zu kommen – ich meine ohne Eric und Emily. Das soll keine Beleidigung sein, aber ich habe einfach nicht soviel Platz.«

»Können wir es bitte einfach vergessen?« bat Ann. »Es wird langsam peinlich.«

»Wir müssen sowieso gehen«, sagte Lisa. »Ich muß Joshua füttern.«

Ann langte in Merediths Wagen, hob noch einmal die Austern hoch und sagte: »Vielleicht hätte er gern eine von denen!«

Sind wir so peinlich? dachte Lisa, als sie das Baby durch den Park nach Hause schob und sich ein Stück von ihrer Schokoladenkuchenhälfte abriß. Ihr war nach Weinen zumute; am liebsten hätte sie sich auf eine Parkbank gesetzt, mitten unter diese ganzen anderen jungen Mütter und Kindermädchen. Sie würde dasitzen und weinen, und eine der anderen Frauen würde ihr ein Taschentuch anbieten, denn so waren Frauen. Aber sie ging weiter und beschleunigte ihren Schritt so abrupt, daß das Baby sie erstaunt ansah. Armer Joshua, dachte sie. Er hat so eine peinliche Mutter. Und einen peinlichen Vater. Eltern, die nicht kultiviert genug sind, um sich mit Ehepaaren zu unterhalten, die Filmkritiken schreiben, oder einer Frau, die sich mit Umrühren und Anbraten ihren Lebensunterhalt verdient.

Ein Schwall Liebe für Eric überkam sie, als sie den Kinderwagen schob und auf den Kopf des Babys blickte. Die Schädelknochen von Joshua hatten sich noch nicht vollständig geschlossen; der Kopf sah noch so verbeult und zerbrechlich aus wie eine Melone. Dieser Kopf war von Lisa und Eric geschaffen worden; sie wollte schnell nach Hause zu dem anderen Schöpfer dieses Kopfes. Das war der Ort, wo sie hingehörte, umgeben von den Männern in ihrem Leben. Als sie den Kinderwagen schiebend nach Hause eilte, schoß ihr durch den Kopf, daß sie gerade wohl etwas irre aussah, wie eine dieser Mütter in der City, die von einem Drang getrieben sind, den nur sie selbst verstehen können.

Zu Hause trat Eric aus der Dusche. Er hatte den ganzen Vormittag gearbeitet und war für heute fertig. Springsteen lief, er sang ein schwermütiges, verzweifeltes Lied über ein junges Paar, das ein Kind gezeugt und nun wahrscheinlich damit sein Leben für immer ruiniert hatte. Lisa ließ den Kinderwagen im Eingang stehen, band das Baby los und trug es über der Schulter ins Badezimmer. Eric hatte nur ein Handtuch um die Hüften, das Badezimmer war noch warm und naß und roch nach dem tropischen Duft der Duschcreme. Lisa setzte sich auf die Toilette, und das Baby spielte mit den Zahnbürsten im Halter.

»Du«, sagte sie mit zitternder Stimme, »Meredith gibt

eine Dinnerparty und hat uns nicht eingeladen!« Und dann begann sie zu weinen.

»Moment. Was soll das?« sagte Eric. »Du weinst, weil wir nicht auf Merediths Party eingeladen worden sind?«

»Ja«, sagte Lisa.

»Wen kümmert denn so eine versnobte Party?« sagte Eric. »Es lohnt sich doch nicht, deswegen zu weinen, Schatz.« Aber Lisa schluchzte immer lauter, und Joshua blickte sie an, und zwar voller Mitleid, das hätte sie schwören können.

»Na, komm schon«, sagte Eric. »Warum regst du dich so darüber auf? Findest du das nicht ein bißchen übertrieben? Solche Partys gefallen dir doch sowieso nicht.«

»Ich weiß«, sagte Lisa und wischte sich die Augen. »Ich denke immer, gleich zieht jemand einen Atlas raus und sagt: ›Suche Bosnien.‹ Aber ich kann die Vorstellung nicht ertragen, daß sie uns so peinlich findet. *Sind* wir peinlich? Ist es das? Ich weiß, daß unser Leben für jemanden wie Meredith stinklangweilig ist. Ich weiß, daß sie sich nicht für entzündete Brustwarzen interessiert oder wie man einen Autositz für das Baby aussucht. Tut mir leid, aber das geht mir nun mal durch den Kopf. Kann man uns deswegen nicht einladen? Glaubt sie wirklich, wir würden ihr ihre Dinnerparty verderben?«

»Ach, Lisa«, sagte Eric, »Meredith ist ein totaler Snob. Ich habe dir das schon so oft gesagt. Es war nur eine Frage der Zeit, daß so etwas passiert. Und Ann ist derartig verschroben mit ihren ganzen lesbischen Tiraden, von wegen ›Ich bin eine Frau‹. Schau, du mußt einfach der Tatsache ins Auge sehen, daß ihr euch geändert habt, du und deine Freundinnen. So was passiert. Ich weiß, es ist schwer, aber am Ende mußt du sagen: Scheiß drauf. Sie verdienen dich nicht. Und jetzt schau mich an.«

Er hob ihr Kinn, und sie küßten sich, während das Baby auf ihrem Schoß zusah. Die feuchte Wärme von Erics Körper und die rauhen Fasern des Handtuchs machten den Augenblick plötzlich erotisch. Nachdem sie das Baby in sein Körbchen gelegt hatte, ging Lisa ins Schlafzimmer, wo Eric auf sie wartete. Er hatte sich nicht angezogen, und seine Haare waren noch naß. Er schlug seine Zeitschrift zu und sah lächelnd zu ihr hoch. Er freute sich, weil sie ohne Worte an diesem Punkt angelangt waren, ohne Auseinandersetzung und ohne diesen hundertprozentigen Leidenschaftskiller, das Baby, das nebenan schrie und heulte. Das gleichmäßige rote Licht des Babyphons, ihres ständigen Begleiters, leuchtete auf dem Nachttisch. Lisa legte sich auf Eric, der unter der Bettdecke bereits eine Erektion hatte. Jetzt sah er so viel besser aus als auf dem Photo in der U-Bahn, fand sie, sein Mund war geöffnet, die Haare noch naß und wirr, wodurch er ein bißchen italienisch und bedrohlich aussah.

»O Gott, Lisa«, sagte Eric mit der tiefen Stimme, die sie schon lange nicht mehr gehört hatte.

»O Eric«, antwortete sie, und plötzlich spritzte Milch aus ihren Brüsten, zwei schwache, dünne Strahlen, so harmlos wie altmodische Wasserpistolen. Milch tröpfelte auf Erics Brust und Hals. Er schreckte zurück, aber hauptsächlich, weil er überrascht war.

»Himmel, Lisa«, sagte er, versuchte zu lachen und kein Spielverderber zu sein. Sie tupfte ihn mit einem Taschentuch ab, sie machten das Licht aus und machten weiter mit dem Sex, aber es war nicht mehr wie vorher. Lisa war keine Liebhaberin mehr; sie war in eine Milchkuh verwandelt worden, eine traurige, angespannte Kuh, deren Leben von nun an nur noch eine Funktion hatte. Wenn man einmal ein Baby hatte, konnte man nicht mehr einfach ausgehen und das Baby eine kleine Weile vergessen. Es gab offensichtlich nicht den Bruchteil einer Sekunde, wo man nicht nach Pisse, Milch oder der widerwärtig süßen Vaseline von Babysalbe roch.

Danach schliefen sie ein bißchen wie in alten Zeiten, umarmt wie früher, aber um Mitternacht hörte Lisa über das Babyphon, daß Joshua sich rührte. Joshua fing an zu weinen, und Lisa schwang die Beine über die Bettkante und zog ihren Bademantel an. Sie saß im Wohnzimmer, stillte und drückte auf der Fernbedienung herum, bis sie schließlich bei einer der abendfüllenden Verkaufssendungen angelangt war, in denen ehemalige Fernsehschauspieler begeistert von Haarverdickern oder Steakmessern schwärmten, als Eric im Bademantel aus dem Schlafzimmer kam und sich zu ihr und dem Baby setzte.

»Geh wieder ins Bett«, flüsterte sie. »Du mußt nicht aufbleiben.«

»Nein«, sagte er. »Ich kann nicht schlafen.«

Er legte den Arm um sie, und sie dachte, daß Eric und sie selbst eine Werbesendung machen sollten, über die Wunder von Ehe und Elternschaft. Die Wohnung war vollgestopft, aber jetzt in der Dunkelheit hatten all die störenden Gegenstände die Gestalt von gutmütigen großen Tieren aus einem Kinderbuch angenommen. Das Baby machte ein komisches Geräusch, das sich irgendwie anhörte wie das Wort Lippe, und Lisa und Eric mußten beide kichern. Es ist gut, daß die meisten Mütter und Väter Partner haben, dachte Lisa; sonst gibt es doch niemanden, der über dieselben blöden Kleinigkeiten, die das Kind betreffen, lacht. Wen sonst würde es kümmern, daß ihr Baby gerade ein Geräusch gemacht hatte, das wie das Wort Lippe klang? Niemanden, das wußte sie. Niemanden würde es kümmern. Aber die »Lippen«-Anekdote war etwas, über das sich Lisa und Eric immer wieder würden amüsieren können.

»Du«, sagte Eric, »heute hat mich Onkel Beck angerufen. Er meint, wir sollten mal für ein Wochenende nach Wilmington fahren.«

Lisa dachte an die zwei Onkel von Eric, mit ihren identischen, komisch geformten Nasen und ihrer florierenden dermatologischen Praxis. Sie konnte sich nicht vorstellen, daß sie mit einem von ihnen das Wochenende würde verbringen wollen. »Wilmington steht nicht auf meiner Top-Ten-Liste«, sagte sie.

»Eigentlich hat er gefragt«, sagte Eric, »ob *ich* nicht runterkommen will. Um ein paar Wochen in seiner Praxis auszuhelfen.«

»Aber du hast doch hier deine Arbeit«, sagte Lisa.

»Ich könnte einen Sonderurlaub bekommen«, sagte Eric. »Die Sache ist so: Er und Onkel Tom überlegen, ob sie mich nicht in ihre Praxis einsteigen lassen sollen. Das wäre ein Probelauf.«

»Aber sie wohnen in Delaware.«

»Dann würden wir eben umziehen«, sagte Eric. »Du würdest auf der Stelle Arbeit finden. Alle mögen dich, und Ärztinnen sind sehr beliebt.«

»Ich kann nicht umziehen«, sagte Lisa.

»Warum nicht?«

»Zum einen sind da meine Freundinnen«, sagte sie.

»Ah, deine Freundinnen«, sagte Eric. »Stimmt, deine beste Freundin Meredith Grey, die dich so sehr liebt, daß sie dich nicht einmal zu ihrer Dinnerparty einlädt?«

»Ja, ich weiß, ich habe das gesagt …«, fing Lisa an, und es drängte sie, Meredith zu verteidigen, als Eric sie unterbrach.

»Hör mal, ich war etwas voreilig«, sagte er. »Sie haben mir den Job noch nicht angeboten. Es ist nur eine achtwöchige Probezeit.«

»Und was hast du gesagt?« fragte Lisa.

»Ich habe ja gesagt.«

Er hatte ja gesagt, er würde Lisa und das Baby einfach acht Wochen allein lassen, dann wieder hereingeschneit kommen, um zusammenzupacken und mit ihnen nach Delaware in den Schoß seiner Familie zu ziehen, die an jedem ersten Dienstagabend im Monat Zinnsche Familienfilme anschaute. Delaware, mit dem großen Meerbusen. Delaware, das kleine, hineingequetschte »De.« auf der Landkarte; Delaware, der Ort, wo Eric aufgewachsen war und von dem er wegwollte, und wo seine Eltern jetzt ihren ruhigen Delaware-Lebensstil lebten, und wo Eric sie hinbringen wollte, um eine Delaware-Frau aus ihr zu machen und aus Joshua einen Delaware-Jungen. »Du hast ja gesagt?« fragte Lisa. »Ohne dich mit mir vorher zu besprechen? Du haust einfach acht Wochen ab und überlaßt uns unserem Schicksal?«

»Ach, ihr kommt schon zurecht«, sagte Eric.

In diesem Moment hob das Baby den Kopf von ihrer Brust, und sie rieb ihm den Rücken, bis er ein Bäuerchen machte, dann wechselte sie es schnell auf die andere Seite, als würde sie eine Platte umdrehen. »Du kannst es kaum erwarten, hier rauszukommen, Eric«, sagte sie. »Gib's zu.«

»Was soll ich zugeben? Daß alles aus dem Ruder gelaufen ist? Daß wir keinen Zentimeter Platz haben? Daß ich nachts nicht mal pinkeln gehen kann, ohne über einen gottverdammten ... Schlumpf zu stolpern? Daß wir einen Haufen Geld bezahlen, um wie Flüchtlinge zu leben?«

»Nur zu deiner Information, Flüchtlinge haben keinen Fitneßraum im Haus«, sagte Lisa.

»Willst du, daß ich zugebe, daß unser Leben mittlerweile einfach Scheiße ist?« sagte Eric. »Gut, ich gebe es zu. Ist das so fürchterlich? Lisa, komm, ich liebe dich sehr, aber natürlich denke ich daran, hier rauszukommen. Ein Haus zu haben, und einen Rasen. Und einen Job zu haben, bei dem ich keine Scheiß-U-Bahnen mit meinem Gesicht vollpflastern muß, um mein Geld zu verdienen.«

»Ich kann nicht glauben, was ich da höre«, sagte Lisa. »Wir wollten doch dieses tolle Leben haben, stimmt's? Du wolltest große, wichtige Sachen machen. Es sollte ... wie hast du es einmal genannt? Eine *Reise* sollte es werden. Und jetzt verbringst du deine Tage damit, über Zellulitis und Geld zu diskutieren, und alles, was dich interessiert, bist nur du selbst. Ehrlich gesagt, Wilmington kann mich am Arsch lecken.«

»Mich nicht«, sagte Eric.

»Dann geh doch hin«, sagte Lisa. »Heute nacht noch.«

»Gut«, sagte Eric. Das Baby machte sich los und bog den Rücken. Sie setzte es auf Erics Schoß, stand auf und ging zu dem Gummibaum.

»Lisa. Lisa. Was machst du?« fragte Eric.

»Wonach sieht es denn aus?« fragte sie.

Mit beiden Händen riß sie den Baum aus dem Topf, mitsamt der Erde. Der ganze Klumpen ging erstaunlich leicht heraus, wie ein Zahn, der bereit war, auszufallen. Erde regnete auf den Teppich. Der Baum war ganz leicht. Sie hielt ihn in einer Hand, und mit der anderen riß sie die Blätter ab, bis bloß noch eines übrig war. Eric starrte sie verblüfft an, bis sie schließlich das letzte Blatt in zittrigem, wirrem Triumph ausriß. »Da«, sagte sie. »Das letzte Blatt.«

ELF

Sie holte sie beide aus dem Schlaf, was für Lisa wirklich ungewöhnlich war, denn sie handelte auf ihre pfadfinderinnenhafte Art immer so überlegt, daß sie vormittags nur ungern jemanden vor Viertel nach elf anrief, nur für den Fall. Für andere Leute wäre elf Uhr morgens schon großzügig und sicher genug gewesen, aber Lisa gab noch fünfzehn Minuten dazu, aus Höflichkeit oder wegen eines verzerrten Bilds vom Rest der Welt, von diesen Leuten ohne Kinder oder Wohnungen in Krankenhäusern. Sie stellte sich vor, der Rest der Welt müsse sich um nichts kümmern, trage keine Verantwortung. Soweit sie wußte, schliefen die Leute bis mittags mit Augenbinden, dann wachten sie auf und aßen Bonbons im Bett.

Aber Meredith stand schon um acht auf und machte vor dem Fernseher, wo auf CNN die wichtigsten Ereignisse der Welt liefen, ihre Gymnastik. Sie konnte ihren Körper stretchen und formen und gleichzeitig ihren Kopf anstrengen und sich konzentrieren. Sie war gerade bei den Bauchmuskulaturübungen, als das Telefon klingelte und Lisa sich meldete. Die Stimme erschreckte sie. Es klang, als spräche Lisa durch ein dickes Tuch oder als ahmte jemand ihre Stimme nach.

»Eric und ich haben Schluß gemacht«, sagte sie. Meredith war geschockt und meinte, sie käme gleich vorbei. Lisa erhob keinen Einspruch.

Als sie mit dem Taxi durch den Park fuhr, merkte Meredith, wie sehr sie es genoß, Lisa zu Hilfe zu kommen. Es war neu und ungewohnt, mit einer Tüte kernloser Clementinen im Taxi loszubrausen, um ihre Freundin zu retten, denn sie war es doch, die sonst immer gerettet wurde. Doch als sie ankam, war sie enttäuscht, daß Ann ebenfalls hinbestellt worden war und daß es ihr gelungen war, vor Meredith einzutreffen. »Ach, hi«, sagte Meredith lustlos, und Ann nickte. Lisas Wohnung sah fürchterlich aus, mit all den sperrigen Babymöbeln und dieser großen Pflanze, die inmitten der ganzen Erde auf dem Teppich lag. Lisa sah anders als sonst aus, völlig aufgelöst, wie jemand, der tatsächlich in so einer Wohnung lebt.

»Lisa«, sagte Meredith, als sie hereinkam, »deine Ehe ist nicht gescheitert.«

»Doch«, sagte Lisa. »Sieh doch selbst.« Und sie zeigte auf den Gummibaum. Ann und Meredith sahen sich ratlos an.

»Ihr kriegt es wieder hin«, sagte Ann. »Ihr macht eine Paartherapie. Es gibt doch jetzt diese neuen Techniken. Ihr haut euch mit riesigen Gummihämmern.«

»Eric hat es kaum erwarten können wegzukommen«, sagte Lisa. »Er hat einfach seine Koffer gepackt und ist los. Und wißt ihr, was? Ich sage, ich bin froh, daß ich ihn los bin.«

»Ja«, echote Ann. »Genau«.

Lisa und Meredith sahen sie überrascht an. »Du bist meiner Meinung?« fragte Lisa.

»Na ja«, meinte Ann, »du bist meine Freundin, und er ist schuld, daß es dir schlechtgeht.«

»Aber du glaubst, ich bin so besser dran?« fragte Lisa.

»Ich würde nicht gerade sagen, besser dran«, fing Ann an, und ihre Stimme wurde schwächer.

»Nein, wirklich«, sagte Lisa. »Ich will wissen, was ihr denkt. Ihr beide. Über Eric.«

»Lisa, er ist dein Mann«, sagte Meredith.

»Ach ja?« meinte Lisa. »Wir haben keine Beziehung

mehr. Wir schlafen kaum noch zusammen. Mein Diaphragma kommt fast nie mehr aus seiner kleinen rosa Muschel. Ich sollte es mir bronzieren lassen. So ist die Ehe.«

»Na ja, also nicht alle Ehen«, sagte Meredith.

»Nur die, in denen die Partner nicht zueinander passen«, sagte Ann.

»Du glaubst, wir passen nicht zusammen?« fragte Lisa.

Ein unbehagliches Schweigen folgte, und keine von beiden wollte ihr antworten. Meredith wollte nicht einmal ihren Blick erwidern. Es war ein fürchterlicher Moment, einer, den sie ein paar Jahre lang gewissenhaft vermieden hatten. »Was denkst du denn, Meredith?« Lisa ließ nicht locker. »Na los, es wird mir schon nicht weh tun. Es ist doch wichtig, daß ich diese Dinge weiß.«

»Na ja«, begann Meredith, »als du Eric kennengelernt hast und uns erzählt hast, daß du in ihn verliebt bist, ich glaube, da habe ich mich gewundert, weil er so ... verklemmt war.«

»Weiter«, sagte Lisa.

Meredith merkte, daß sie ein bißchen lockerer wurde. Es war ja gar nicht so schlimm. Lisa wollte offenbar wirklich die Wahrheit wissen; sie schien alles mit Merediths Augen sehen zu wollen, als hätte Meredith den weiteren, klareren Blickwinkel. Meredith fühlte sich beinahe geschmeichelt, und das machte sie mutiger. »Also habe ich versucht, glücklich zu sein, weil du glücklich warst«, fuhr sie fort. »Aber jetzt, wo du unglücklich bist, da muß ich ja wohl nicht mehr glücklich sein.«

Ann schien ebenfalls auf den Geschmack zu kommen und fügte hinzu: »Ganz meine Meinung.«

»Verstehst du«, sagte Meredith, die jetzt anfing, frei zu assoziieren, »das ist mit ganz vielen Paaren so. Die Frau ist das Salz der Erde, und der Mann ist die Nacktschnecke.«

»Ist Salz nicht tödlich für Nacktschnecken?« sinnierte Ann.

»Eric ist sehr klug und so«, sagte Meredith, »und ich bin sicher, daß er ein wirklich guter Dermatologe ist. Aber ich weiß nie, was ich zu ihm sagen soll. Immer wenn wir allein in einem Zimmer sind, endet es damit, daß ich ihm meine geplatzten Äderchen zeige.«

»Ja«, sagte Ann. »Ich weiß, was du meinst. Die ganze Zeit über habe ich angenommen, daß er irgendwelche bewundernswerten Eigenschaften hat, die außer dir niemand sehen kann.«

Sie war drauf und dran, Lisa von ihrer ersten Begegnung mit Eric zu erzählen, von diesem gespreizten Abendessen, bei dem sie den Streit über *Lady Sings the Blues* hatten, als Lisa plötzlich sagte: »Ich dachte, ihr wärt meine Freundinnen.«

»Sind wir auch«, sagte Ann.

»Freundinnen«, sagte Lisa, »sagen nicht solche Sachen über den Ehemann der anderen.«

»Aber, Lisa, du hast doch damit angefangen«, sagte Meredith. »Wir waren doch nur dein Echo. Wir sind auf deiner Seite.«

»Ach ja?« fragte Lisa, und es war deutlich spürbar, daß sie äußerst wütend war. »Ich glaube, keine von euch beiden hat auch nur die geringste Ahnung, wer Eric ist. Ihr habt ihm nie Zeit gegeben. Aber ihr haltet euch für wahnsinnig überlegen, und warum? Was, zum Teufel, hat eine von euch gemacht, was so besonders war?«

»Jetzt wart mal einen Moment, Lisa«, sagte Meredith.

»Ich hab keine Lust mehr zu warten«, sagte Lisa. »Ich hab keine Lust mehr, immer die Geduldige zu sein, die ›Nette‹. Alles, was ich mein ganzes Leben lang gemacht habe, war, mir euer endloses Gejammer anzuhören, dazusitzen, zu nicken und betroffen aus der Wäsche zu schauen, nur weil ich die ›Nette‹ bin! Soll ich euch mal was sagen? Ihr steht mir beide bis obenhin. Meredith, aus dir ist ein einziger Witz geworden. Du bist eine Narzißtin, wie sie im Buche steht, und deine Probleme mit Männern sind so trivial, daß es kaum auszuhalten ist. Da draußen in der Welt gibt es echte Probleme, falls es dir noch nicht aufgefallen sein sollte: Leute, die an AIDS sterben, zu Tausenden ...«

»Sie hat recht, Meredith«, sagte Ann.

»Menschen, die verhungern«, fuhr Lisa fort, »und du willst mein Mitleid, weil du keinen Mann findest, der dir perfekt genug ist? Gut, ich habe Neuigkeiten für dich. Es gibt keinen Mann auf der Welt, der dich zufriedenstellen würde. Du kannst mit niemandem auskommen. Ich habe es so satt, dich Ann gegenüber in Schutz zu nehmen und zu sagen, was für ein anständiger Mensch du unter der Oberfläche bist. Ich glaube gar nicht, daß da überhaupt etwas unter der Oberfläche ist! Meredith, ich glaube, du bist der seichteste Mensch, der mit je begegnet ist.«

Wieviel von diesem Zeug muß Meredith noch ertragen? Ann wirkte ebenfalls schockiert, über die Prügel, die Meredith bezog, empfand aber wohl auch ein wenig Schadenfreude. Doch dann wandte sich Lisa plötzlich an Ann. »Und du, Ann«, sagte sie, »kaum bist du eine Viertelstunde lang lesbisch, schon bist du Vertreterin für alle Homosexuellen auf der ganzen Welt. Als hättest du dich in einer Lesbenschule eingeschrieben und wärst jetzt die Sprecherin. Das Erstaunliche ist, du hältst dich wirklich für unterdrückt. Also, ich kenne dich länger als sonst irgend jemand. Ich habe gesehen, wie du Oboestunden genommen hast und Tennisstunden und im Sommer ins Kinderwood-Theaterlager für Mädchen gefahren bist. Ich war mit dir auf einer Teenagerreise in Holland. Ich kenne das Haus, in dem du aufgewachsen bist, und den großen Cadillac, den deine Eltern gefahren haben. Und weißt du, was? Du, Ann Lauren Rogoff, wirst nicht unterdrückt!«

Jetzt war sie endgültig fertig. Ein kurzes, überraschtes Schweigen folgte, dann fand Ann ihre Stimme wieder und sagte schwach: »Lisa, hör mal, können wir vielleicht einfach darüber reden? Wie wär's wenn wir uns alle ein bißchen beruhigen? Heute abend können wir uns in den Lucky Wok setzen und wie Erwachsene darüber sprechen.«

»Ihr versteht es nicht, oder?« sagte Lisa.

»Was?« sagte Meredith.

»Ich bin fertig mit dem Lucky Wok. Solange ich lebe, gehe ich da nicht mehr hin. Ich bin fertig mit ... damit eben. Unser Ding, diese Freundschaft, es ist aus! Kapiert ihr?«

»Lisa!« sagte Ann. »Jetzt komm.«

Aber Lisa stand abrupt auf und sagte: »Laßt mich in Ruh! Verschwindet jetzt einfach verdammt noch mal aus meinem Leben.«

Als Meredith eine halbe Stunde später mit Ann im Lucky Wok saß, spürte sie, daß eine Panikattacke im Anzug war. Ein Leben ohne Lisa war nicht vorstellbar; Meredith schnappte nach Luft wie ein Kind, das mitten in einem Einkaufszentrum seine Mutter verloren hatte. Lisa war weg und würde womöglich nie wieder zurückkommen. Ein Leben ohne Lisa! Warum sollte Meredith ihr Leben ohne Lisa verbringen müssen? Wie sollte sie überleben? Lisa war eine stille Macht, deren Kraft man erst spürte, wenn sie weg war. Wie die Sonne. Ja, Lisa war die Sonne, dachte Meredith, die einen Augenblick lang poetisch wurde. Lisa war die Sonne, und jetzt war die Sonne hinter einer Wolke verschwunden, und Meredith mußte den Rest ihres Lebens in dem grauen Dunst verbringen. Freundschaft war wirklich alles, dachte Meredith. Vielleicht war das Gottes Art der Strafe für Meredith, die ihr ganzes Leben lang gedacht hatte, daß Männer die wichtigsten Geschöpfe auf Gottes Erdboden waren. Vielleicht war Gott eine Frau. Vielleicht, Gott bewahre, vielleicht war Gott eine Lesbe. Eine rachsüchtige Lesbe wie eine von Anns und Emilys Freundinnen aus der Homosexuellenbewegung.

Es war doch Unsinn, daß Meredith, die so erfolgreich war und alles unter Kontrolle hatte, die jetzt eine Wohnung in einem Haus besaß, das man nur mit »weißen Handschuhen betreten dürfen sollte«, wie sich der Makler ausgedrückt hatte, auf jemanden angewiesen sein sollte, der so viel weniger mächtig war als sie. Lisa war immer da; das gehörte zu ihrem Zauber. Sie war eine gute Freundin, die sich um jedes Wehwehchen kümmerte, aus Freundschaft Hausbesuche machte, die ungeheuer beruhigend waren, und doch war das für Meredith alles selbstverständlich geworden. Von Lisa hätte sie nie erwartet, daß sie aufstand und rebellierte. Von dieser sanften Gewalt, die Lisa darstellte, hätte sie nie einen solchen Gewaltakt erwartet.

»Ich kann einfach nicht glauben, daß sie mir das angetan hat«, sagte Meredith, als sie mit Ann ihren Tee trank. »Nach all den Jahren.«

»Entschuldige«, sagte Ann, »aber sie hat es auch mir angetan.«

»O Gott, Ann«, sagte Meredith, »ich weiß nicht, was ich machen soll!« Sie bedeckte das Gesicht mit den Händen und fing an zu weinen.

Ann sah sich nervös im Raum um. »Meredith, bitte wein nicht«, sagte Ann. »Ich bin nicht gut beim Weinen. Ich habe keine Schulter, an die du dich lehnen kannst. Diese Schultern sind nur zur Zierde da.«

»Es ist, als ob sie tot wäre.«

»Sie ist nicht tot. Tote sagen nicht ›verdammt noch mal‹.«

»Kannst du es fassen, wie sie mit uns geredet hat?« fragte Meredith.

»Vielleicht war es gar nicht Lisa«, sagte Ann. »Vielleicht war es ihre böse Zwillingsschwester Risa.«

»Wer weiß, wie lange sie diese Gefühle schon mit sich rumgetragen hat, ohne daß sie zum Ausbruch gekommen sind«, sagte Meredith. »Es ist wie der Ball aus Gummibändern, den sie mal hatte. Wir haben ihr alle Gummis dafür gegeben, und er wurde immer größer, bis er so groß war wie Grönland und ihre Mutter ihn weggeworfen hat.«

»Also«, meinte Ann, »wenn man so richtig darüber nachdenkt, dann hätte diese Freundschaft unmöglich überleben können. Nicht mit Eric auf der Bildfläche. Die Liebe versaut alles.«

»Ich weiß«, sagte Meredith. »Du kannst froh sein, daß du Emily hast.«

»Was soll das denn wieder heißen?« fragte Ann. »Zufällig liebe ich Emily.«

»Ja, klar, aber es ist doch einfach nicht dasselbe. Sie ist eine Frau.«

»Ach ja?« sagte Ann. »Moment ... wohlgeformte Figur, trägt Strumpfhosen ... O Gott, du hast recht! Ich habe die ganze Zeit mit einer Frau geschlafen! Aaargh!«

»Ach, hör doch auf«, sagte Meredith.

»Willst du sagen, daß der Mensch, den ich liebe, nicht gut genug ist, um eine Freundschaft zu stören?« fragte Ann.

»Ann, bitte, ich bin jetzt zu labil, um mit dir zu streiten«, sagte Meredith. »Ich will einfach nur heim und mich richtig ausheulen.«

»Ich würde auch gern weinen können«, sagte Ann, »aber ich bin einfach so sauer auf sie. Diese Dreistigkeit! Wir, ihre besten Freundinnen auf der ganzen Welt, ihre Brautjungfern, und sie läßt uns fallen wie heiße Kartoffeln. Eric ist an allem schuld. Bevor er aufgetaucht ist, waren wir total glücklich. Er hat sie verändert, Meredith, siehst du das nicht? Es ist wie in *Die Frauen von Stepford*. Sie haben alle in dieser kleinen, perfekten Stadt gewohnt, und ihre Männer haben sie umbringen lassen und durch Roboter ersetzt, die Gourmetmenüs gekocht, geputzt und ihnen jede Nacht einen geblasen haben. Aber Katharine Ross hat Verdacht geschöpft, und als Paula Prentiss, ihre beste Freundin, sich plötzlich merkwürdig benommen hat und so unterwürfig war, da hat sie sie in der Küche mit einem Steakmesser erstochen, und es kam kein Blut, da wußte sie, daß es ein Roboter war. Aber der Roboter spielte verrückt und wiederholte sich ständig.« Ann bewegte Arme und Kopf wie ein Roboter und sprach mit abgehackter Stimme. »Ich dachte, wir wären Freundinnen. Komm, du brauchst eine schöne Tasse heißen Kaffee!«

Meredith machte mit, bewegte sich auch wie ein Roboter und sagte: »Ich dachte, wir wären Freundinnen. Komm, du brauchst eine schöne Tasse heißen Kaffee!« Und dann fingen sie beide an zu lachen.

»Lisa wäre ganz schön sauer, wenn sie sehen könnte, wie gut wir uns ohne sie amüsieren«, sagte Ann. »Wir sollten Freundinnen werden, nur um sie zu ärgern.«

»Was hast du nächstes Wochenende vor?« fragte Meredith. »Lisa und ich wollten uns eine Pediküre gönnen. Jetzt könnten ja wir zusammen gehen.«

»Gerne«, sagte Ann. »Ich habe X-Großzehen und eine große Schwiele.«

»Weißt du«, sagte Meredith, »ich habe immer gedacht, daß Lisa uns davon abhält, einander umzubringen, aber vielleicht habe ich mich geirrt. Vielleicht hat sie uns die ganzen Jahre nur auseinandergehalten. Vielleicht war das ihr geheimer Plan.«

»Auf eine komische Art«, sagte Ann, »sind wir diejenigen, die mehr gemeinsam haben.«

»Findest du?«

»Ja«, sagte Ann. »Zum einen haben wir beide starke Meinungen. Lisa auf der anderen Seite hat gar keine Meinungen. Sie ist wie meine Tante Bev, die sich jeden Film ansieht, sei es nun *Ghostbusters* oder *Der Garten der Finzi-Continis*, und dann allen erzählt, es sei ›nett‹ gewesen.«

»Vielleicht hast du recht«, sagte Meredith.

»Und außerdem«, fügte Ann hinzu, »sind wir natürlich beide lesbisch.«

»Das ist nicht lustig«, sagte Meredith.

Der Verlust war so schlimm für Meredith, daß sie beschloß, zu einer Therapeutin zu gehen. Sie hatte schon früher einmal eine Therapie gemacht. Damals war sie sechzehn gewesen, und ihre Begeisterung für das Leben von Simone Weil in Kombination mit einer Diätmanie hatte sie auf die Idee gebracht, ein bißchen zu hungern. Die Therapeutin war ein hühnerbrüstiger Big-Mama-Typ namens Sylvia Korn-Holbein. Sie war schon öfter in größeren Kinofilmen aufgetreten und hatte eine Therapeutin gespielt. Ihre Praxis war so weich und gemütlich wie sie selbst, vollgestopft mit Fransenponchos aus Guatemala, Mary-Cassatt-Drucken von verträumten, rosawangigen Frauen, die ihre Babys baden, und strategisch plazierten Schachteln mit pastellfarben bedruckten Kleenextüchern. Meredith hatte die Therapeutin ein Jahr lang konsultiert. In dieser Zeit hatte sie das Interesse daran verloren, sich zu Tode zu hungern, und statt dessen ein lebhaftes Interesse entdeckt, ihre Jungfräulichkeit an einen Jungen namens Michael Reese zu verlieren.

Als Michael auf der Bildfläche erschien, wollte Meredith kaum mehr mit Dr. Korn-Holbein reden. Plötzlich ärgerten sie die sanft drängenden Fragen dieser Frau; sie waren so hartnäckig und aufdringlich wie die ihrer Mutter. Die Therapeutin wurde etwas schnippisch mit Meredith, als wäre sie beleidigt, daß ihre junge, grüblerische Patientin jemand anderen gefunden hatte, dem sie ihr Vertrauen schenkte, ein männliches Wesen. Als Meredith die Therapie beendete, war sie mit Michael jedenfalls schon bei gemeinsamer Masturbation angelangt und hatte durch ihr wiedergewonnenes Interesse am Essen bereits zehn Pfund zugenommen. Bei ihrer letzten Sitzung gab ihr Dr. Korn-Holbein einen kleinen Zettel, auf dem die Nummer eines Gynäkologen stand, der sie mit »etwas« ausrüsten würde. Die Therapeutin schien Meredith irgendwie böse zu sein. Lange Zeit später dachte sich Meredith, daß es wahrscheinlich einzig und allein daran lag, daß Meredith drauf und dran war, flachgelegt zu werden und Dr. Korn-Holbein vermutlich nicht.

Jetzt, nachdem Lisa mit Meredith und Ann Schluß gemacht hatte, befand Meredith, es sei an der Zeit, an sich selbst ernsthafte und harte Psychoarbeit zu leisten. Sie entschied, daß nur eine klassische Psychoanalyse dafür geeignet sei. Nachdem sie die Sache eingehend geprüft hatte, gefiel ihr die Vorstellung, viermal die Woche auf einer Couch zu liegen, auch wenn sie befürchtete, damit ihre gesamte Kleidung auf der Rückseite zu ruinieren. Aber eine Freundin vom Sender hatte sehr ehrfurchtsvoll von ihrem Analytiker erzählt und Meredith die Empfehlung gegeben, einen gewissen Leonard Pine, einen Kollegen dieses Analytikers, zu konsultieren. Meredith ließ sich einen Termin geben, und zu Beginn dachte sie, alles würde klappen. Sein Name gefiel ihr; er wirkte elegant und gleichzeitig gebildet.

Leonard Pine war ein schlanker, nicht uneleganter Mann in den Vierzigern, mit dunklen Augen und einem etwas schief sitzenden italienischen Anzug. Als sie zum ersten Mal auf seiner Couch lag, war das ein komisches Gefühl, aber nach einer Weile begann sie es zu genießen. Der Raum war von indirektem Licht erhellt, und das einzige Geräusch kam aus einem Monitor, der in der Zimmerecke vor sich hinsummte wie ein kleines unauffälliges UFO. Das unterschied sich ziemlich von ihrer Erfahrung bei Dr. Korn-Holbein, fand Meredith, als sie sich für die Fünfundvierzig-Minuten-Stunde bereitmachte. Warum nannte man das eine Stunde, überlegte sie, wenn es doch gar keine war? Und wenn, dann sollte man das Wort doch wenigstens in Anführungszeichen setzen, wenn man es schon eine Stunde nannte, um das Ganze etwas sarkastisch zu sehen. Sie erinnerte sich an einen Artikel über den französischen Psychoanalytiker Lacan, der eine Sitzung manchmal schon nach drei Minuten für beendet erklärte. Sie konnte sich vorstellen, wie er *Fini!* sagte und aus seinem Sessel aufsprang, während irgendein armer Patient ihn von der Couch aus anstarrte oder entgeistert anblinzelte, als hätte man ihn unsanft aus dem Schlaf gerissen.

Aber Dr. Pines Sitzungen dauerten lang und waren luxuriös wie ein schönes Bad. Er hörte offenbar wirklich zu. Draußen auf der nassen Straße fuhren die Autos vorbei. Merediths Stunde war am Ende des Tages angesetzt, als das Tageslicht langsam verblaßte und den stattlichen Gebäuden an der Park Avenue ein trauriges, nobles Aussehen verlieh. Die Straße war gesprenkelt mit Taxis, die ihre kleinen gelben Lichter eingeschaltet hatten, und mit Leuten, die ihre Regenschirme öffneten und unter Vordächern hervortraten, während Meredith mit hochgebetteten Füßen reglos in diesem warmen, grauen Zimmer lag. Es war einfach wundervoll. Ihr gefiel die Vorstellung, noch jahrelang bei Dr. Pine in Behandlung zu sein. Es war ja schon vorgekommen, daß eine Analyse zehn Jahre gedauert hatte. Ihr Analytiker würde sie durch das Trauma ihres dreißigsten Geburtstags begleiten und sie in den Rest ihres Lebens führen. Klar, manchmal würde es wehtun, von frühen Erinnerungen zu sprechen, die sie bereits vergessen hatte: ihr Onkel Al, der eine ihrer jungen Brüste auf einer Familienparty heimlich gedrückt hatte, als Meredith elf war; damals, als sie als Kind nach einem Alptraum oben auf der Treppe erschienen war, um dann ihre Eltern zu sehen, die es im Wohnzimmer auf einem Ohrensessel wild miteinander trieben. Aber das alles würde eine zutiefst kathartische Wirkung haben, Meredith und Dr. Pine würden zusammen älter werden, und wenn der Zeitpunkt gekommen wäre, ihre Analyse zu beenden, dann würde es einen stillschweigenden, unausgesprochenen Moment liebevoller Melancholie zwischen ihnen geben.

Jahre lagen vor ihnen, in denen sie über Sex und das frühkindliche Erwachen von Gefühlen sprechen würde, aber in ihrer ersten Sitzung erzählte Meredith ausschließlich von Lisa und davon, was Lisas Abwesenheit für sie bedeutete. »Ich verstehe nicht, wie sie mir das antun konnte«, sagte Meredith. »Es ist ja nicht nur, weil ich so eine gute Freundin für sie war. Es ist der Gedanke, daß sie sich einfach von mir abwenden kann und von allem, was wir zusammen durchgemacht haben, als sei es nie passiert. Wie in einem dieser Kinofilme, wo der Mann nach fünfundzwanzig Jahren Ehe plötzlich mit der Frau Schluß macht. Bingo! Es ist vorbei. Er tauscht sie gegen etwas Besseres, Jüngeres ein. Eine Sekretärin. Eine Aerobiclehrerin. Wo soll Lisa eine bessere Freundin als mich finden? Wo? So eine Geschichte, wie wir sie zusammen haben, kann man nicht ersetzen. Wir haben alles zusammen durchgemacht. Ich war von Anfang an da. Ich habe ihr sogar gezeigt, wie man einen BH auszieht, mit diesem kleinen Frauentrick.«

»Hm, was für ein Trick?« fragte Dr. Pine.

»Na ja«, sagte Meredith, »wie man ihn unter der Bluse aufhakt und das Ding durch den Ärmel zieht, so daß man die Bluse gar nicht ausziehen muß.«

»Aha«, sagte Dr. Pine. »Durch den Ärmel. Ich verstehe.«

»Wer sonst sollte ihr so etwas erzählen?« fragte Meredith. »Aber vielleicht will sie diese Art von Freundschaft nicht mehr. Vielleicht will sie einfach in Ruhe gelassen werden. Gott, ich weiß, wie das ist. Genauso ist es mir gegangen, nachdem Alan und ich Schluß gemacht haben. Es hat natürlich nicht lange angehalten, weil ich das Alleinsein hasse. Ich hasse es von Grund auf, keinen Liebhaber zu haben.«

»Ah?« sagte Dr. Pine. »Können Sie mir mehr darüber erzählen?«

»Ich fühle mich dann fett«, sagte Meredith, »und unansehnlich. Ich fühle mich dann wie eine dieser Frauen, die man manchmal in der Stadt sieht, die sich ihr Abendessen an einer koreanischen Salatbar holen. Sie stehen da in einem Kleidchen, das sie in der Arbeit getragen haben, und einem Paar unbequemer Schuhe und schaufeln Arugula und Babymais und dickes, ölfreies Dressing in eine Plastikschüssel. Und man weiß, daß sie den Salat mit nach Hause nehmen und den ganzen Abend vor dem Fernseher sitzen. Es ist, als hätten sie keinen Zweck im Leben, kein Ziel, und das wissen sie auch. Aber wenn ich einen Liebhaber habe, dann habe ich das Gefühl, einen Zweck zu haben. Einen Grund dazusein. Jemand, zu dem man heimkommen kann, metaphorisch gesprochen. So ist das mit Lisa auch. Zum Beispiel unsere monatlichen Essen im Lucky Wok; ich weiß immer, daß das irgendwann ansteht, und ich freue mich darauf. Ich weiß, wie das Essen wird, mit ihr und Ann dazusitzen, über alles unter der Sonne zu sprechen und scharf-saure Suppe zu essen. Das fehlt mir jetzt schon! Warum gibt es das jetzt nicht mehr? Ist es so schlimm, daß ich das alles zu Lisa gesagt habe? Es ist doch die Wahrheit, oder? Muß ich Eric lieben, nur weil ich Lisa liebe? Was meinen Sie, Dr. Pine?«

Er schwieg lange. Meredith wandte den Kopf und blickte zu dem Psychiater hinüber, der in der Rundung des geräumigen Ledersessels saß, die großen Hände zusammengedrückt und das Gesicht auf den Turm gestützt, den seine Hände bildeten. »Meredith«, sagte er schließlich. »Ich muß Ihnen etwas sagen.«

»Sie halten mich für eine fürchterliche Freundin«, sagte sie. »Sie finden, Lisa hat recht.«

»Nein«, sagte Dr. Pine gequält. »Es geht um Sie. Ich kann Sie nicht in Behandlung nehmen. Es tut mir sehr leid. Ich unterliege gerade einer unbehaglichen, wenn auch vorhersagbaren Form der Gegenübertragung.«

»Wie bitte?« sagte Meredith.

»Ich finde Sie äußerst anziehend, Meredith«, sagte er, »und ich muß zugeben, daß ich nicht besonders aufmerksam zugehört habe, was Sie mir erzählten. Ich habe es wirklich versucht, aber ich bin zu abgelenkt. Sie brauchen jemanden, der besser zuhören kann. Ich habe bei Ihnen versagt, und das tut mir sehr, sehr leid. Das ist mir noch nie passiert.« Meredith hörte ein Rascheln und sah, daß Dr. Pine aufgestanden war. Sie setzte sich ein bißchen zu schnell auf, und ihr war schwindlig, als sie in sein trauriges, langes Gesicht blickte.

»Das war's also?« sagte Meredith.

»Ich kann Ihnen den Namen einer Analytikerin geben«,

sagte Dr. Pine. »Sie ist eine ältere Frau, und ich kann mir vorstellen, daß Sie sie mögen. Sie ist sehr klug und einsichtig. Sehr mütterlich, ja.«

Aber Meredith lehnte ab, sie meinte, sie würde es lieber allein versuchen. Unglücklich reichten sie sich an der Tür die Hand, und einmal mehr wurde Meredith fortgeschickt.

Am Wochenende saßen Meredith und Ann im Nagelstudio auf einer erhöhten Plattform, während sich zwei Asiatinnen an ihren Füßen zu schaffen machten. »Weißt du«, sagte Meredith, »ich komme über Lisa hinweg, wirklich. Ich hätte nicht gedacht, daß es soweit kommt, aber ich glaube, es ist so eine Art Elisabeth-Kübler-Ross-Geschichte. Die Stadien der Trauer. Eine Zeitlang war ich hysterisch, aber jetzt habe ich, glaube ich, angefangen, es zu akzeptieren. Ich denke gar nicht mehr so viel über Lisa nach, und auf eine ganz komische Art fühle ich mich befreit. Verstehst du, was ich meine?«

»Ja«, sagte Ann. »Es erstaunt mich, wie schnell wir die Bruchstücke wieder aufsammeln können. Aber ich glaube, die Moral von der Geschichte ist, daß das Leben einfach weitergeht, egal, was passiert. Es ist wirklich erstaunlich.«

»Als ich klein war«, sagte Meredith, »hatten wir einen Dackel namens Sputnik. Eines Tages ist er weggelaufen, und ich habe monatelang mit einem Hundekuchen in der Hand an der Hintertür gewartet, und habe ›Sput-nik! Sputnik!‹ gerufen. Es war wirklich mitleiderregend. Er ist natürlich nie mehr wiedergekommen. Aber ich bin darüber hinweggekommen. Ich habe mir eingeredet, er sei noch am Leben, und mir vorgestellt, daß ihn irgendwo eine echt gute Familie aufgenommen hat, die ihm eine Hundehütte mit Klimaanlage und Teppich schenken würde und eine eigene kleine Toilettenschüssel, aus der er trinken könnte.«

»Meredith«, sagte Ann, »Lisa trinkt nicht aus irgendeiner Toilette. Sie haßt uns einfach, das ist alles. Schau, wir haben die Kardinalregel der Freundschaft verletzt. Sag nie etwas Schlechtes über den Mann deiner Freundin.«

»Aber sie hat es doch zuerst gesagt«, meinte Meredith. »Wir haben doch nur zugestimmt.«

»Das macht nichts«, sagte Ann. »Frauen halten zu ihren Männern. Egal, wie widerlich oder verkommen sie sind. Ich meine, wenn Charles Manson eine Exfrau hätte und du auf einer Party zu ihr sagen würdest: ›Hat das mit Sharon Tate wirklich sein müssen?‹, sie würde wahrscheinlich nie wieder mit dir reden.«

»Und ich wäre die Angeschmierte«, sagte Meredith.

Dritter Teil

ZWÖLF

Ein paar Tage später saß Ann an ihrem Schreibtisch und war damit beschäftigt, sich einen Klappentext für einen weiteren dieser fürchterlichen Romane, die Harry Corning so liebte, auszudenken. Dieser hier war von einer jungen Britin, die heroinabhängig gewesen war, ihr Vater saß im Parlament, und durch ihr aristokratisches Gehabe, ihre ausgeflippten Kleider und ihren Schmuck wurde sie hüben wie drüben als gute Interviewpartnerin gehandelt. Harry war der Meinung, das Buch ließe sich gut verkaufen, aber Ann haßte es trotzdem. Auf jeder Seite standen nur wenige Worte, und ein Großteil der Seite war weiß. Vielleicht deswegen, dachte Ann, damit der Leser seine Anmerkungen machen konnte, wie ein Lehrer, der einen Aufsatz korrigiert. »Schlecht!« »Hochgestochene Prosa!« »Klischee!« Ann saß da und überlegte angestrengt, wie sich dieses Buch am besten beschreiben ließ, als das Telefon klingelte. Es war der literarische Agent Evan Bright, der ausgerechnet sie zum Mittagessen einladen wollte. Sie konnte sich nicht vorstellen, weshalb, und er wollte es ihr nicht verraten.

So gingen Ann und Evan an den kleinen Cafés vorbei, wo Angestellte von Anns Rang gewöhnlich zu Mittag aßen, und steuerten auf das Gepetto zu. Evan hielt ihr die Tür auf. Endlich betrat sie den Raum, den sie immer sehnsüchtig von draußen betrachtet hatte. Die ersten zwanzig Minuten hatte sie nicht die geringste Ahnung, weshalb sie hier war, aber das Essen war so großartig, so köstlich und so kunstvoll auf dem Teller arrangiert, daß sie eine Weile vergaß, darüber nachzudenken. Sonst führte sie nie jemand in ein Restaurant wie dieses hier! Sie kannte den Lucky Wok und ein paar japanische, griechische oder indische Billiglokale. Das hier lag völlig jenseits ihrer Erfahrung. Abwartend schaute sie Evan an. Ob ihn vielleicht die kraftvollen Typen mittlerweile dermaßen langweilten, daß er sich zur Abwechslung einmal ein etwas kraftloseres Gegenüber wünschte? Oder wollte er einfach mit einem anderen Yale-Absolventen nostalgische Gespräche über die Jahre an der Uni führen? Sie tranken eine Flasche Wein, tauchten dicke Brotstücke in Olivenöl, und Ann war betrunken, glücklich und völlig unvorbereitet, als Evan sie bat, für ihn zu arbeiten.

»Was?« sagte sie. »Was soll das heißen, für Sie arbeiten? Was könnte ich denn bei Ihnen machen?«

»Ich habe eine freie Stelle«, sagte Evan. »Eine Stelle als Partnerin. Sie wären eine richtige Literaturagentin, nicht nur die Assistentin von irgend jemandem. Harry scheint Ihre Fähigkeiten offensichtlich nicht zu sehen. Sie wissen offensichtlich so viel mehr als die anderen dort, und ich denke, wenn sie jetzt nicht da rauskommen, dann nie mehr. Evan bot ihr ein Gehalt, das ihr bisheriges um neuntausend Dollar überstieg, auch wenn er sie warnte, daß sie in ein paar Jahren wie alle anderen auch auf Provisionsbasis arbeiten müsse.

Normalerweise hätte Ann geantwortet, sie müsse einen Tag darüber nachdenken, und dann wäre sie so schnell wie möglich nach Hause gefahren, um Lisa anzurufen. Sie hätte Lisa sogar im Krankenhaus ausrufen lassen, und sie hätten sich später getroffen, um über alle Fragen und Probleme zu sprechen, die ein Job bei Evan Bright mit sich bringen würde. Lisa hätte ihr geholfen, eine Liste mit Vor- und Nachteilen zu machen. Lisa hatte die Kunst der Liste perfektioniert. Aber jetzt gab es keine Lisa mehr, zu der man gehen konnte, nur noch Meredith, und das war nicht dasselbe. Ann starrte in ihr Weinglas. Es war nur noch ein kleiner Rest darin, eine dünne goldene Münze. Sie hob das Glas trotzdem an die Lippen, nur um etwas zu tun. Durch die Wölbung des Glases sah sie, daß Evan sie beobachtete und auf ihre Antwort wartete, seine wolligen, dunklen Augenbrauen erwartungsvoll angehoben. Gott, er war verrückt, alle haßten ihn. Sie mußte wahnsinnig sein, für ihn zu arbeiten. Der große Artikel über ihn, der letztes Jahr in einer Zeitschrift erschienen war, hatte seinen Ruf als totalen Spinner für immer besiegelt. Einmal war er als Ägypter mit Fez und dunkler Sonnenbrille verkleidet, zur Arbeit gekommen und hatte darauf bestanden, nach oben gelassen zu werden, um »Mr. Bright« zu besuchen, obwohl er keinen Termin hatte, nur um zu sehen, wie zuverlässig die Sicherheitsleute im Haus waren. (Nicht sehr.) Einmal hatte er ein Rennen mit lebendigen Hummern im Gang seines Büros veranstaltet. Telefonierte er mit London, bekam er regelmäßig Wutanfälle. Seine Frau, die mit den Zwillingen zu Hause und zutiefst unglücklich war, erschien gelegentlich in seinem Büro, ein Baby unter jedem Arm, setzte die beiden auf seinen Schreibtisch und sagte: »Hier! Jetzt kümmerst du dich eine Zeitlang um sie! Dann siehst du mal, wie das ist!«

Aber Ann mochte Evan trotzdem. Es war beinahe pervers; er konnte einem sicherlich auf die Nerven gehen, war verschroben und ziemlich eingebildet, mit seinen maßgeschneiderten Hemden und seinen dicken, teuren Füllern, die blutrote Tinte verströmten. Aber sie haßte ihre Arbeit bei Eberhardt, und wegen dieser Arbeit haßte sie schon fast ihr ganzes Leben. Es muß doch etwas Besseres geben, dachte sie oft, doch ihr fiel nie etwas ein. Wenn sie wirklich selbstbewußt wäre, so wie Meredith, dann würde sich ihr das Leben auf wunderbare Weise öffnen. Oder wenn sie wirklich altruistisch wäre, so wie Lisa, dann hätte sie das Gefühl, sie hätte eine Aufgabe. Aber wie die Dinge lagen, war sie eine Frau, die in einem Job arbeitete, der keinerlei Aussicht bot, lebte mit einer anderen Frau zusammen und redete sich ein, sie sei lesbisch, während sie unter dem Verlust einer Freundschaft litt, die über viele Jahre hinweg wahr und leidenschaftlich geblieben war. Und hier war Evan, der mit seinem Weinglas, seinen Groucho-Augenbrauen und seinen strahlend großen Zähnen winkte. Also akzeptierte sie ohne Umschweife, und sie verbrachten die restliche Zeit des Mittagessens damit, viel zu trinken. Als Ann wieder ins Büro kam, war sie so betrunken, stinkend und aufgedreht wie ihr Chef Harry, wenn er von einem dieser unglaublichen Lunches zurückkehrte.

Ann kündigte in der darauffolgenden Woche und fing ihre Arbeit als literarische Agentin an. Es war irre, endlich ein eigenes Büro zu haben, mit Wänden, die bis zur Decke reichten, und einem Fenster mit Ausblick aufs Rockefeller Center. Es war sehr amüsant, Evan jeden Morgen zu treffen, in seinen makellosen Hemden und den Manschettenknöpfen. Er lobte Ann für die kleinste ihrer Bewegungen, nannte sie »clever«, »ein Naturtalent«, und irgendwann schaffte sie es, mit Hilfe seiner Streicheleinheiten, die Aggressivität dieses Geschäfts zu genießen, die milde Litanei von Drohungen am Telefon, die energiegeladene Anspannung, wenn man sich um den Verkauf eines Titels an den Meistbietenden bemühte. Dieselben dünnen, ätherischen Autoren, die sie bei Eberhardt immer verachtet hatte, liefen jetzt durch Evans Büroräume, aber sie verachtete sie nicht mehr so wie früher. Nein, sie waren in ihrem Team. Nicht Ressentiment, sondern Repräsentation war jetzt angesagt.

Die Arbeit war nervenaufreibend, und zu Hause stritten sich Ann und Emily heftig über nichts, wie ein frischverheiratetes Ehepaar: Wer muß die Badewanne schrubben, wer hat den Becher Kaffeejoghurt von vorletztem Jahr ganz hinten im Kühlschrank stehenlassen? Emily meinte, es würde Ann ganz gut tun, wenn sie ein Wochenende wegführe, und Ann war einverstanden. An einem Freitag abend setzte sie sich allein in den Zug nach Magatuck. Sie saß am Fenster einer dreisitzigen Reihe, lehnte sich gegen das verschmierte Glas und dachte daran, wie oft sie diese Strecke nach Magatuck und zurück schon mit Lisa und Meredith gefahren war. Als Tennager waren sie wirklich zum Washington Square Park gefahren, um Joints von Drogenhändlern zu kaufen. Wenn man das heutzutage noch täte, dachte Ann, würde man wahrscheinlich Rattengift inhalieren und innerhalb von fünf Minuten tot umfallen. Aber damals in den Siebzigern, als die Welt noch offen und frei und relativ harmlos zu sein schien, da streunten die drei Mädchen durch die Stadt, als wäre sie ein einziges großes Wohnzimmer. Sie gingen zum Mittagessen ins Serendipity, saßen unter den Tiffany-Lampenschirmen und aßen riesige Icecream-Sundaes, mit Ausnahme von Meredith, die immer Kaffee bestellte, schwarz natürlich. Sie gingen zur Burlington Mill, wo sie auf einem Laufband standen, das sie an Ausstellungsstücken über die Teppichweberei vorbeirollen ließ. Sie gingen zu Bloomingdale's und ließen sich kostenlos schminken, und dann verbrachten sie die Heimfahrt damit, sich die ganze Farbe vom Gesicht zu wischen, bevor sie in den Bahnhof von Magatuck einfuhren.

Jetzt wartete Anns Mutter auf dem Bahnhofsparkplatz in ihrem sportlichen, kleinen, roten BMW, den sie sich vor kurzem gekauft hatte. In Anns Kindheit hatte sie immer irgendwelche Familienkutschen gefahren, aber sobald sie erwachsen und aus dem Haus war, hatte sich der Geschmack ihrer Eltern schlagartig geändert. In der Woche, in der Ann nach Yale ging, meldeten sie sich zu einem chinesischen Kochkurs an, und seit kurzem versuchten sie, sich selbst die Kunst der Kalligraphie beizubringen.

»Na, wie ist das Leben als Agentin, Kind?« fragte ihre Mutter, als Ann in das kleine Auto stieg. Im Radio lief ein New-Wave-Sender.

»Ach, weißt du«, sagte Ann, und während der Fahrt zum Pleasant Meadow Court erzählte sie Anekdoten aus ihrem Job. Als ihr nichts mehr einfiel, erzählte sie ihrer Mutter von dem Streit mit Lisa.

»Das ist zuviel für mich, da kann ich nicht mithalten«, sagte Adele. »Erst wirst du lesbisch und Literaturagentin, und jetzt erzählst du mir, daß ihr keine Freundinnen mehr seid. Was kommt als nächstes?«

Sie fuhren beim Burger Man vorbei, an einem Discountschuhladen und bei World of Pools, und Ann fühlte sich so von nostalgischen Gefühlen überwältigt, daß sie schon beinahe überlegte, wieder zu ihren Eltern zu ziehen. Sie müßte ja nicht offiziell mit Emily Schluß machen; sie würde einfach nicht mehr in die Wohnung zurückkommen. Es war so viel schöner hier in den Vorstädten, zumindest was den materiellen Komfort betraf. Hier konnte man unter dicken Steppdecken schlafen, nur dem Zirpen der Grillen draußen lauschen und dem Kühlschrank um Mitternacht, wenn er sich umstellte.

»Sag mal«, fragte Adele, »hab ich dir eigentlich schon von dem Mädchen erzählt, das meine beste Freundin war, als ich so alt war wie du? Sie hieß Marlene Kafka.«

»Ich glaube, ich erinnere mich an den Namen«, sagte Ann.

»Ach, sie war ein tolles Mädchen«, sagte Adele. »Wir hatten immer wahnsinnig viel Spaß zusammen. Wir sind übers Wochenende nach Atlantic City gefahren, und wir haben in Greenwich Village einen Kurs über abstrakte Malerei besucht. Wir haben uns unheimlich nahegestanden. Sie sah gar nicht besonders aus, Marlene Kafka. Ja, sie hatte eigentlich ein Gesicht wie eine Flunder, dafür aber ein flottes Mundwerk.«

»Wie meinst du das, ›ein Gesicht wie eine Flunder‹?« fragte Ann.

»Die Augen«, sagte Adele. »Es sah aus, als wären sie auf einer Seite des Kopfes. Asymmetrisch. Sie sah wirklich merkwürdig aus, Ann. Männer mochten sie, aber, ganz ehrlich, nicht zum Vögeln.«

»Ma!« sagte Ann. »Paß auf, was du sagst. Es sind Kinder anwesend.«

»Na ja, es stimmt aber«, sagte Adele. »Du kannst mich ja anzeigen. Auf jeden Fall, als ich dann deinen Vater kennengelernt habe, da hat Marlene Kafka gesagt, daß sie mir gegenüber einfach ehrlich sein muß, und daß sie ihn weder für interessant noch für kultiviert genug für mich hält. Also habe ich sie fallengelassen wie eine heiße Kartoffel, einfach so. Sie hat mich beleidigt. Sie hat jahrelang versucht, es wiedergutzumachen, hat deinen Vater und mich zu kleinen Zusammentreffen bei ihr zu Hause eingeladen. Sie hat nie geheiratet, aber häufig lustige kleine Parties in ihrer Wohnung gegeben – Weinproben, Séancen, Fondueabende –, aber wir sind nie hingegangen. Irgendwann hat sie dann aufgehört, uns einzuladen. Bis zum heutigen Tag weiß ich nicht, was aus ihr geworden ist. Es war eine schöne Freundschaft, aber sie mußte enden.«

»Das ist aber was anderes«, sagte Ann, als das Auto die Auffahrt hochfuhr. »Wir sprechen von keinem flundergesichtigen Mädchen. Wir sprechen von Lisa.«

»Du kommst darüber weg«, sagte Adele und tätschelte Ann das Knie. »Immerhin bist zu meine Tochter.«

Das stimmt in der Tat, und Ann kam über Lisa weg, aber ihre Mutter verstand das eindeutig nicht. Adele räumte der Freundschaft nur einen niedrigen Rang im Vergleich zur Ehe ein. Frauen waren entbehrlich; sie kamen und gingen, folgten ihren Ehemännern in neue Städte, neue Leben, tauchten ein in die Welt ihrer Kinder, kümmerten sich um Halloweenkostüme und Geburtstagsfeiern. In ihrem Umkreis waren meistens nur Paare miteinander befreundet, es war wie ein riesiger Square Dance, und Adele betrachtete Anns Zuneigung zu Lisa als reinen Auswuchs ihrer lesbischen Tendenzen. Die Liebe zu Julie Andrews, das Klammern an andere Mädchen; alles addierte sich, so daß ein von der Norm abweichender Lebensstil als Erwachsene eigentlich vorhersehbar war. Aber es ehrte ihre Mutter, daß sie Emily mittlerweile richtig mochte. Am Anfang hatte sie sich ein Buch aus der Bibliothek ausgeliehen: *Mein Kind ist homosexuell!* Nach einer Weile gewöhnte sie sich nicht nur an die Vorstellung, sondern schien Emilys Anwesenheit sogar zu genießen. Emily war modisch; einmal nahm Adele sie sogar zum Einkaufen in die Stadt mit, und als sie, mit Einkaufstüten beladen, zurück in die Wohnung kamen, kicherten sie immer noch über irgendeine ungeschickte Verkäuferin. Adele hatte sich mit der Tatsache abgefunden, daß Ann Frauen bevorzugte. Aber das mit Lisa würde sie nie verstehen.

An diesem Wochenende in Magatuck waren Anns Eltern permanent in Bewegung. Sie demonstrierten ihr die Fortschritte, die sie in der Kalligraphie machten. Sie kochten diverse wegen der Maisstärke klebrige chinesische Gerichte, die aber dennoch lecker schmeckten. Frühmorgens zeigten sie ihr eine Yogaübung, die »Gruß an die Sonne« hieß. Am

Sonntag nachmittag war Ann erschöpfter denn je und bereit, wieder in die Stadt zu fahren. Auf der Rückfahrt dachte sie über ihre Mutter und Marlene Kafka nach, zwei Mädchen, die zusammensaßen und Zigaretten rauchten, zu einer Zeit, als noch niemand wußte, daß jede Zigarette ein Sargnagel war. Sie sah, wie die beiden im Village vor einer Staffelei standen und verzweifelt versuchten, sich eine Obstschale als frei im Raum treibende Farbkreise vorzustellen. Wo waren diese anrührend scheußlichen Ölbilder jetzt? Verschwunden, ausrangiert, wie Marlene Kafka selbst. Anns Mutter war nicht grausam, sie war nur vernünftig. Manchmal mußte man einfach weiterziehen: neue Freunde finden, einen neuen Job, ein neues Leben. Das traf auch auf Ann zu: Lisa verschwand schnell, und Meredith nahm ihren Platz ein.

In der folgenden Woche arrangierte Ann ein blind date für Meredith. Eigentlich war es gar kein richtiges Rendezvous; es war ein Bowlingabend, der von Emilys Büro bei der Rechtshilfe veranstaltet wurde, in einem Bowlingcenter am Ende der West 40s. Was es zu einem Rendezvous machte, war die Tatsache, daß Emilys gutaussehender und ungebundener Kollege Dale Sanger kommen würde, und Emily glaube, daß er Meredith gefallen könnte. Zuerst weigerte sich Meredith hinzugehen. Sie hatte gesagt, sie leide schließlich nicht unter einem Mangel an Männern; sie würde sogar zu viele kennen, und die meisten interessierten sich für sie, aber jeder sei auf seine Art enttäuschend. »Komm schon«, feixte Ann. »Seit Debby Garners Party zu ihrem zehnten Geburtstag in Magatuck warst du nicht mehr beim Bowling.« Zu Anns Überraschung erklärte sich Meredith einverstanden.

Und da war sie jetzt, schlüpfte aus ihren matt-kakaobraunen Designer-Pumps und zog ein Paar Bowlingschuhe an. Musik aus den Sechzigern dröhnte aus den Lautsprechern des Bowlingcenters: die Monkeys sangen »I'm a Believer«, und das war genau das Richtige für diese Gesellschaft nostalgischer, junger, wohltätiger Rechtsanwälte und ihrer Freunde. An der Bar gab es farbenfrohe geeiste Drinks, ansonsten spielte man aufgedreht, ausgelassen und nicht besonders sportlich Bowling. Meredith blickte sich im Raum um, und sie brauchte nicht lange, um herauszufinden, wer der Mann war, den sie auf Anns Wunsch hin kennenlernen sollte. Dale hatte längeres, silbriges Haar und ein schönes Gesicht, wie Montgomery Clift. Er war der weitaus größte, bestaussehende Mann hier, und Meredith war die größte, bestaussehende Frau. Wenn ihre langen, teuren Straßenschuhe im Dunkel eines Fachs nebeneinander verstaut worden wären, dann hätten sie sich wahrscheinlich umstandslos gepaart. Meredith und Dale wirkten so über die Veranstaltung erhaben, schienen sich nur für diesen einen Abend unter das gemeine Volk gemischt zu haben, mit ihren Haaren, die voller und elastischer waren als die der anderen, mit ihren perfekt durchtrainierten Körpern in der lässigen Kleidung. Sie waren zwei Menschen, die so offensichtlich nicht hierhergehörten, die für einen geselligen Abend versuchten, ganz normal zu sein, zwei besondere Menschen, die jetzt, in dieser Minute, zusammen ins Bett gehörten.

Als sie ihn so aus der Ferne betrachtete, bekam Meredith plötzlich Angst. »Ich will das nicht«, sagte sie zu Ann. »Ich trage Bowlingschuhe! Ich sehe aus wie ein Hofnarr. In diesen Schuhen könnte ich mir doch irgendwas holen. Einen Bowlingpilz oder sowas.«

Aber plötzlich war es zu spät, sich noch anders zu entschließen, denn Emily war mit Dale herübergekommen.

»Dale Sanger, das ist Meredith Grey«, sagte Emily, als wäre es sowieso überflüssig, da dieser Gott und diese Göttin auch ohne ihre Intervention einen Weg gefunden hätten, miteinander zu sprechen.

Dale starrte Meredith an. »Meredith Grey«, sagte er. »Mir gefällt Ihre Sendung. Ich habe Sie sogar bei dieser Spendenaktion letzte Woche gesehen.«

»Die Telefonaktion?« fragte Meredith. »Aber ich war um vier Uhr morgens auf Sendung.«

»Na ja, Rechtsanwälte gehen spät ins Bett«, sagte Dale. »Sie waren wirklich bezaubernd, deshalb habe ich angerufen und etwas gespendet.

»Ja?« sagte Meredith. »Das ist wirklich nett.«

»Es muß Ihnen doch auf die Nerven gehen, daß die Leute ständig um sie herumscharwenzeln«, sagte Dale.

»Es strengt sie an«, sagte Ann.

»Sie braucht Tage, um sich wieder zu erholen«, sagte Emily.

»Ich will nur sagen, daß ich Sie großartig finde«, sagte Dale.

»Vielen Dank«, sagte Meredith.

Er kam näher. »Ich habe eine Tasse bekommen«, sagte er.

»Für fünfundzwanzig Dollar mehr hätten Sie eine Einkaufstasche haben können«, sagte Meredith.

»Verdammt!« sagte Dale.

»Meine Wohnung ist bis obenhin voll mit Einkaufstaschen«, sagte Meredith.

»Die würde ich mir gern mal ansehen«, sagte Dale.

Ann und Emily, die an der Seite standen, beobachteten die beiden erstaunt. »Schaust du sie dir bitte mal an?« flüsterte Emily. »Es ist ekelhaft. Brünstige Heteros.«

»Ach, hör auf«, sagte Ann.

»Es ist doch klar, daß sie es heute nacht machen«, fuhr

Emily fort. »Heterosexuelle sind so plump. Keine Nuancen. Er will mit ihr vögeln, sie will mit ihm vögeln, und so ist es. Wahrscheinlich sind sie nicht fähig, beim Bowling die Finger voneinander zu lassen. Bald werden sie mitten auf Bahn sechs auf allen vieren kriechen und es wie die Hunde machen …«

»Hör auf!« wiederholte Ann. »Zeig mir lieber, wie ich die äußersten Kegel abschießen soll.« Sie nahm Emily mit, und sie spielten ein paar traurige Spiele, aber Ann ertappte sich ständig dabei, wie sie in Abständen zu Bahn sechs hinübersah, um einen Blick auf das zu erhaschen, was so eindeutig und unvermeidlich der Gang der Liebe war.

DREIZEHN

Wie viele Frauen versuchte Meredith, die Drei-Tage-Regel einzuhalten, wenn Sex mit ins Spiel kam. Beim ersten Treffen vergewissert man sich, daß der Partner attraktiv und interessant ist, beim zweiten Treffen erzählt man sich ein paar bewegende und offenherzige Einzelheiten aus seinem Leben, so daß beide beim dritten Treffen mit dem Kopf voran ins Bett hechten und sich sagen können, daß man ja schließlich nicht mit einem Fremden schläft. Niemand schien zu wissen, wie die Drei-Tage-Regel entstanden war, obwohl alle sie offenbar kannten. Männer hatten keine Entsprechung zu dieser Regel; sollten sie so etwas wie Keuschheit überhaupt messen, dann taten sie das in Minuten, nicht in Tagen.

Aber an dem Abend, an dem sich Meredith und Dale beim Bowling kennenlernten, merkte sie, daß sie versuchte, die drei Tage zu einem zu verkürzen, so daß der Abend irgendwie im Bett enden könnte. Sie hatten sofort angefangen zu flirten. Sie standen auf dem polierten Boden der Bowlingbahn, sprachen eine Weile miteinander, und dann versuchten sie Bowling zu spielen. Dale konnte es ganz gut, aber Meredith nicht. Er lachte sie nicht aus, sondern zeigte sich mitleidig, als die Kugel jedesmal wieder nach links abdriftete. Einmal fragte er sie, ob er sie schnell unterrichten solle, und sie war einverstanden. Dale stellte sich neben sie, sprach von »Bahnen« und »Schwung«, und sein Arm lag locker um ihre Taille und hielt ihren Ellbogen. Er blieb so stehen und sprach ernst weiter. Sie spürte seinen Atem in ihrem Haar, und sie stellte sich vor, daß er sie auf den Hals küßte. Schließlich gab er es auf, überhaupt etwas zu sagen, und sie standen einfach einen Augenblick eng aneinandergedrückt da.

»Das ist sehr merkwürdig«, gelang es Meredith zu sagen. »Was machen wir? Ich kenne dich nicht mal.«

»Ich sage dir alles«, sagte er schnell. »Ich bin vierzig. Geschieden. Ich habe ein Spezialgericht, um Frauen zu beeindrucken: Huhn mit Pekannüssen. Frauen mögen Gerichte mit Nüssen, frag mich nicht, warum.« Er machte eine Pause und sah sie an. »Und was ist mit dir?« fragte er. »Gibt es irgendwas, das ich wissen sollte?«

»Mein richtiger Name ist Guzzi«, sagte Meredith.

»Guzzi Grey?« fragte Dale verwirrt. »Was ist denn das für ein Name?«

»Meredith Guzzi«, sagte sie. »Und in zwei Wochen werde ich dreißig, kannst du dir das vorstellen? Ich will einen Geburtstagskuchen mit Biovitalglasur.«

»Warum denn?« sagte Dale. »Dreißig ist doch toll. Es passieren wunderbare Sachen. Ich habe mit dreißig geheiratet.«

»Aber es hat nicht gehalten«, sagte Meredith. »Ich heirate nie.«

»Warum sagst du so was?« fragte Dale.

»Das macht alles kaputt«, sagte Meredith. »Ich habe eine Freundin, Lisa – na ja, sie war meine Freundin, aber wir sprechen nicht mehr miteinander –, und sie war die erste von uns, die geheiratet hat, und es hat ihr Leben ruiniert. Total. Es ist ziemlich traurig, was mit den Leuten passiert.«

»Das hier ist nicht traurig«, sagte Dale. »Was hier passiert.«

»Nein«, sagte sie sanft.

»Andererseits«, fuhr er fort, »hast du vielleicht recht. Wir sollten sofort aufhören, bevor alles zu tragisch wird.« Er streichelte ihr über die Haare, und sie holte einmal kurz und tief Luft.

»Wir sollten hier raus, solange wir noch dazu fähig sind«, sagte sie, ihre Augen schlossen sich, und ihr Körper fing an, Chemikalien zu produzieren.

»Übrigens«, sagte er, »schöne Schuhe.« Und dann lagen sie sich in den Armen.

Später an diesem Abend wartete sie in seinem Bett auf ihn, einem großen, dunklen Feld, das nach einem Waschmittel duftete, das sie nicht kannte. Das Zimmer war ein bißchen kalt, aber er hatte eine schwere Daunendecke, die einen mit dem unglaublichen Gewicht der ganzen Federn aufs Bett drückte. Dales Loft war ein großer, ungeteilter Raum ohne jedes Durcheinander, ohne versteckte Staubquasten, ohne Putzmittelspritzer im Umkreis der Küche. Ein elegantes, scharzes Telefon stand auf einem Halbkreis aus schwarzem Marmor, und die Seife im Badezimmer war ein beigefarbenes Oval, das in einer schwarzen Glasschale lag und nicht – wie in der Wohnung manch anderer Männer – in ihrer eigenen Suppe. Das äußere Drum und Dran war hier mehr als akzeptabel, und das gleiche galt für den Besitzer. Dale rutschte neben sie ins Bett, und ihr fiel auf, daß er sich schnell im Badezimmer rasiert hatte – eine rührende Geste, mit der er ihr wahrscheinlich das quälende Brennen auf der Haut ersparen wollte. Sie begannen sich vorsichtig zu berühren und zu küssen – diese angespannten ersten Minuten, in denen jedes Geräusch verstärkt wird: jedes unbeabsichtigte Sauggeräusch beim Küssen, jede Silbe der Erregung, und dann unterbrachen sie sich kurz, um das obligatorische HIV-Status-Gespräch hinter sich zu bringen.

»Ich habe einen Test gemacht«, flüsterte sie. »Negativ.«

»Ich habe auch einen Test gemacht«, sagte er.

»Wann?«

»Vor kurzem.«

»Und?« fragte sie nervös.

»Bestanden«, sagte er. »Wenn auch nur knapp.«

Er benutzte ein Kondom, streifte es mit dem üblichen reuevollen Ausdruck über, gab währenddessen aber keine sarkastischen Kommentare von sich. Es freute sie, daß Dale nicht übermäßig dankbar zu sein schien, mit ihr hier zu sein. Immer, wenn Männer beim Sex dankbar wirkten, hatte Meredith den Verdacht, mit einem Verlierertyp ins Bett gegangen zu sein. Mit Dale war es keineswegs so. Sie konnte sich eine Heerschar gutaussehender Frauen vorstellen, die vor ihr in diesem Bett gewesen waren, und dieser Gedanke beunruhigte sie ein bißchen, so, als müsse sie sich nun besonders anstrengen, um ihn nicht zu verlieren. Sie war froh, daß sie heute teure Unterwäsche trug. Dale zog sie ihr aus, und als die Wäsche so schlaff in seinen großen Händen lag, wirkte sie lächerlich, als gehörte sie einer Kinderstripperin. Er warf die schwarze Unterwäsche in das schwarze Dunkel des Raums und widmete sich ihr.

Später schlief Dale glücklich ein, doch Meredith war hellwach, und so stand sie auf und ging in der Wohnung herum, um sich ein bißchen umzusehen. Dale war nicht nur ein leidenschaftlicher, intelligenter Mann, nein, alle Kleiderbügel in seinem Schrank waren auch noch aus Holz! Ja, dachte sie, der würde den Eisenbahntest definitiv bestehen. Sie würde auf einer Fahrt durch das ganze Land neben ihm sitzen. Nicht, daß sie eine solche Reise mit dem Zug machen würde, und wenn, dann würde sie natürlich einen Schlafwagen buchen. Aber sie wußte, welche Gefühle sie für ihn hatte. Meredith wollte gerade zufrieden ins Bett zurückkehren, als sie eine Bücherwand bemerkte. Sie sah etwas Beige- und Rostfarbenes, blickte hoch und stellte fest, daß es *Middlemarch* war, dieselbe Ausgabe, die Meredith hatte. Dale mochte George Eliot. Das mußte Schicksal sein. Er war belesen, vielleicht sogar gebildet. Vielleicht würde er auf Cocktailparties Witze über Boswell und Dr. Johnson machen, und sie müßte so tun, als würde sie sie verstehen. Meredith stieg die Rolleiter hoch, holte das Buch aus dem Regal und nahm es mit ins Bett.

»Dale«, zischte sie.

»Was? Was?« Er fuhr hoch.

»Du hast *Middlemarch*!« sagte sie.

»Ah. Ja. Stimmt«, sagte er und legte sich wieder hin.

»Es ist mein Lieblingsbuch«, sagte Meredith. Sie schwieg und beschloß, die Wahrheit zu sagen. »Besser gesagt, es wäre mein Lieblingsbuch, wenn ich es je fertiggelesen hätte«, gab sie zu. »Aber ich habe einfach keine Zeit, wegen der Sendung und so.«

»Ich habe es nie gelesen«, sagte er. »Eine Frau hat es mir vor langer Zeit geschenkt, und es steht einfach im Regal. Ich muß leider zugeben, daß ich in der Literatur nicht sonderlich bewandert bin.«

»Wollen wir es zusammen lesen?« fragte sie schüchtern.

»Laut?« fragte er.

»Hm, ja«, sagte sie. »Ich kenne ein paar Leute, die zusammen Lesungen gemacht haben. Proust, Virginia Woolf, Dante. Das macht es irgendwie leichter, weil man jemanden hat, mit dem man darüber sprechen kann, weißt du?« Jetzt fing sie an zu quatschen und hatte das Gefühl, sie hätte alles ruiniert. »O Gott«, sagte sie, »du hältst die Idee für wirklich bescheuert.« Doch er lächelte sie einfach an, nahm ihr das Buch aus der Hand und fing an zu lesen.

Als Merediths dreißigster Geburtstag kam, war Dale bereits völlig in ihr Leben integriert. Jeder kannte die Freunde des anderen, sie hatten einander ihren Eltern vorgestellt, sie führten mehrmals am Tag verliebte Telefongespräche. Wozu brauchte sie Lisa, wenn sie das hier hatte? Meredith überlegte sogar, ob die intensive Freundschaft mit Lisa sie daran gehindert hatte, eine ebenso intensive Beziehung zu einem Mann zu haben. Bei ihrer Geburtstagsparty in einem prunkvollen Restaurant in Little Italy saßen sie und Dale nebeneinander, umgeben von Ann und Emily und mehreren anderen Leuten vom Sender, auch der Wok Lady und Hank, dem Handwerker. Alle waren gut aufgelegt und satt, und eine Frau an einem anderen Tisch hatte Meredith sogar erkannt und sie um ein Autogramm gebeten. Vielleicht war es doch nicht so schlimm, dreißig zu werden.

Gegen Ende des Abends stellte jemand einen Schichtkuchen auf den Tisch, der aussah wie ein riesiger Fernsehschirm. Ein Bild von Meredith aus Zuckerguß war darauf, und alle aßen Stücke von Merediths Gesicht und Schultern. Als der Kellner die Rechnung brachte, nahm Dale sie diskret an sich.

»Dale, nein«, sagte Meredith. »Ich habe alle eingeladen.«

»Wir beteiligen uns alle, Meredith«, sagte Ann.

»Auf keinen Fall«, sagte Meredith.

»Ich will aber irgend etwas dazu beisteuern«, sagte Ann. »Laßt mich wenigstens das Trinkgeld übernehmen.« Sie schaute Dale an, der zögerte.

»Na gut, wenn du unbedingt willst«, sagte er. »Das ist sehr nett von dir, Ann.«

Ann warf einen Blick auf die Rechnung, dann legte sie das Trinkgeld hin. Es war still, und dann fing Meredith an nachzuzählen. »Äh, Ann?« sagte Meredith. »Bitte versteht das nicht falsch, aber ist das alles, was du geben willst?«

»Natürlich nicht, Meredith«, sagte Ann. »Ich hab noch einen Krugerrand unter das Butterschälchen gelegt.«

»Es ist ja nur, weil ich mich mit solchen Sachen auskenne«, fuhr Meredith fort, »und ich finde, du solltest etwas mehr geben, wenn du kannst.«

»Wenn ich kann?« fragte Ann. »Was soll das denn jetzt heißen? Ich bin zwar etwas knapp, aber Ma Joad bin ich nun auch wieder nicht.«

»Das hab ich auch nicht gesagt«, meinte Meredith. »Aber ich kenne dich, und ich finde, es wäre ein bißchen gedankenlos von mir, anzunehmen, daß du genügend Geld bei dir hättest, um ein angemessenes Trinkgeld zu geben.«

»Es ist angemessen«, sagte Ann. »Ich habe es ausgerechnet. Es sind fünfzehn Prozent.«

»Entschuldige Ann, aber im Moment gibt man zwanzig. Ich habe erst letzte Woche etwas über Trinkgelder beim Fernsehen gemacht.«

»Also bist du Expertin«, sagt Ann.

»Mehr als manche anderen.«

»Du behauptest also, ich sei nicht fähig, in einem Restaurant ein Trinkgeld zu geben?« fragte Ann. »Daß ich irgendeinen Fernsehstar brauche, der es für mich macht?«

»Offenbar.«

»Weißt du«, sagte Ann, »erst neulich war ich mit Diane Sawyer beim Abendessen. Wir waren in einem Steakhaus, und dort haben sie nicht mal geguckt, wieviel wir liegengelassen haben.« Die anderen hatten angefangen, der Unterhaltung zu lauschen, aber Meredith und Ann waren jetzt nicht mehr zu bremsen.

»Meredith«, fuhr Ann fort, »du weißt einfach nicht, wie man einen einzigen Abend verbringt, ohne jemand zu kritisieren.«

»Das ist keine Kritik«, beharrte Meredith. »Es ist einfach nur ein entschiedener Vorschlag.«

»Ja, *mein Führer.*«

»Ach, leck mich doch«, sagte Meredith.

»Leck mich«, sagte Ann.

Dale nahm Meredith am Arm und sagte nervös: »Ich verstehe. Das ist die Episode, wo Lucy und Ethel zufällig das gleiche Kleid anhaben.«

Also verlegten sie den Streit in die Damentoilette, die mit italienischen, rosafarbenen Kacheln gefliest war und auf deren Ablage ein Tablett mit diversen Haarsprays, Mundwassern und Kämmen stand. Eine Toilettenfrau saß auf einem Hocker in der Ecke. Aus einem Lautsprecher in der Decke erklang dezent »Volare«. Meredith und Ann standen vor der Wand mit den Waschbecken und dem großen Spiegel und stritten. Hier konnten sie ihrer Wut freien Lauf lassen; hier waren keine anderen Gäste, und die Toilettenfrau wirkte so starr und neutral wie eine Statue. Vor ihr konnten sie alles sagen, und sie sprachen immer lauter.

»Du mußt aus allem einen Streit machen«, sagte Meredith. »Du bist eine gottverdammte Exhibitionistin. Alles muß in der Öffentlichkeit breitgetreten werden. Kein Wunder, daß Lisa das nicht mehr ausgehalten hat.«

»Wie bitte?« sagte Ann. »Plötzlich bin ich diejenige, die sie nicht mehr ausgehalten hat? Und was ist mit dir? Was ist mit deinem ständigen Gejammer? Du bist die PMS-Königin des Jahres, und das hat Lisa zum Wahnsinn getrieben.«

»Das geht aber ganz, ganz weit zurück, oder?« sagte Meredith. »Wir waren nie dafür geschaffen, Freundinnen zu sein. Wir waren nicht einmal dafür geschaffen, überhaupt irgend etwas miteinander zu tun zu haben. Daß das doch der Fall ist, liegt nur an einem verrückten Zufall – wie wenn sich zwei Leute kennenlernen, weil sie zusammen in einem Aufzug gefangen sind.«

»Dann verlaß den Aufzug doch«, sagte Ann.

»Mach ich auch«, sagte Meredith.

»Gut«, sagte Ann. »Und geh zurück zu deiner Geburtstagsparty. Ich bin mir sicher, sie brennen darauf, mehr tolle Fernsehgeschichten zu hören.«

»Was ist mit dir?« fragte Meredith leise. »Du kannst einfach nicht nett zu mir sein. Ist es ein genetischer Defekt, oder was ist es?«

»Meredith, kannst du für gar nichts die Verantwortung übernehmen?« fragte Ann. »Wir haben die Sache zusammen versaut. Ich bin nicht allein schuld. Du bist nicht allein schuld. Es liegt an dieser fürchterlichen Kombination.«

»Wenn Lisa da wäre, würde sie alles wieder in Ordnung bringen«, sagte Meredith. »Sie würde etwas richtig Kitschiges machen, uns zum Beispiel vor den Spiegel stellen und sagen: ›Seht ihr, was ihr da macht?‹«

Als hätten sie es geprobt, wandten sie sich zum Spiegel und sahen sich an. Sie waren beide rot im Gesicht, erhitzt, ein bißchen lächerlich. Ann versuchte ein Lächeln. Es wäre beinahe ein Moment des *rapprochement* geworden, aber Meredith mußte sich unbedingt genauer ansehen und ihr Kinn sorgfältig untersuchen, »Na toll«, sagte sie, »deinetwegen bin ich ganz fleckig. Genau das, was ich brauche. Ich bin morgen früh auf Sendung.«

Ann trat einen Schritt zurück; jetzt war sie wieder wütend. »Dreht sich eigentlich alles nur um dich, Meredith?« fragte sie. »Alles? Vielleicht gibt es tatsächlich etwas, was du nicht nur unter diesem egoistischen Gesichtspunkt betrachten kannst. Wir wär's mit dem Versailler Vertrag. Damit hattest du nichts zu tun, oder?«

»Wenn ich dich so ankotze, Ann«, sagte Meredith, »was soll das Ganze dann?«

»Das möchte ich auch gern wissen«, sagte Ann.

Meredith besprengte sich das Gesicht mit Wasser. Am Waschbecken daneben wusch sich Ann die Hände.

»Ich versteh überhaupt nicht, wie ich jemals glauben konnte, daß wir miteinander auskommen«, sagte Meredith. »Diese Freundschaftsrenaissance war absoluter Quatsch. Die ganzen Telefongespräche, die Pediküren – deine Fersen sind übrigens wirklich in schlechter Verfassung –, diese ganze aufgesetzte Frauenfreundschaft. Nur weil Lisa nicht da ist. Sie ist diejenige, die wir wollen. Es hat keinen Sinn, weiterzumachen. Diese Scheiße brauch ich nicht mehr.«

»Ich auch nicht«, sagte Ann bissig. »Ich fahr heim.« In diesem Moment sprang die Toilettenfrau plötzlich auf und reichte ihnen beiden grimmig ein Papierhandtuch. Ann langte in ihre Tasche und fischte ein Trinkgeld heraus, das sie in den Teller auf der Ablage legte. Meredith beäugte es kritisch und öffnete den Mund, um zu protestieren. »Kein Wort«, warnte Ann, und Meredith gehorchte.

Als es wärmer wurde, machten Dale und Meredith einen Tai-Chi-Kurs im Park. Sie trugen ähnliche Anzüge, standen im Gras und bewegten wie bei einem trägen Unterwasserballett synchron Arme und Beine. Sie machten eigentlich alles zusammen und verbrachten jede Nacht in seiner oder ihrer Wohnung. Alles war ganz schnell und ganz natürlich geschehen, und Meredith hatte das Gefühl, sie hätte ohnehin nicht mehr viel Zeit für Ann oder Lisa übrig, selbst wenn sie noch mit ihnen befreundet wäre, und so machte es ihr nicht viel aus, daß sie nichts mehr miteinander zu tun hatten.

Einmal hatte Dale ein befreundetes Ehepaar zum Abendessen in seine Wohnung eingeladen. Beide waren Juradozenten, sehr lebhaft und angenehm. Der Mann sah gut aus und war unterhaltsam, und die Frau nahm Meredith beim Kaffee zur Seite und versuchte, sie näher kennenzulernen. Sie machten vage Pläne, nächsten Sommer ein Haus in der Toscana zu mieten. »Ich wollte schon immer mal in die Toscana«, hörte Meredith sich sagen, als sei es wahr. Italien hatte sie zwar wirklich immer interessiert, aber ihr Wissen über die Toscana begrenzte sich auf die dicken toskanischen Brotlaibe, die sie manchmal bei Zabar's kaufte. Trotzdem klang die Idee gut, und junge Paare machten das doch so: sie träumten, sie machten Pläne. Beim Abschied waren alle angeregt und bester Laune. Nachts lagen Meredith und Dale im Bett und versuchten, ein paar Worte auf italienisch zu sagen. »Pronto«, sagte er mit rollendem »r«.

»Capezio's«, sagte sie. »Mastroianni.«

Jeden Morgen zogen sie ihre Jogginganzüge an und liefen im Park ein paar Runden. Seit sie mit Dale zusammen war, war Merediths Körper fester und kräftiger als je zuvor, und manchmal dachte sie, daß Lisa und Ann sie gar nicht erkennen würden, wenn sie ihr jetzt begegneten. Sie dachte immer, sie würde ihnen eines Tages bestimmt einmal über den Weg laufen: im Park, im Kino, bei Bloomingdale's. Aber die Stadt war zu groß dafür; sie trug alle in unterschiedliche Ecken, sie lehrte einen, schnell zu laufen und auf der Straße keinen Blickkontakt herzustellen.

Der erste Montag des Monats nahte. Obwohl dieses Datum jetzt keine Bedeutung mehr hatte, mußte Meredith doch ständig daran denken. »Ich weiß, daß Lisa nicht in den Lucky Wok kommt«, sagte sie eines Nachts im Bett zu Dale. »Sie sagte, sie wird da keinen Fuß mehr reinsetzen, solange sie lebt. Aber meinst du, Ann kommt vielleicht? Wir haben ja schließlich das nächste Dinner nicht offiziell abgesagt.«

»Glaubst du wirklich?«, sagte Dale. »Nach dem Streit, den ihr an deinem Geburtstag auf der Damentoilette hattet? Du hättest euch mal hören sollen. Die Akustik war erstaunlich.«

Sie wußte, daß er recht hatte, und sie planten, am Montag abend zu Hause zu bleiben und eine Pizza zu bestellen. Aber Meredith war trotzdem nicht überzeugt. Das ganze Wochenende ging es ihr nicht aus dem Kopf, und als es Montag abend war, sagte sie zu Dale, er würde sie wahrscheinlich für bescheuert halten, aber sie müsse einfach zum Lucky Wok und sich davon überzeugen, daß Ann nicht auf sie wartete.

Im Lucky Wok war sehr viel los, als Meredith ankam. »Guten Abend!« sagte der Besitzer. »Sie sind die erste heute!« Er brachte Meredith an den üblichen Tisch.

»Heute abend«, sagte Meredith, »sind wir nur zu zweit. Vielleicht auch nur ich allein. Ich weiß es noch nicht genau.«

Sie setzte sich an den Tisch und wartete. Die Tür ging ständig auf und ließ neue Gruppen herein. Gäste standen im Eingang und sahen sich suchend im Restaurant um, bis sie ihre Freunde gefunden hatten. Mäntel wurden ausgezogen, Wangen geküßt, Kellner trugen Tabletts hoch über ihren Köpfen. Es wurde spät. Meredith trank ein Wasser, nahm die Speisekarte und warf einen halben Blick darauf. Sie kannte sie schon lange auswendig. Die Gerichte waren ihr mittlerweile so vertraut wie ihr eigener Name. Manche hatten merkwürdige Namen; eines hieß »Shrimp gegen Huhn«, als führten Meeresfrüchte und Geflügel einen uralten, sagenumwobenen Kampf.

Meredith saß allein da, las die Speisekarte und überlegte, ob sie wieder gehen sollte, als plötzlich ein Kellner mit einem brennenden Teller auf sie zu kam. Die Gäste schauten ihm nach, um zu sehen, wem dieser Teller serviert wurde.

»Brutzelndes Ingwerhühnchen«, sagte der Kellner. »Mit schönen Grüßen.«

»O Gott«, sagte Meredith. »Das darf nicht wahr sein. Hören Sie, das ist kein guter Abend. Ich glaube nicht, daß ich bleibe; meine Freundin ist noch nicht gekommen, und ich wollte gerade gehen. Ich kann das nicht essen. Wer auch immer mir das geschickt hat, bitte sagen Sie ihm, daß ich mich freue und so weiter, aber ich muß es wirklich zurückschicken.«

»Der Gast sagt, Sie sind eine sehr schöne Frau«, beharrte der Kellner.

»In Ordnung«, sagte Meredith. Sie seufzte. »Wer ist es?« Der Kellner deutete in den vorderen Teil des Raums. Meredith schaute in die Richtung, und da stand Ann neben der Kasse, sie hatte den Mantel noch an und grinste auf ihre vertraute Weise.

Einen langen Moment sahen sie sich einfach nur an, und dann ging Ann zum Tisch, um Meredith zu helfen, die Flammen zu löschen.

Das Essen verlief so ungemütlich und vorsichtig wie ein *blind date*. Ann erzählte von ihrer Arbeit bei Evan Bright, mit vielen lustigen Geschichten darüber, wie es war, Agentin zu sein. Meredith erzählte von Dale und sagte, daß sie ans Heiraten dächten.

»Das ist ja wunderbar«, sagten Ann und Meredith zueinander, als sie mit den Versatzstücken aus ihrem Leben fertig waren.

Aber es funktionierte nicht; sie fanden keine gemeinsame Sprache. Es war so unbehaglich ohne Lisa, so absurd. Meredith hatte sich immer vorgestellt, daß sie alle drei bis zu ihrem Tod Freundinnen blieben. Sie würden zusammen alt werden, drei Frauen, die ihre Männer überlebt hatten, drei Witwen, die auf jahrelange Kreuzfahrten um die Welt unterwegs wären, alles essen würden, was sie mochten – Schokoeclairs, Cremetorte, Nudeln mit Sahnesauce –, und wenn sie dann nach Hause zurückkehrten, würden sie einen kleinen Laden aufmachen: ein bezauberndes, elegantes Restaurant oder eine exklusive Boutique. Wenn das Alter sie am Herz oder an der Lunge packte oder, wie so viele Frauen, an ihren zerbrechlichen Knochen mit den Kalziummangelerscheinungen, dann wäre Lisa ihre persönliche Ärztin, würde ihnen den Puls messen, Rezepte schreiben, ihnen die Knie abklopfen. Ihre erwachsenen Kinder würden ab und zu vorbeikommen: große, massige junge Männer mit ihren Frauen, oder pflichtbewußte Töchter und ihre sanftmütigen Ehemänner. Meredith, Lisa und Ann würden anfangen zu schrumpfen, wie das bei alten Menschen häufig der Fall ist. Sie würden sterben, eine nach der anderen, und auf die Beerdigungen gehen, und diejenige, die als letzte starb, würde eine Leere in ihrem Leben spüren, die mit nichts vergleichbar war, eine Leere, die sogar den schrecklichen Schmerz, Witwe zu sein, übertraf. Sie hatten einander eine Ewigkeit gekannt, und darauf lief es nun hinaus! Sie waren von Mädchen zu Frauen geworden, und von alten Frauen zu ganz alten Frauen. Jetzt ging das Ganze zu Ende, obwohl es noch so viel gab, was sie gemeinsam tun wollten. Das ist ungerecht, würden sie weinen, wenn der Tod sie trennte. Wir sind MerLisAn. Wir müssen für immer zusammensein!

Aber es würde gar nicht dazu kommen. Sie würden einander nicht alt werden sehen, sie würden das nicht bis zu Ende durchziehen können, ganz einfach, weil sie keine Freundinnen mehr waren. »O Gott, Ann«, sagte Meredith plötzlich in dem chinesischen Restaurant. »Wir haben so viele Jahre zusammen verbracht, und jetzt: nichts mehr. Weißt du, ich dachte, ich sei über Lisa hinweg, aber ich denke die ganze Zeit an sie. Ich überlege dauernd, was sie wohl macht und ob Eric und sie sich wirklich scheiden lassen. Ich denke sogar an Joshua, ob er jetzt mehr Haare auf dem Kopf hat oder ob er sein ganzes Leben lang wie Henry aussehen wird, das verrückte Kind aus dem Comic. Ich will das alles wissen, verstehst du? Ich finde, ich habe ein Recht darauf.«

Meredith hatte plötzlich das Gefühl, sie müsse gleich weinen. Sie suchte in ihrer Tasche nach einem Taschentuch.

»Meredith«, sagte Ann, »bitte wein nicht. Nicht schon wieder. Ich will noch öfter in dieses Restaurant, und die halten uns jetzt schon für bescheuert, weil ich dir das Ingwerhuhn geschickt habe.«

Meredith wischte sich die Augen und setzte sich aufrecht hin. »Okay, ich versuche, mich zu beherrschen«, sagte sie.

»Aber trotzdem,« sagte Ann, »ich hab auch die Schnauze voll. Ich hab mit Emily die ganze Zeit gestritten, ich habe Schlafprobleme, und ich habe einen neuen Job, der mir angst macht. Ich will Lisa sehen, ich will einfach mit ihr *reden*. Das ist das einzige, was mir helfen kann.« Sie klopfte leicht mit einem Eßstäbchen gegen den Teller. »Weißt du was?« sagte sie plötzlich. »Ich finde, wir sollten hingehen. Heute abend.«

»Hingehen? Wohin?« fragte Meredith.

»Zu Lisas Wohnung«, sagte Ann.

»Du meinst, wir sollen einfach dort auftauchen?« sagte Meredith. »Spinnst du?«

»Ein Überfall«, sagte Ann. »Ich sehe keinen anderen Weg.«

Sie beendeten schnell das Essen, ließen den Teller mit Ananasstückchen, der vor sie hingestellt wurde, unberührt stehen, und schon waren sie draußen in der Abenddämmerung und gingen schnell auf Lisas Haus zu.

»Was machen wir?« fragte Meredith, als sie um die Ecke bogen und das grüne Vordach in Sicht kam.

»Ich hab keine Ahnung«, sagte Ann. Und dann gingen sie hinein.

VIERZEHN

Seit Eric weg und Meredith und Ann verbannt waren, waren Lisa und das Baby ständig zusammen. Er war für sie da, wenn sie ein Gespräch, eine Reaktion oder einfach Unterhaltung brauchte, und als hätte er die Tragweite des Bedürfnisses seiner Mutter verstanden, schien sein rundes Gesicht nach einer Weile wirklich eine Vielzahl intelligenter, erwachsen wirkender Ausdrücke anzunehmen. Er hob die Augenbrauen, strich sich über das Kinn, er schien zuzuhören wie ein Sozialarbeiter. Jeden Tag, wenn sie aus dem Krankenhaus kam, holte sie ihn aus der Kinderkrippe ab, und sie verbrachten einen ruhigen Abend zu Hause. Manchmal, wenn sie ihn in seine Wiege legte, sein Mobile aufzog und sein mondförmiges Nachtlicht einschaltete, das einen gelblichen Schleier über Joshuas Ecke im Wohnzimmer warf, dann glaubte Lisa beinahe, sie sei glücklich. Aber später, wenn sie zu Bett ging und allein mit ihren Gedanken war, merkte sie wieder, wie traurig sie war und wie sehr sie sich danach sehnte, mit den anderen wieder zusammen zu sein.

Eric rief sie jeden Abend an, beschrieb ihr das Leben in Wilmington und bat sie, es sich doch noch einmal zu überlegen, ob sie nicht nachkommen wolle. Seine acht Wochen waren beinahe um, in ein paar Tagen würde er wieder da sein, und dann müßten sie eine Entscheidung treffen. Im Krankenhaus schienen ihre Patienten älter und verzweifelter denn je zu sein, ein gespenstischer Hinweis darauf, daß Lisa sich besser jetzt amüsieren sollte, solange sie noch jung war.

Sie wurde nachlässig in ihrer Arbeit. Erst neulich hatte sie endlos lange versucht, bei einem alten Mann eine Vene zu finden. Er hatte so laut geschrien, daß die Schwestern immer wieder den Kopf hereinsteckten, um zu sehen, ob alles in Ordnung war. Je mehr der Mann schrie, desto ungeschickter wurde Lisa, und irgendwann war sein Geschrei völlig gerechtfertigt. Sie wußte nicht, wann sie aufhören sollte, sie stocherte nur dumpf in seinem armen weißen Arm herum, bis die Oberschwester hereinkam, die Situation sofort überriß und die Sache selbst in die Hand nahm. Innerhalb von Sekunden hatte die Schwester eine brauchbare Vene gefunden, und der Mann war still. Als Lisa später noch einmal vorbei kam, um bei ihm nach dem Rechten zu sehen, sagte er: »Kommen Sie mir nicht zu nahe!« und drehte sich mit dem Gesicht zur Wand. Lisa brach in Tränen aus und ging. Sie ging in den Ärzteaufenthaltsraum und ließ sich eine Zigarette von einem Gastroenterologen geben – sie, die seit der Pubertät keine Zigarette mehr angerührt hatte, und damals auch nur, weil Meredith geraucht hatte. Jetzt saß Lisa in dem Aufenthaltsraum auf der häßlichen, orangefarbenen Plastikcouch, schloß die Augen und rauchte, spürte wie der Rauch in ihren Körper eindrang und anfing, sie zu verpesten. Sie stillte nicht mehr; sie konnte tun und lassen, was sie wollte. Sie hatte keinen Ehemann, also gab es niemanden, der sich über den Rauchgeruch in ihren Haaren und ihrer Kleidung beschweren konnte. Sie war auch nicht mehr mit Meredith und Ann befreundet, so daß niemand da war, der sie wegen dieses ungewöhnlichen Verhaltens aufziehen würde, niemand, der, wie Ann sagen würde: »Ich bin schockiert. Einfach *schokkiert*.«

Lisa fragte sich oft, was Meredith und Ann wohl gerade machten. Immer wenn sie auf Lisas Anrufbeantworter gesprochen hatten, und sie war zu Hause, war sie zum Anrufbeantworter gegangen, als wolle sie ihnen irgendwie nahe sein. Aber sie war immer noch wütend auf sie, und wenn sie nachgegeben und den Hörer abgenommen hätte, dann wäre das genau das gewesen, was sie von ihr erwartet hätten. Lisa, die Nette, Lisa, die Quelle der Liebe und Wärme, die unendlich viel verzieh. Lisa, zu der sie gehen konnten, wenn sie Trost und Beruhigung brauchten, weil sie auf ihre üblich doofe Art wieder Scheiße gebaut hatten.

Aber es war unfaßbar, jetzt waren sie wieder da. Der Pförtner hatte sie nach oben gelassen, ohne zu klingeln, und nun standen sie da, auf der anderen Seite von Lisas dreifach verschlossener Tür. Lisa hatte gerade mit Joshua auf der Hüfte die Wohnung aufgeräumt und dabei mehr mit ihrer einen freien Hand gemacht, als sie je für möglich gehalten hätte, als sie Geflüster draußen im Gang hörte. Sie stellte sich reglos vor die Tür.

»Klingel du!« hörte sie und erkannte Merediths Stimme.

»Nein, du!«

»Sie weiß doch nicht, wer geklingelt hat.«

»Doch.«

Lisa spitzte durch das Guckloch und sah Meredith und Ann, ihre konvexen Gesichter so nah, daß sie wie Grotesken mit großer, fleischiger Nase und Kinn aussahen. Lisa merkte, wie ihr Herz anfing zu rasen.

»Lisa? Wir sind es«, sagte Meredith. »Können wir reinkommen?« Aber Lisa konnte nicht antworten. Ein langes Schweigen folgte, und dann hörte sie sie aufgeregt flüstern.

»Dr. Vopilska in die Notaufnahme!« rief Ann. »Dr. Vopilska in die Notaufnahme! Hier sind zwei siamesische Zwillinge, die getrennt werden müssen!«

Lisa lehnte sich gegen ihre Seite der Tür und setzte das Baby auf ihre andere Hüfte. »Lisa«, sagte Meredith, »wir bleiben einfach hier, bis du aufmachst. Du kriegst uns hier nicht weg.«

Gut, dachte sie. Bleibt da, ich laß euch nicht rein. Ich werd nicht so leicht schwach.

Im Gang fingen sie an, »We Shall Overcome« zu summen, dann sang Ann das Lied mit einem neuen Text, und bald machte Meredith mit. »Bitte mach die Tür auf«, sangen sie. »Bitte mach die Tür auf / Bitte mach die Tür auf / Li-sa-a-a / Oh, ganz tief drin / da glaube ich / daß du jetzt gleich die Tür aufmachst, Lisa …«

Lisa schaffte es immer noch nicht, irgend etwas zu sagen, also sangen sie noch eine zweite Strophe: »Wir mögen deinen Ma-a-ann / Wir mögen deinen Ma-a-ann / Wir mögen deinen Ma-a-ann / Li-sa-a-a-a / Oh, ganz tief drin / da glaubst du doch / wir mögen deinen Mann, Lisa.«

Als sie fertiggesungen hatten, war es ganz still auf der anderen Seite der Tür, als würden beide den Atem anhalten, um zu hören, was sie antworten würde. Bis zu dieser Minute hatte sie sie gehaßt, war sicher gewesen, daß sie nie wieder miteinander sprechen würden, aber jetzt, als sie diese Stimmen hörte, die so vertraut und herzerweichend waren wie der Schrei ihres Babys in der Nacht, da konnte sie nicht widerstehen. Mutter zu sein hat mich zu einem Trottel gemacht, dachte sie, als sie schnell alle drei Schlösser aufmachte und die Tür öffnete.

Da waren sie, standen nebeneinander und sahen ein wenig anders aus, als sie sie in Erinnerung hatte. Ann hatte einen neuen, eleganten Haarschnitt, und auch Meredith wirkte verändert, irgendwie ruhiger und strahlender denn je. Lisa stand ihnen gegenüber, das Baby auf der Hüfte, und die Wohnung hinter ihr war ein einziges Durcheinander von Büchern, Kleidern und Quietschtieren. »Ja?« sagte Lisa kalt.

»Ann hat geklingelt«, sagte Meredith.

»Lisa«, sagte Ann, »ich will dir nur etwas sagen. Wir kennen uns zu lange für solche Geschichten. Du kannst nicht einfach verschwinden. Willst du so sein wie Amelia Earhart? Willst du so sein wie Richter Crater? Willst du so sein wie ... Barbara? Dich einfach aus dem Staub machen und hoffen, daß es nach einer Zeitlang nichts mehr ausmacht? Tut es aber doch. Ich meine, es gibt immer Menschen, die in dein Leben treten und wieder verschwinden, du siehst sie jahrelang nicht mehr, und dann tauchen sie plötzlich wieder auf. Manchmal tauchen sie auch nie mehr auf, und du verbringst den Rest deines Lebens ohne sie, fragst dich, was passiert ist und was aus ihnen wohl geworden ist. Willst du das? Willst du dich einfach aus dem Staub machen? Ich laß dich aber nicht.« Sie schwieg, doch Lisa sagte immer noch nichts. »Komm schon, Lisa«, sagte Ann, »wir kennen einander. Sag mir, was gibt es sonst im Leben, was sonst ist so wichtig wie deine Freundinnen? Das möchte ich wirklich wissen.«

Natürlich sprach Ann wunderbar. Natürlich war Lisa gerührt. Natürlich wollte sie nichts so sehr wie gerettet werden, aus dieser überfüllten Wohnung und den spärlichen Überresten ihrer Ehe gerissen werden, aber es schien ihr zu einfach, vor diesem alten Ding namens Freundschaft zu kapitulieren, nur weil es immer dagewesen war.

»Wir kommen zu dir durch«, sagte Ann. »Ich sehe Tränen in diesen Augen. Ja, das Eis bricht. Du kommst zu uns zurück, Lisa. Du kommst zurück!«

»Herrgott, sie liegt nicht im Koma, Ann«, sagte Meredith.

»Kann ich es nicht so ausdrücken, wie ich will?« fragte Ann, und sie und Meredith warfen sich vernichtende Blicke zu. Erstaunlich, wie schnell die beiden aufeinander losgehen können, dachte Lisa, und irgendwie führte sie diese Tatsache wieder mitten in die Freundschaft hinein, wo die beiden die Kriegerinnen waren und sie die Vermittlerin und sich niemals etwas änderte.

»Jetzt kommt schon rein«, sagte Lisa kategorisch. Als sie endlich drin waren, schwiegen alle einen Moment und sahen Lisa an, als warteten sie auf den Einsatz und wüßten nicht so genau, was als nächstes passieren würde. Lisa mußte einfach lächeln. Ann und Meredith streckten die Arme nach ihr aus, und sie alle umarmten sich und plapperten, während das Baby irgendwo in der Mitte eingekeilt war.

»Und«, sagte Lisa, »was hab ich verpaßt?«

Ein Jahr später fand auf der geräumigen Steinterrasse eines Countryclubs außerhalb von Magatuck das Hochzeitsfest von Meredith Grey und Dale Sanger statt.

»Mit der Braut oder mit dem Bräutigam befreundet?« fragten die Hochzeitsgäste fröhlich, als sie nach der Zeremonie ihre Cocktails schlürften, aber die Antwort war meistens egal. Meredith und Dale waren bis zu einem erstaunlichen Grad ein vereinigtes Wesen geworden, ein modisches Tier mit zwei Rücken, eine Kollektion erlesener Stoffe, legendäre Veranstalter guter Dinnerpartys, ganz Haltung und Grazie. Alle beneideten sie, und jeder hatte natürlich einmal auf kleinliche, boshafte Art etwas gegen sie einzuwenden gehabt. Aber was war das Schlimmste, was man über so ein Paar sagen konnte? Man konnte sagen, die Frau sei oberflächlich und der Mann ein bißchen abwesend und nur aus egoistischen Gründen freundlich zu anderen. Aber trotzdem wollte man in ihrer Nähe sein, zu ihren Dinnerpartys eingeladen werden und ihren Gesprächen lauschen, und natürlich wollte man dabei sein, wenn sie endlich heirateten.

Bei dem Empfang gingen Meredith und Ann Arm in Arm durch den Raum, krasse Gegensätze in Schwarz und Weiß, sie blieben immer kurz an den Tischen stehen, um sich zu unterhalten, wie der Präsident und die First Lady bei einem Staatsempfang. Drüben am Tisch Nr. 1 saß Lisa, blickte über die polierte Tanzfläche, wo ein paar ältere Paare tanzten und Eric Joshua herumwirbelte, während die Band eine Melodie spielte, die einschmeichelnd und nichtssagend war. Eric hatte sich den Bart abrasiert – vielleicht um die Veränderung in seiner Ehe mit Lisa zu symbolisieren, vielleicht, weil er in diesem Sommer angefangen hatte zu jukken. Was Lisa befürchtet hatte, traf voll und ganz zu: Sein Kinn war nicht der Rede wert, auch wenn er trotzdem noch ein gutaussehender Mann war. Ann saß gegenüber am Tisch, zwischen David Marcus und einer großen sportlichen Frau, einer lesbischen Freundin von Dale namens Ingrid. Vor fünf Monaten hatte Emily mit Ann Schluß gemacht. Eines Abends hatte sie verkündet, sie hätte auf einer Homosexuellenversammlung eine andere Frau kennengelernt – Kiko, eine japanische Performancekünstlerin –, und sie hätten sich ineinander verliebt. Ann hatte geschluchzt und versucht, Emily mit ihren eigenen Worten zu überzeugen: »Du hast doch gesagt, lesbische Paare bleiben ewig zusammen!«, aber Emily hatte nur verlegen Entschuldigungen vor sich hin gemurmelt und ihren Auszug vorbereitet. Seit damals hatten viele versucht, eine neue Freundin für Ann zu finden. Sie hatte sich ein paarmal auf verlegene Treffen mit verschiedenen Frauen eingelassen und noch ein paarmal mit David geschlafen, aber kürzlich hatte sie Lisa erzählt, sie habe keine Ahnung, ob sie eine Beziehung zu einem Mann oder einer Frau wolle.

Wie sucht man sich einen anderen Menschen aus? fragte sich Lisa. Selbst wenn das Feld auf Männer begrenzt war, konnte man kaum wissen, ob man die richtige Entscheidung getroffen hatte. Lisa überlegte oft, ob es wirklich richtig gewesen war, sich wieder auf Eric einzulassen, als er nach den acht Wochen in der dermatologischen Praxis seiner Onkel zurückgekehrt war; sie war sich immer noch nicht sicher, ob sie sich richtig ausgesöhnt hatten. Das Leben in Delaware hatte Eric nicht gefallen; seine Onkel waren methodologisch überraschend altmodisch; sie hatten kaum Interesse an den wissenschaftlichen Fortschritten in der Dermatologie, und Eric konnte sich nicht vorstellen, dort zu bleiben und bei ihnen zu leben. Ihm fehlte sein Leben in New York, ihm fehlten seine Frau und sein Sohn. Er flehte Lisa an, zurückkehren zu dürfen. Zuerst leistete sie Widerstand, aber nach und nach brach er ihn, und schließlich landeten sie wieder im Bett. In den darauffolgenden Wochen hatten er und Lisa versucht, über alles, was in ihrer Ehe falsch gelaufen war, zu sprechen, aber das Gespräch erreichte nie die Intensität oder Länge wie in *Szenen einer Ehe*, denn Joshua brauchte offenbar immer mittendrin eine Flasche oder eine frische Windel, und die Aufgabe, Eltern zu sein, stellte unvermeidlich alles andere in den Schatten.

Sie hatten jetzt eine größere Wohnung mit einem eigenen Kinderzimmer, und Eric hatte sich einer Gemeinschaftspraxis mit zwei jungen, nervösen Dermatologen angeschlossen, die beide nur in Zeitungen, nicht aber in der U-Bahn warben. Das Leben im Vopilska-Zinnschen Haushalt war nicht aufregend, aber es war auch nicht schrecklich, und Lisa begriff, daß sie jetzt endlich alle um sich hatte, so wie sie es sich immer vorgestellt hatte.

Irgendwann auf Merediths Hochzeit, als alle sentimentalen Trinksprüche gesagt waren, als der Kuchen verteilt war, die Party ruhig lief und das Licht nur noch schwach durch die hohen Fenster schien, gingen Meredith, Lisa und

Ann nach hinten auf die Terrasse. Meredith hob ihr Kleid hoch, und sie setzten sich zusammen auf die Steinkante, blickten über das Gras und auf die Autobahn in der Ferne, wo sie früher immer gegangen waren.

»Soll das jetzt ein Vergnügen sein?« fragte Meredith. »Lisa, war deine Hochzeit ein Vergnügen für dich?«

»Nein«, sagte Lisa.

»Vielleicht ist das einer der großen, dummen Fehler des Lebens«, sagte Meredith.

»Meredith, was ist los mit dir?« fragte Lisa. »Dale ist doch der Fang des Jahrhunderts, findest du nicht?«

»Das weiß ich«, sagte Meredith kläglich. »Und wir sind wirklich glücklich zusammen. Ich hab nie die Schnauze voll von ihm, und das steht bei mir an erster Stelle. Wir haben jetzt sogar *Middlemarch* fertiggelesen. Es hört so toll auf.« Sie versuchte, die letzte Zeile des Buches zu zitieren: *»Doch ihre Ausstrahlung auf die, die in ihrer Nähe lebten, war …«* Sie kam nicht mehr weiter. »Dadadada«, fuhr sie fort. »Und dann sagt Eliot irgendwas darüber, daß die Welt immer besser wird, und das sei auf ›Taten ohne historischen Rang‹ zurückzuführen, und daß alles gar nicht so schlimm ist wegen der vielen Leute, die ein Leben im Verborgenen geführt haben und *in Gräbern ruhen, die kein Mensch besucht*.«

Einen Augenblick lang sagte keine von ihnen ein Wort, dann meinte Lisa: »Das ist schön Meredith. Ich weiß zwar nicht, was es heißt, aber es ist schön.«

»Auf der Hochzeitsreise wollen wir anfangen, die *Buddenbrooks* zu lesen«, sagte Meredith. »Wir sind ja auch glücklich, aber woher soll man wissen, ob das so bleibt? Woher soll man wissen, daß es später nicht eine große Tragödie wird?«

»Das kann man wohl nie vorher wissen«, sagte Lisa.

»Was ist mit euren Problemen?« fragte Meredith. »Ich weiß, daß es jetzt ein bißchen besser zwischen euch läuft, aber hast du es schon bereut, daß du geheiratet hast? Spürst du manchmal ein leichtes Bedauern?«

»Klar«, sagte Lisa. »Ich denke manchmal, wie es wäre, wenn wir nicht geheiratet hätten. Oder wenn wir uns damals hätten scheiden lassen. Du verstehst das wahrscheinlich nicht, aber ich kenne Eric so wie ich Dinge kenne, die ich im Medizinstudium kennengelernt habe. So, wie ich die Namen aller Knochen im Körper kenne. Nicht nur die großen, sondern auch die ganzen kleinen. Wie die Knochen im Ohr.«

»Ich habe Knochen im Ohr?« fragte Ann. »Das hab ich gar nicht gewußt.«

»Ja, drei Stück«, sagte Lisa. »Den Malleus, den Incus und den Stapes.«

»Wow«, sagte Ann. Sie faßte sich ans Ohr und bog versuchsweise die Ohrmuschel um.

»Ich bin oft die ganze Nacht aufgeblieben, um mir diese Sachen zu merken«, sagte Lisa. »Ich habe mir vorgestellt, wie sie aussehen, und alles darüber gelernt. Irgendwann bleibt es dann hängen. Und du weißt es für immer.« Sie zuckte die Achseln. »Und mit Eric ist es genauso«, fügte sie resigniert hinzu.

»Ich dachte, mit Emily würde ich für immer zusammenbleiben«, sagte Ann. Ich bin überhaupt nicht auf die Idee gekommen, daß ich in einer lesbischen Beziehung betrogen werden könnte.«

»Wenn du die Wahrheit wissen willst«, sagte Meredith, »Emily hat mich nie so richtig überzeugt.«

»Warum?« fragte Ann. »Wegen ihrer Sexualität?«

»Nein, wegen ihres Charakters«, sagte Meredith. »Sie war so herrisch.«

»Das ist ja wohl ein Witz, daß ausgerechnet du das sagst«, sagte Ann.

»Willst du damit andeuten, daß ich herrisch bin?« fragte Meredith.

»Das ist deine Interpretation«, sagte Ann.

»Hört auf, ihr beiden«, sagte Lisa. »Das kann doch wohl nicht wahr sein. Es ist deine Hochzeit, Meredith. Also benimm dich zur Abwechslung mal nett und jungfräulich.«

Hinter ihnen klopfte jemand ans Fenster. Sie drehten sich um und sahen Dale, der Meredith hineinbat. »Ich muß reingehen«, sagte sie. „Wahrscheinlich müssen wir wieder Photos machen.«

»Alles okay?« fragte Lisa.

»Ich hoffe«, sagte Meredith.

»Dann gehen wir«, sagte Ann. Sie gingen über die Terrasse, und Ann und Lisa achteten darauf, daß Merediths Schleppe nicht den Boden berührte.

Später spielte die Band ein langweiliges Medley mit Rocksongs aus den siebziger Jahren, und ein paar Hartnäckige tanzten noch. Eric war in den leeren Speisesaal nebenan gegangen, um Joshuas Windeln zu wechseln. Er legte ihn auf eine Tischdecke, die er auf dem goldenen Teppich ausgebreitet hatte. Dale saß in einer Ecke mit ein paar Freunden aus dem Jurastudium, und sie rauchten dicke Zigarren wie zufriedene Geschäftsmänner. Meredith, Lisa und Ann standen auf der anderen Seite des Raums und betrachteten die Szenerie. Es wurde allmählich Zeit zu gehen.

»Können die nicht mal was Gutes spielen?« fragte Ann. »Diese Musik klingt wie die Berieselung bei meinem Frauenarzt.«

»Was denn zum Beispiel?« fragte Meredith. »Was wäre denn was Gutes?«

»Ich weiß nicht«, sagte Ann. Aber ich wünsche mir jetzt ein Lied. Ich habe mir den ganzen Tag noch keins gewünscht.«

Meredith und Lisa sahen einander an und zuckten die Achseln, als Ann zwischen zwei Songs auf den jungen, fleischigen Leadsänger zuging. »Entschuldigung«, hörten sie sie sagen, »nehmen Sie auch Musikwünsche an?«

»Ja, klar«, antwortete der Sänger. »Was wollen Sie hören, die Beatles? Zur Zeit sind die nostalgischen Sachen stark gefragt.«

»Nein«, sagte Ann. »Kennen Sie den ›MerLisAn-Song‹?«

»Den was?« fragte er.

Meredith und Lisa grinsten. »Ann!« zischte Lisa. »Was machst du?«

»Sie könnten das Stück unter seinem früheren Namen kennen«, insistierte Ann. »Den ›MerBaLisAn-Song‹.«

»Hm, und von wem soll das sein?« fragte der Mann.

»Von Fleetwood Mac«, sagte sie.

Jetzt lachten MerLisAn, und der Sänger schüttelte den Kopf. »Tut mir leid, Mädels«, sagte er. »Ich kann euch nicht helfen.« Er wandte sich ab, und die Band spielte irgendein anderes langsames, ruhiges Stück.

»Gut«, sagte Ann, »wir zeigen euch, wie es geht.« Sie winkte Lisa und Meredith auf eine freie Ecke der Tanzfläche. »Du spinnst«, sagte Lisa.

»Ach, kommt«, sagte Ann. »Macht mit. Keiner guckt zu.«

»Das ist meine Hochzeit«, sagte Meredith. »Dale wird denken, ich bin wahnsinnig. Er wird die Ehe annullieren lassen.« Sie blickte in die Runde müder Verwandter, die Kellner räumten die Tische ab, und ihr frischgebackener Ehemann war irgendwo in duftenden Schwaden männlichen Rauchs verschwunden. »Ach«, sagte Meredith, »was soll's.« Dann zuckte sie die Schultern und streckte spontan die Arme nach Lisa und Ann aus. Sie faßten sich an den Händen und fingen ruhig und selbstsicher an zu singen.

»Meredith!« fing das Lied an.

»Hmm-hmm-hmm!«

»Lisa!«

»Und Ann!«

»Es ist noch nicht lange her, daß alles begann. / Nichts steht unserer Freundschaft im Weg, / wir wollen, daß es ewig so weitergeht. / Die Freundschaft fürs Leben, die wird es geben /MerhmmLisAn, MerhmmLisAn / Freundschaft fürs Leben, MerhmmLisAn ...«

Ein paar von Merediths Tanten applaudierten, ein paar andere Gäste schüttelten den Kopf. Die drei drehten sich im Kreis und sangen, und plötzlich fiel Lisa zu ihrer eigenen Überraschung ihre längst verlorene Freundin Barbara ein. Barbara Krell, die einmal eine von ihnen gewesen war und deren Name in dem Lied vorkam. Barbara, die als Kind von Cincinnati verschluckt und nie wieder zurückgeholt worden war.

Mit neuerwachtem Interesse fragte sich Lisa, wo Barbara steckte, wie sie ihren Lebensunterhalt verdiente und ob sie schon einmal verliebt gewesen war. Lisa wollte Barbara erzählen, daß sie und Meredith und Ann es wirklich als ein Teil geschafft hatten. Eigentlich drei Teile. Meredith und Ann würden nie großartige Freundinnen werden. Aber sie hatten es geschafft, und nur das zählte. Lisa wollte, daß das jemand zur Kenntnis nahm. Und deshalb, Barbara, dachte sie, als sie wieder den Refrain dieses lächerlichen, herzerweichenden Lieds anstimmten: Wo immer du steckst, das ist für dich.

DANKSAGUNG

Die Autorin möchte Nora Ephron danken –
sie hat erkannt, welche Möglichkeiten
in dieser Geschichte stecken.
Vielen Dank auch an Betty Prashker,
Lynda Obst und, wie immer,
an Peter Matson.